最新版

指輪物語

5

THE RETURN OF THE KING *(Book Five)*

Being the Third Part of THE LORD OF THE RINGS

by

J. R. R. Tolkien

Originally published by HarperCollins Publishers Ltd.

This edition is published
by arrangement with HarperCllins Publishers Ltd.,London,
through Tuttle-Mori Agency,Inc.,Tokyo.

5巻

王の帰還

上

三つの指輪は、空の下なるエルフの王に、
七つの指輪は、岩の館《やかた》のドワーフの君に、
九つは、死すべき運命《さだめ》の人の子に、
一つは、暗き御座《みくら》の冥王のため
影横たわるモルドールの国に。
一つの指輪は、すべてを統《す》べ、
一つの指輪は、すべてを見つけ、
一つの指輪は、すべてを捕えて、
くらやみのなかにつなぎとめる
影横たわるモルドールの国に。

主な登場人物

白の勢力

ピピン（ペレグリン）・トゥック……ホビット。指輪の仲間。「見る石」パランティールをのぞいて、サウロンに発見されたため、ガンダルフに連れられて、ミナス・ティリスに向かう。

メリー（メリアドク）・ブランディバック……ホビット。指輪の仲間。ミナス・ティリスでの決戦には、留守を申し付けられる。

フロド・バギンズ……ホビット。指輪所持者。仲間と別れ、モルドールの「滅びの罅裂《きれつ》」を目指す。途中、巨大蜘蛛《ぐも》シーロブの毒針に刺され、倒れる。

サム（サムワイズ）・ギャムジー……ホビット。指輪の仲間。フロドとともに「滅びの罅裂」を目指す。フロドをさらっていったオークを追跡中。

ガンダルフ（ミスランディル）……裏切り者サルマンに代わって白の賢者となった魔法使。冥王サウロンに抵抗する勢力の中心人物。

アラゴルン（馳夫《はせお》）……かつて中つ国《なかつくに》に、アルノールとゴンドールを創建した王たちの世継。

ドゥーナダン……ヌーメノールの末裔《まつえい》を指していう。アラゴルンたち野伏《のぶせ》やゴンドールの支配層はドゥーナダン。複数形はドゥーネダイン。

ヌーメノーレアン……ドゥーネダインに同じ。

ハルバラド……ドゥーナダン。アラゴルン配下の野伏。

デネソール……ゴンドールの執政。ボロミルとファラミルの父。

ボロミル……デネソールの長子。オークからピピンとメリーを守ろうとして、戦死。

ファラミル……デネソールの次男。偵察《ていさつ》行中に、モルドールに向かうフロドに出会う。

ベレゴンド……ゴンドールの都、ミナス・ティリスを守る第三中隊の近衛《このえ》兵。

イムラヒル……ベルファラス湾に面したドル・アムロスの領主。執政家に次ぐゴンドールの名家。

ヒルゴン……ゴンドールのデネソールからローハン国（マーク国のゴンドール語での呼び方）のセーオデンのもとに遣わされた、救援を求める使者。
ロヒルリム……ゴンドールの同盟国、ローハン国の騎士たちのこと。
セーオデン……マーク国の王。裏切り者サルマンとの戦いに勝利し、ゴンドールの救援に駆けつけようとしている。
エーオメル……マーク国の王セーオデンの甥。
エーオウィン……マーク国の王セーオデンの姪。アラゴルンを慕うあまり、戦いに従うことを望む。
デルンヘルム……マーク国の騎士。メリーをミナス・ティリスに同伴してくれる。しかし、その正体は？
レゴラス……エルフ。指輪の仲間。
エルラダンとエルロヒル……エルフの双子の兄弟。父である「裂《さ》け谷《だに》」の主エルロンドから、アラゴルンに伝言を持ってきた。
ギムリ……ドワーフ。指輪の仲間。

ガーン＝ブリ＝ガーン……ドルーアダンの森のウォーゼ（野人《やじん》）の大酋長《しゅうちょう》。

闇の勢力

冥王サウロン……モルドール砦《とりで》に勢力を張る大魔王。フロドの持つ指輪を必死に手に入れようとしている。

ナズグール……指輪の幽鬼《ゆうき》。かつては人間の九人の王たち。冥王サウロンの僕《しもべ》。

オーク……サウロンの卑《いや》しい僕。醜悪にして残忍。

これまでのあらすじ

ここから、指輪物語の第三部が始まる。

第一部（第一巻、第二巻）「旅の仲間」では、灰色の魔法使ガンダルフが、ホビット族のフロドの持つ指輪こそ、すべての力の指輪を統《す》べる「一つの指輪」にほかならないことを見つけた次第がまず語られた。また、フロドとその仲間が平穏な家《か》郷《きょう》ホビット庄を逃《のが》れて、モルドールの黒い乗手たちの恐ろしい追跡を受けながら、ようやくエリアドールの野伏《のぶせ》アラゴルンの助力を得て、数々の絶望的な危難をくぐり、ついに裂《さ》け谷《だに》のエルロンド館《やかた》に着いたことを述べた。

裂け谷ではエルロンドの会議が開かれ、指輪を棄却《ききゃく》すべく試みることが議決されて、フロドが指輪所持者に任命され、またその探索行に助力すべき同行者が選出された。目的地は、当の敵の君臨するモルドールの火の山であり、そこのみが指輪を空無に帰せしめうるからであった。同行者には人間を代表してアラゴルン、ゴンドール大侯の息子ボロミル、エルフからは闇《やみ》の森のエルフ王の息子レゴラス、ドワーフの代表は、はなれ山のグローインの息子ギムリ、ホビット族からは、フロドとその忠実な僕《しもべ》サムワイズ、フロドの血縁の若者メリアドクとペレグリン、それに灰色のガンダルフであった。

旅の仲間は極秘裡《ごくひり》に北方の裂《さ》け谷《だに》からはるばる旅を続け、冬のカラズラス峠を越えようとして阻《はば》まれた後、ガンダルフに導かれて隠れた門を通り、広大なモリアの坑道にはいって、山の内部を抜けようとした。ここでガンダルフは恐るべき地底の妖魔《ようま》と戦って、暗い奈落《ならく》に落ちた。しかし古代西方の王家の隠れた世継であることを闡明《せんめい》したアラゴルンは、一同を率いてモリアの東門から、エルフの住むローリエンの国を通り、大河アンドゥインを下って、ラウロスの瀑布《ばくふ》に迫った。すでに一同は途中間者《かんじゃ》たちに見張られていることを知り、かつて指輪を持っていたことがあり、今なおそれへの渇望《かつぼう》をすてない、ゴクリなる者が、あとをつけて来たことに、気づいていた。

ここに一同の必要事となったのは、東へ向かってモルドールに行くべきか、ボロミルとともにゴンドールの首都ミナス・ティリスの来《きた》るべき戦いの援助に赴《おもむ》くべきか、それとも二手に分かれるべきかを決定することであった。指輪所持者が敵地へ望みない旅を続けると決意したことが明らかになると、ボロミルは力ずくで指輪を奪おうと試みた。第一部は、指輪の魅惑にひかれたボロミルの変節、フロドとその僕サムワイズの失踪《しっそう》、オーク軍の奇襲による残った面々の離散で結ばれた。オーク軍の一部はモルドールの冥王の部下、一部はアイゼンガルドの裏切り者サルマンの配下であった。指輪所持者の探索行は、すでに厄難に拉《ひし》がれたかに見えた。

第二部（第三巻、第四巻）「二つの塔」は、旅の仲間離散後の一行全員の行動にわたる。第三巻には、ボロミルの改悔《かいかい》と死、ラウロスの瀑布に委《ゆだ》ねられた小船によるその葬送、オーク兵どもに捕えられたメリアドクとペレグリンのローハン東部平原経由のアイゼンガルド転送、アラゴルン、レゴラス、ギムリの追跡行が語られた。

その時ローハンの騎士軍があらわれた。軍団長エーオメルの指揮する騎兵隊は、ファンゴルンの森のはずれでオーク軍を包囲して、これを殲滅《せんめつ》した。しかしホビットたちは森に逃れ、隠れたファンゴルンの主《ぬし》、エント族なる木の鬚《ひげ》に出会った。かれに伴われて、二人は木の人たちの怒りがつのり、アイゼンガルドへ進軍するさまを目撃した。

一方アラゴルンとその仲間は、合戦から戻るエーオメルに会った。かれから貸与された馬で三人は森に向かった。そこで空《むな》しくホビットたちを探すうちに、ガンダルフに再会したが、魔法使は冥界から帰り、依然灰色の外衣をまとうものの、今や白の乗手となった。ともに一同はローハンを駆け抜けて、騎士国王《リダーマーク》セーオデンの宮殿にいたり、ガンダルフが老王を癒《いや》して、その悪《あ》しき顧問、じつはサルマンの密通者たる蛇の舌の呪縛《じゅばく》から王を救った。さらに一同は、アイゼンガルドを討つ王と王軍に伴って、角笛城《つのぶえ》の殆《あや》うい勝利に参与した。つぎにガンダルフに導かれてアイゼンガルドにいたり、その巨大な要塞《ようさい》が木の人たちによって廃墟《はいきょ》と化して、サルマンと蛇の舌がオルサンクの不壊《ふえ》の塔に籠居《ろうきょ》したのを見いだした。

塔前の談合でサルマンが悔悛《かいしゅん》を拒《こば》み、ガンダルフはかれの賢者の位を剝奪《はくだつ》してその杖を折り、エント族の見張りに委《ゆだ》ねた。高窓から蛇の舌がガンダルフに投げつけた石は、あたらずに、ペレグリンに拾い上げられた。これは、現存する四個のパランティーリ、すなわちヌーメノールの見る石の一つたることがわかった。この石に魅せられたペレグリンは、その夜おそく誘惑に屈して、これを盗み出して、覗《のぞ》き込み、ためにサウロンに自己を現わした。この巻は、ローハン平原を渡ってナズグールの飛来するところで終わったが、ナズグールは、怪獣に乗った幽鬼《ゆうき》であり、これは迫り来る戦いの前ぶれであった。ガンダルフはアラゴルンにパランティールを渡し、ペレグリンをつれてミナス・ティリスに馬を走らせた。

第四巻では話変わって、フロドとサムワイズがエミュン・ムイルの荒涼たる山中に行き迷うところから始まった。二人が山中を脱出した次第、ゴクリなるスメーアゴルに追いつかれた次第、フロドがゴクリを手なずけて、その敵意をほぼ挫《くじ》いた次第、その結果、ゴクリに導かれて死者の沼地を抜け、荒れ地を通って、モルドール北方の黒門モランノンにいたる次第が語られた。

そこから入国するのは不可能であった。フロドはゴクリの助言を入れて、かれの知るという、遥か南方のモルドールの西壁、影の山脈にある「秘密の入口」を探ることにした。そこへ向かって旅するうちに、かれらはボロミルの弟ファラミルの指揮するゴンドール軍偵察《ていさつ》隊に捕えられた。ファラミルは、ホビットたちの探索行の性質に気づいたが、かつてボロミルの屈した誘惑に抗して、二人をキリス・ウンゴルすなわち蜘蛛《くも》峠に向かう最後の旅程に送り出した。その際かれは、そこが死の危険のある場所たることを警告したのだが、ゴクリは、知るところを全部はうちあけなかった。かれらが十字路に達して、ミナス・モルグルの幽鬼の砦《とりで》への道を進もうとした折も折、モルドールから出た大きな暗黒が全土を覆《おお》った。ついでサウロンは、幽鬼たちの黒い王に率いられる先発の大軍を送り出した。指輪戦争が始まったのである。

ゴクリはホビットたちを、ミナス・モルグルを避けた秘密の道に案内し、その暗闇の中で三人はついにキリス・ウンゴルに来た。ここでゴクリは悪心に戻り、峠路に蟠踞《ばんきょ》する怪物シーロブに、ホビットたちを売り渡そうとした。それはサムワイズの捨て身の勇によって挫折《ざせつ》、サムはゴクリの襲撃を退け、シーロブに深傷《ふかで》を負わせた。

第二部は、サムワイズの決断で終わる。フロドはシーロブに刺されて、死んで倒れたとしか見えず、探索行を惨憺《さんたん》たる結果に終わらせるか、自分が主人を見捨てるか、二者択一になった。ついにかれは指輪をとり、ただ一人望みなき探索の旅を続けようと試みる。だが正《まさ》にモルドールの国へ踏み入ろうとした時にオークたちが二方から、一隊はミナス・モルグルから登って来、一隊は峠を守備するキリス・ウンゴルの塔から下って来る。指輪で身を隠したサムワイズは、オークたちの口論から、フロドが死なずに毒で仮死状態にあることを知る。かれは追いかけたがおそすぎて、オークたちがフロドの体をかついで、塔の裏門に続くトンネルを降り、門扉《もんぴ》が音たてて閉まると、気絶して倒れる。

この最後の第三部は、ガンダルフとサウロンの虚々実々の戦略から、最後の大団円と暗黒の終焉《しゅうえん》にいたるまでの話である。では先ず、西方の戦いの帰趨《きすう》にもどる。

目次

北
西
東
南
死者の沼地
ダゴルラド
(戦場が原)
(湿原)
モランノン(黒門)
ウドゥーン
灰の山脈(エレド・リスイ)
大河アンドゥイン
カイル・アンドロス
モルガイ
ゴルゴロス
オロドルイン
滅びの山
バラド・ドゥア
暗黒の塔
野営地
キリス・ウンゴル
ドルーアダンの森
アモン・ディーン
灰色森
オスギリアス
ペレンノール野
ミンドッルイン
ミナス・ティリス
ロッサールナハ
エミュン・アルネン
シリス川
エルイ川
アンドゥイン
南イシリエン
ペラルギル
ポロスの渡し
ポロス川
ハラド街道
ゴルゴロス高原
影の山脈
(エフェル・ドゥーアス)
モルドール
ヌルン

ローハン
エント浅瀬
やしろ岡
エドラス
雪白川
フォルデ
イーストフォルド
西街道
エント川
ローハン国境
エント川三角洲
エミュン・ムイル
ラウロスの滝
フェンマルク
メリング川
ハリフィリエン
フィリエンの森
アノーリエン
白の山脈（エレド・ニムライス）
カレンハド
エレヒ
ラメドン
キリル川
カレンベル
ゴンドール
リングロー川
エスリング
ドール＝エン＝エルニル
レベンニン
ギルライン川
セルニ川
シリス川
リンヒル
エシル・アンドゥイン
ベルファラス
（アンドゥイン河口）

一　ミナス・ティリス

ピピンはガンダルフのマントの陰から外を見ました。かれには自分が目覚めているのか、まだ眠っているのか、長征馬上の人となってからずっと包みこまれてきた、風のように飛んでいく夢の中にまだ浸《ひた》っているのか、わかりませんでした。暗い世界が走り去り、風が耳もとで激しく鳴りました。見えるものといえば、移ろいいく星々と右手はるかに空を限る、南方の山々が順送りに去っていく大きな影だけでした。うとうとしながらかれはこの長旅の時間と行程を数えようとしましたが、記憶は眠ったようにぼやけ、定かではありませんでした。

一度の休息も取らずに恐ろしい速さで駆け通した最初の行程。やがて夜明けの光の中にかすかに輝く金色が見え、二人は静まりかえった町と、丘の上に建つ大きな人気《ひとけ》ない館《やかた》にやって来ました。そしてその館の屋根の下に身を寄せるか寄せぬかのうちに、翼を持ったかの黒い影がまたもや上空を通り過ぎて行きました。人々は恐怖のあまり力も萎《な》えんばかりでした。しかしガンダルフはかれに優しい言葉をかけ、かれは片隅で眠りました。疲れていても安眠はできず、人の出入りや話し声、ガンダルフが下す指図《さしず》などが夢現《うつつ》にわかっていました。それからまたふたたび馬に乗り、夜をこめて走り続けました。あの石を覗《のぞ》いてからこれで二晩め、いや三晩めになります。そしてあのぞっとするような記憶が甦《よみがえ》ると、すっかり目が覚め、かれは思わず身震いしました。風の音さえも今は脅《おびや》かすような声音《こわね》に満ちていました。

空に一点の光が燃えていました。暗い山壁の後ろに光る黄色の火でした。ピピンはびくりとして身をすくませたまま、どんなおそろしい国にガンダルフが連れて行こうとしているのかと心配になりました。それから目をこすって、よく見ますと、それは東の暗闇の上に今しもさし上ろうとしている、もう殆《ほとん》ど満月に近い月なのでした。そうとすればまだ夜は更《ふ》けておらず、暗い旅はまだ何時間も続くことでしょう。かれは身じろぎして、口を利《き》きました。

「今どこにいるんですか、ガンダルフ？」と、かれはたずねました。

「ゴンドールの領土じゃ。」魔法使は答えました。「まだアノーリエンの地を通過中じゃ。」

しばらくの間ふたたび沈黙が続きました。その時です。「あれは何でしょう？」

突然ピピンが声をあげて、ガンダルフのマントにしがみつきました。「ほら！　火です。赤い火ですよ！　この国には竜がいるんですか？　ほら、あそこにももう一つ！」

答の代わりに、ガンダルフは大声で馬に呼びかけました。「行け、飛蔭《とびかげ》よ！　急がねばならん。時間がない。見よ！　ゴンドールの烽火《のろし》がともされた。救援を求めておるぞ。戦いの火口《ほくち》がついたのじゃ。見よ。アモン・ディーンに火が、エイレナハに焔《ほのお》が見える。どんどん西へ伝わっていくわ。ナールドル、エレラス、ミン＝リンモン、カレンハド、それからローハンの国境《くにざかい》ハリフィリエンの山々に。」

しかし飛蔭は歩調を緩《ゆる》め、並足に移ると、首をもたげて嘶《いなな》きました。すると暗闇の中からそれに応えて他の馬たちの嘶きが戻ってきて、間もなく蹄《ひづめ》の音が聞こえ、三人の騎士たちがたちまち近づいて来て、月光に飛ぶ幽霊のように過ぎ去り、西の方に消えました。次いで飛蔭は全身の力を奮い起こして勢いよく駆け出しました。轟々《ごうごう》と鳴る風となって夜気《やき》が馬の上を流れていきました。

ピピンはふたたび瞼《まぶた》が重くなり、ガンダルフがいろいろ話してくれることにも殆ど注意を払いませんでした。その話はゴンドールのしきたりや都の支配者がどのようにしてこの大山脈に沿って、その両方の外辺部の山々の頂に烽火台を建造させ、これらの地点に常に駅伝を配置して、北はローハン、南はベルファラスにいつでも伝令を運べるよう元気な替馬《かえうま》をそこに用意させているかということでした。「久しく北の烽火《のろし》が上がったことはなかった。」と、かれはいいました。「それに昔のゴンドールでは烽火の必要はなかったのじゃ。七つの石があったからの。」ピピンは落ち着かなげに体を動かしました。

「心配せずともう一度眠るがよい！」と、ガンダルフはいいました。「お前さんはフロドのようにモルドールに向かうのでなく、ミナス・ティリスに行くんじゃ。そこが安全でないなら、きょう日《び》はどこも同じじゃよ。ゴンドールが落ちるか、指輪が奪われれば、その時はホビット庄ももはや身を隠す場所にはならぬわい。」

「あなたはちっともぼくを安心させてはくださらないんですね。」ピピンはそういいながらも、忍び寄る眠気に打ち負かされてしまいました。深い夢に陥《おちい》る前に憶《おぼ》えている最後のことといえば、西に傾く月の光を浴びて、雲の上に浮かぶ島々のようにきらめく、高い白峰のつらなりをちらと目の端にとらえたことでした。かれは思いました。フロドはどこにいるのだろう、もうモルドールにはいったのだろうか、それとも死んでしまったのだろうかと。フロドもまた、夜の明ける前ゴンドールのかなたにかかるこの同じ月をはるか遠くから眺めていたことをかれは知りませんでした。

ピピンは人声で目を覚ましました。昼は身を隠し、夜は旅をする日がまた一日飛ぶように過ぎたあとでした。かすかに明るくなって、冷えびえとした夜明けがまた間近になり、冷たい灰色の霧が周りを取り巻いていました。飛蔭《とびかげ》は汗を湯気のように立ち昇らせて立っていましたが、首を誇らかに伸ばしたまま、少しも疲れた様子を見せていません。そのそばには厚いマントを着込んだたくさんの背の高い男たちが立ち、その背後に、霧の中におぼろに石の壁が浮かび上がっていました。外壁は一部は破壊されているように見えましたが、まだ夜も過ぎ去らないのにあわただしい工作の音が聞こえていました。槌《つち》打つ音、鏝《こて》を使う音、車輪のきしみ。炬火《たいまつ》や揺らぐ炎が霧の中でここかしこに鈍い光を放って燃えていました。ガンダルフが行く手に立ちふさがる男たちに向かって話していました。それに耳を傾けているうちにピピンは自分のことが問題になっていることに気づきました。

「さよう、まことにわれらはあなたを存じあげています。ミスランディル殿よ。」男たちのうちの頭立《かしらだ》った者がいいました。「あなたは七つの門を通る合言葉もご存じのことだし、ご自由に進まれるがよかろう。だが、あなたの連れておられる者のことは知りませんぞ。何者です？　北の国の山々からやって来たドワーフですか？　かかる際には一人でも他国者《よそもの》をこの国に入れたくないのです。屈強の武人で、その誠意と助力をわれらがあてにできるというのならいざ知らず。」

「この者は、デネソール殿のご前でわしが保証する。」と、ガンダルフはいいました。「また勇猛心《ゆうもうしん》と申せば、それは体の大きさによって見積もることはできぬものよ。インゴルド殿、あんたは背の高さはかれの二倍あるかもしれぬが、かれはあんたが経験したよりもっとたくさんの合戦や危難をくぐりぬけてきたのじゃぞ。今かれはアイゼンガルドの襲撃から戻って来た。わしらはその消息もたずさえておる。それで、かれは非常に疲れておってな。さもなくば、起こすのじゃが。かれの名はペレグリン、たいそう勇敢な人間じゃ。」

「人間ですと？」インゴルドがうさんくさそうにいいました。あとの者はどっと笑いました。

「人間だって！」ピピンが叫びました。今はもうすっかり目が覚めていました。「人間だって！　とんでもない！　ぼくはホビットですよ。それに人間でないのとご同様、勇敢でもありませんとも。ひょっとして必要に迫られてそうならざるを得ない場合は別ですがね。ガンダルフにだまされちゃいけません！」

「数々の偉勲《いくん》の持ち主たちも自分の口からはいわぬ者が多いかもしれませんな。」と、インゴルドがいいました。「だが、ホビットとは何者です？」

「小さい人じゃ。」と、ガンダルフが答えました。「いや、例の謎《なぞ》歌に出てくる当人ではないが……」男たちの顔に浮かんだ驚きの色を見て、ガンダルフはつけ加えました。「かれではないが、かれと同じ種族の一人じゃ。」

「そうです。そしてかれと一緒に旅をしてきた者です。」と、ピピンはいいました。「そしてあなた方の都のボロミル殿もぼくたちと一緒でした。あの方は北の国の降りしきる雪の中でわたしを助けてくださいました。そして最後には多くの敵からわたしをかばって討たれておしまいになったのです。」

「だまんなさい！」と、ガンダルフがいいました。「この不幸の知らせはまず父御《てご》にお話しすべきことじゃ。」

「ことはすでに憶測されておりました。」と、インゴルドがいいました。「と申すのも、最近この地ではいくつかの不思議な前兆が見られたからです。だが、今は疾《と》く疾く進みたまえ！　ミナス・ティリスの大侯はご令息に関する最新の便りを持ち来《きた》った方《かた》には是非とも会いたいと思し召されるでしょうから。たとえその方が人間であろうと、または――」

「ホビットです。」と、ピピンはいいました。「わたしはあなたのご主君のお役に立てそうもありませんが、勇敢なボロミル殿の思い出のために、できる限りのことはいたします。」

「恙《つつが》なく行きたまえ！」と、インゴルドがいいました。男たちは飛蔭《とびかげ》のために道をあけました。飛蔭は外壁の中の狭い門を通り抜けて行きました。「ミスランディル殿、願わくばこの難局にあたってデネソール様に、そしてわれら一同によき忠言をお与えくださるように！」インゴルドが叫びました。「だがあなたは悲しみと危険の便りをもたらされましたな。いつもそうだということだが。」

「わしは、助けが必要とされる時を除いては滅多に来ぬからよ。」と、ガンダルフは答えました。「して忠言といわれるが、あんたにいうことはこうじゃ。ペレンノールの外壁の修復をしても、はや手おくれで、今となっては勇気こそが迫り来る嵐《あらし》のこよなき防禦《ぼうぎょ》物となる。そのほかに、たずさえてきた吉報もあるぞ。わしのもたらす便りがすべて凶報というわけではないからの。じゃが、その鏝《こて》は置いて剣を研《と》ぐがいい！」

「仕事は夕刻までには終わりましょう。」と、インゴルドはいいました。「ここは外壁の中でも一番最後に防備にあたればよい場所です。すなわち最も攻撃を受けにくいところなのです。われらの友軍ローハンの方に面しておりますからな。ローハンのことを何かご存じでしょうか？　召集に応じてくれると思われますか？」

「そうじゃ。かれらはやって来る。とはいえかれらはあんた方の後方にあって多くの戦いを戦ってきたのじゃ。この道であろうとどの道であろうと、もはや安全に面してるとはいえぬのじゃ。油断されるな！　疫病神《やくびょうがみ》のガンダルフがいなかったら、あんた方はローハンの騎士たちの代わりに、敵の大軍勢がアノーリエンから押し寄せるのを目にしたことじゃろうて。これからとてわからんぞ。では元気でな、眠っちゃいかんよ！」

ガンダルフはランマス・エホールの先の広い土地にはいって行きました。ランマス・エホールとは、イシリエンが敵の影の下に落ちた後、ゴンドールの人間たちが営々として築いた長い外壁を呼ぶ名前でした。その全長は十リーグもしくはそれ以上もあり、山々の麓《ふもと》から出てて山々の麓に戻り、その囲いの中にペレンノールの広野、すなわち長い斜面と段地を形作りながら、アンドゥインの低地にまでしだいに下っていく、城下の村々をふくむ美しい肥沃《ひよく》な土地、そこをすっぽりと取りこんでいるのでした。この外壁で、城市の大門から最も遠い地点は北東方で、四リーグ離れていました。ここではこの外壁は険しくそそりたつ土手から大河のかたわらの長い州《す》を見下ろしていました。この部分はことに高く堅固に作られていました。というのも、オスギリアスの浅瀬と橋からの道が防壁つきの土手道を通って、ちょうどこの地点に達し、はざま胸壁を設けた塔と塔の間の厳重に警備された門を通っているからでした。一番近いところは南東方にあり、ここの外壁は城市から一リーグあるかなしかでした。アンドゥインはここで南イシリエンのエミュン・アルネンの丘陵をめぐって大きく湾曲し、急に西に折れていましたので、外壁はその川の真際《まぎわ》にそそり立っていました。そして外壁の真下には、南の沿岸地方から河をさかのぼって来る船舶のために、ハルロンドの船着き場や荷揚げ場がありました。

外壁に囲まれた城下の村々は地味豊かで、広い耕作地やたくさんの果樹園があり、ホップの乾燥かまどや穀倉、羊囲いや牛小舎を備えた農家の家屋敷が点在し、数多くの小川がせせらぎながら緑の草地を通って、高地からアンドゥインへ向けて流れていました。しかしここに居住する牧夫や農夫の数は多くなく、ゴンドールの民の大部分は城市の七重の囲みの中に、あるいは山脈の外《はず》れにある高い谷間の地方、ロッサールナハに、あるいはそれよりもっと南の方の流れの速い五つの川を持つ美しいレベンニンに住んでいるのでした。レベンニンの山々と海の間には、強壮な者たちが住んでいました。かれらもゴンドール人と見なされてはいますが、その血は他民族とまざっており、背の低い色の浅黒い者たちもいました。かれらの先祖の多くは王たちがこの国にやって来るより以前、暗黒時代に丘陵地帯の陰に隠れて暮らしていた今はもう忘れられた人々から出ているのでした。しかしその先方、ベルファラスの広大な領地にはイムラヒル大公が海辺に近いドル・アムロスの居城に住まっていました。かれは高貴な血を受け、その一族郎党もまた海灰色の目をした、背の高い堂々とした男たちでした。

ガンダルフが馬を進めてしばらくたった今、空にはしだいに夜明けの光が強まってきました。ピピンは目を覚まし、面《おもて》を上げました。左手は霧の海が広がり、東方にわびしい山影が崛起《くっき》していました。しかし右手には大きな山脈が峰々を聳《そび》え立たせ、その西方から連なる山並みが、ここで嶮《けわ》しい山の端を見せて突然終わっていました、あたかもこの土地が造成された時、大河が大障壁を破って、来《きた》るべき時代の合戦場とすべく広大な谷間を切り開いたかのように。そしてエレド・ニムライスすなわち白の山脈が終わっているところに、かれはガンダルフが約束したとおり、ミンドッルイン山の黒々と大きな山容を認めることができました。深い峡谷が濃紫の影をなし、高い峰の面が上る朝日を受けて白く光っていました。そしてこの山の膝《ひざ》のように外に突き出たところに防備堅固《けんご》な城市が、七重の城壁にとり巻かれていて、城壁は人力の建造したものとは見えず、巨人たちが大地の骨なる岩塊を刻んで作ったと思われるほどの強固で年ふりた石で作られていました。

ピピンが驚嘆の眼《まなこ》を瞠《みは》っている間にも、おぼろに灰色に浮かび上がって見えた城壁が暁の光にかすかに赤く染まりながら、白く変わっていくうちに、突然東の暗い影の上に朝日が上り、さっと光の箭《や》を放って城市の面を照らしました。その時ピピンは思わず声をあげました。一番高い城壁の内側に高く聳《そび》え立つエクセリオンの塔が大空にくっきりと輝き、高く見事に形よくまるで真珠と銀の大釘《くぎ》のようにきらめきわたって、その頂の尖塔《せんとう》が水晶で作られたように光ったからでした。また胸壁からは白い旗が朝の微風にはためき、ずっと向こうの高いところから、銀の喇叭《らっぱ》のような澄んだ響きが聞こえてきました。

こうしてガンダルフとペレグリンは朝日の上る頃、ゴンドール人の都の大門に馬を進めて来ました。鉄の扉が音をたてかれらの前に開かれました。

「ミスランディルだ！　ミスランディルだ！」男たちは叫びました。「これでいよいよ嵐《あらし》が近いことがわかったぞ！」

「嵐はおのおのがたに向かって来る。」と、ガンダルフはいいました。「わしはその翼に乗って馬を駆けさせて来た。通してくれ！　デネソール侯の許《もと》にうかがわねばならぬ、ともかく侯の執政の続く限りはな。何事が起こるにせよ、おのおのがたの知っておったゴンドールはこれで終わりじゃ。通せ！」

男たちはガンダルフの威ある声にたじろぎ、もうそれ以上は何もたずねませんでした。とはいえかれらは目を瞠り驚嘆して、かれの前にすわっているホビットと、かれを乗せている馬とを見つめました。というのは、この都の者たちは馬というものを使うことがほとんどなく、馬を通りで見かけることさえ、主君の使者たちがかりたてる馬たちを除いては滅多にないことだったからです。そしてかれらはいいました。「あれは確かにローハン王の偉大な駿馬《しゅんめ》の一つに違いないぞ。多分ロヒルリムが間もなくやって来て、われらに力を貸してくれるかもしれないぞ。」しかし飛蔭《とびかげ》は曲がりくねった長い道を堂々と進んで行きました。

というのも、ミナス・ティリスはそういうふうに作られていたからです。すなわち七つの層の上に建てられており、各層は丘をえぐって作られ、それぞれ周りに城壁をめぐらし、城壁にはいずれも門が一つずつありました。しかし門はどれも一列線上にはありませんでした。大門（都門）は円周の東の地点にありますが、次の門は東南に面し、三番めは東北、四番めはまた東南、五番めはまた東北というふうに互い違いにだんだん高くなっていましたので、城塞そのものに向かう舗装《ほそう》された道は丘の正面を横切ってこちらに曲がりあちらに曲がりしているのでした。そしてこの道が大門と同一線上を通るたびに、巨大な桟橋《さんばし》のように突き出た大岩を貫通しているアーチ形のトンネルを通るようになっていました。この大岩の大きな突出部は最初の一つを除いて城市をめぐる六つの円をすべて二分していました。というのは、ある程度はこの丘の太古の造形の妙によって、またある程度は遠い世のすぐれた技術と働きによって、大岩は都門の背後の広大な中庭の奥から亭々《ていてい》たる稜砦《りょうさい》のようにそそり立って、東面するその稜角は船首の竜骨のように切り立っていました。そしてこの絶壁の頂は七層めの円周と同じ高さにまで達し、胸壁で囲まれていました。そこで城塞にいる人たちは、山なす大船に乗った船乗りのように、この大岩の頂から七百フィート真下にある都門を見下ろすこともできるのでした。城塞の入口もやはり東を向いていますが、大岩の中心部をくり抜いて作られており、そこから七番めの門まではランプに照らされた登り坂が続いていました。こうしてやっと高庭と、白の塔の前の噴水広場に行き着くのです。白の塔は土台から尖塔《せんとう》までの高さが五十尋《ひろ》もある丈高いすらりとした塔で、平地から一千フィートもある尖端には執政である大侯の旗がひるがえっていました。

まことに難攻不落の城塞でした。中に武器を取ることのできる者がいる限り、敵の大軍もこれを落とすことはできませんでした。ただ背後に回ってミンドッルインの山裾《やますそ》を登り、守りの丘と山の本体をつないでいる狭い肩を襲うことができればまた話は別ですが、しかし第五層の城壁と同じ高さにあるこの肩も巨大な防壁で囲まれており、その防壁は第五層の城壁の西のはずれに張り出している断崖《だんがい》まで達していました。そしてこの場所には故人となった王たちや諸侯の廟《びょう》や死者の館《やかた》が山と塔の間に永遠に静まって立っていました。

ピピンは驚嘆の念をいよいよ新たにして、この巨大な石の都を見つめました。かれがかつて夢想だにしたことのないほどの雄大さであり、立派さでした。アイゼンガルドよりも大きく堅固《けんご》で、はるかに美しいのです。とはいえ実際にはこの都は年々衰微の一途を辿《たど》っていました。そして世が世であれば安んじてここに暮らせるはずの人々のすでに半数はもういなくなっていました。どの通りに出ても、戸口やアーチ門の上に奇妙な古い形の美しい文字をたくさん刻んだ大邸宅や庭園の前を通りました。これらの文字はかつてそこに住んでいた貴門《きもん》の人々の名前ではないかとピピンは推測しました。しかしそれらの家々も今は黙し、広い舗装《ほそう》路に響く足音も、館《やかた》に聞こえる声もなく、戸口や人気《ひとけ》ない窓から覗《のぞ》く顔もありませんでした。

かれらはようやく暗がりを抜けて第七門にやって来ました。そしてフロドがイシリエンの谷間を歩いていた時、大河の向こうを照らしていたのと同じ暖かい太陽が、ここでは滑らかな壁や、安定した柱や、冠をいただいた王者の顔に似せて彫った要石《かなめいし》を頂に置いた大きなアーチを赤く照らしていました。ガンダルフは馬を降りました。城塞の中に馬を入れることは許されていなかったからです。飛蔭《とびかげ》は主人から優しい言葉をかけられると、おとなしく連れ去られて行きました。

城塞の門を守る護衛兵たちは黒い服に身を固め、その兜《かぶと》は山高で、顔にぴったりついた長い頰当《ほお》てがあり、頰当ての上に海鳥の白い翼を配した、見慣れぬ形のものでした。しかもこれらの兜は銀の炎のようにきらめいていました。というのも実のところこれらはみな、全盛を極めた古い時代から伝わった宝物で、ミスリルで作られていたからです。黒の陣羽織には銀の冠と尖《とが》った先端のたくさんある星々の下に、雪のように白い花をつけた一本の木が白で縫い取ってありました。これはエレンディルの世継たちの装いであって、今ではゴンドールの何人《なんぴと》もこれを着用せず、ただ、かつて白の木が育っていた噴水の庭の前に立つ城塞の近衛兵《このえ》にのみ許されていたのです。

かれらの到来を告げる知らせはあらかじめ伝えられてあったとみえて、二人は何の誰何《すいか》を受けることもなしに、そのまますぐ通してもらえました。ガンダルフは足早に白い石を敷きつめた前庭を横切って行きました。美しい噴水が一つ朝日にきらめきながら噴き上げ、鮮やかな緑の芝生がその周りを取り巻いていました。しかしその真ん中にあるのは、噴水の池にしなだれるように立つ一本の枯木で、葉も花もないその折れた枝からは、水の滴《しずく》が澄んだ水の中に侘《わ》びしく滴《したた》り落ちていました。

ピピンは急いでガンダルフの後を追いながら、ちらと目にして、物寂しい光景だと思いました。そして、何もかも手入れが行き届いているこの場所にどうして枯木が放置されているのだろうかといぶかしみました。

七つの星に、七つ石、また一本《ひともと》の白き木よ。

ガンダルフの口ずさんでいたこの言葉がふと思い出されました。その時かれは自分がきらめく塔の下の大きな館《やかた》の入口にいるのに気づきました。魔法使の後について、かれは背の高い物いわぬ衛士《えじ》の前を通り、石の建物のひんやりした、音の反響する薄暗がりの中へはいって行きました。

二人は人気《ひとけ》のない長い敷石の廊下を歩いて行きました。歩きながらガンダルフは低い声でピピンに話しました。「ペレグリン君や、よいか、言葉に気をつけるんじゃぞ！　ホビット式の出しゃばり口を叩《たた》いていい時じゃないからな。セーオデンは親切な老人じゃ。デネソールはセーオデンとは違う。かれは誇りが高く明敏じゃぞ。かれはたとえ王とは呼ばれていなくとも、家柄といい実力といいずっと上なのじゃ。かれは主としてお前さんに話しかけ、いろいろたずねるじゃろう。お前さんならかれの息子のボロミルのことを話してやれるからな。かれは大そうボロミルをかわいがっておった。もしかしたらかわいがり過ぎたかもしれぬ。互いに似通っていなかっただけになおさらかわいかったんじゃな。じゃが息子への愛にかこつけて、かれは自分の知りたいことを、このわしからよりもむしろお前さんから聞き取るほうが易《やさ》しいと思うじゃろう。かれには必要以上のことを話すんじゃない。それからフロドの用向きについては内密にしておけ。そのことは然《しか》るべき時にわしから話す。それからどうしてもいわざるを得ない時は別として、アラゴルンについても何もいっちゃならん。」

「どうしてです？　馳夫《はせお》さんのどこが悪いんです？」ピピンは声をひそめていいました。「あの人はここへ来るつもりじゃなかったんですか？　それにどっちみちもうすぐあの人自身がやって来ますよ。」

「かもしれんな、恐らく。」と、ガンダルフはいいました。「ただかれはやって来るにしても、だれ一人予期しない、デネソールでさえ予期しない来方をしそうじゃな。そのほうがよかろう。少なくともわしらがその先ぶれをすべきではない。」

ガンダルフは磨《みが》きこまれた金属の高い扉の前で立ち止まりました。「ピピン君よ、いいかね、今はお前さんにゴンドールの歴史を講義しとる暇はない。もっともお前さんが勉強をさぼってホビット庄の森で鳥の巣探しをしとった頃に少しでも習っとけばよかったかもしれんがのう。ま、わしのいったとおりやるんじゃ！　権力ある支配者にその跡継の死の知らせをもたらすという際にはじゃ、もしやって来れば当然王位を要求するであろう者の到来を喧伝《けんでん》することは断じて賢明とはいえんぞ。これだけいえば充分かな？」

「王位ですって？」ピピンはたまげていいました。

「さよう。」と、ガンダルフはいいました。「お前さん、今までずっと耳をとざし、心を眠らしたまま歩いとったのなら、ここらでぱっちり目を覚ませ！」かれは扉をたたきました。

扉は開かれました。しかしそれを開けた者の姿は見られません。ピピンは大広間の中を覗《のぞ》きました。中は天井を支える高い柱の列が立ち並び、広い側廊がその両側にあり、そこの分厚い窓からはいる光で明るくなっていました。黒大理石の石柱は高く聳《そび》え立ち、頂は異形の獣たちや葉群《はむれ》をかたどった大きな柱頭になっていました。そしてそのずっと上の暗がりには、広い丸天井が鈍い金色に光り、磨《みが》きこまれた石の床は白い輝きを見せ、連続する多彩な飾り模様《トレーサリ》がはめこまれていました。この長い荘厳な大広間には伝説を描いた壁かけ一枚なく、布製のもの、木製のものは何一つとして見られませんでした。その代わり柱と柱の間には、冷たい石に彫った丈高い彫像の物いわぬ群れが立っていました。

遠い昔に世を去った王たちの居並ぶ通路を眺めながら、ピピンはふとアルゴナスの岩刻の像を思い出し、畏怖《いふ》の念に襲われました。広間の奥には幾段もの踏段のついた壇の上に、山高の兜《かぶと》の形をした大理石の天蓋《てんがい》の下《もと》、高い玉座が設けられていました。玉座の背後の壁面には花開く一本の木のかたちが刻まれ、宝石がはめこまれていました。しかし玉座に坐る人はいませんでした。壇の下の広くて奥行きのある一番低い踏段に、黒くて飾りのない石の椅子が一脚あって、そこに一人の老人が自分の膝《ひざ》を見つめながら坐っていました。手には金の握りのついた白い杖が握られていました。老人は面《おもて》を上げません。二人は長い床をしずしずとかれに向かって進み、とうとうかれの足台にあと三歩というところで立ち止まりました。それからガンダルフが話しかけました。

「ミナス・ティリスの大侯にして執政、エクセリオンのご子息、デネソール殿、ご機嫌よろしう！　この暗黒の時にあたって、忠言と種々の便りをたずさえて参上しましたぞ。」

その時老人は顔を上げました。ピピンは堂々たる骨形と象牙のような皮膚の彫の深い顔貌《がんぼう》を見ました。暗色の深くくぼんだ目と目の間には湾曲した長い鼻がありました。かれはボロミルよりもむしろアラゴルンを思い出させました。「まことに時は暗い。」と、老人はいいました。「そしていつもこのような時にあんたはやって来るな、ミスランディル殿。だが、たとえすべての兆《しるし》がゴンドールの破滅の日の近きを予兆《よちょう》するにせよ、この暗さは予にとっては予自身の暗さに及ばぬわ。あんたは予の息子の死を目撃した者を伴って来られたということだが。その者がそうか？」

「さようです。」と、ガンダルフはいいました。「二人のうちの一人でしてな。もう一人はローハンのセーオデン殿とともにあり、このあとに参るやもしれません。この者たちはご覧のとおり小さい人じゃが、かの予言に語られた当の者ではござらぬ。」

「だが小さい人たることに変わりはなかろう。」デネソールはきびしい声でいいました。「して予はその名にほとんど愛情は持たぬわ。かののろうべき予言が訪れてわれらの思慮を乱し、予の息子を無謀な使いにおびき寄せ、遂《つい》に死なしめたのだからな。ああ、わが子ボロミルよ！　今こそそちを必要としとるのに。あれの代わりにファラミルが行くべきだった。」

「ファラミル殿は進んで行かれたでしょう。」と、ガンダルフはいいました。「お歎《なげ》きのあまり、公正を欠かれませぬように！　ボロミル殿は自分が使いに立たれることを要求され、他の者を行かせようとはされなかった。人に先立たれる性で、欲しい物は手に入れる方でしたからな。わしは一緒に遠くまで旅をしてボロミル殿の気性はかなりわかり申した。じゃが、殿はご子息の死を口にされた。わしらの到着前にその知らせを受け取られたのかな？」

「これを受け取ったぞ。」デネソールはそういうと、杖を下に置き、それまでかれがじっと見つめていた物を膝《ひざ》から取り上げました。両の手に片方ずつ、真ん中から二つに割れた大きな角笛《つのぶえ》をかれは掲げました。銀で巻いた野牛の角でした。

「ボロミル殿がいつも帯《お》びておられた角笛です！」と、ピピンは叫びました。

「その通りだ。」と、デネソールはいいました。「予の時には、予が持っておった。わが家の長子がみな順にこれを持っておってな、王家の滅亡以前の今は遠くかき消えた時代にまでさかのぼる。マルディルの父ヴォロンディルがリューンの遠い野にアラウの野牛を狩った時以来だ。十三日前のこと、予はこれが北方の辺境にかすかに吹き鳴らされるのを聞いた。そして大河がこれを予の許《もと》に運んで来た。割れて、な。もはや吹き鳴らされることはない。」かれは黙り込み、重苦しい沈黙が続きました。突然かれは容易に心をのぞかせない目をピピンに向けました。「小さい人よ、このことについて話があるか？」

「十三日、十三日前と。」ピピンは口ごもりました。「そうです。そういうことになると思います。そうです。わたしがあの方のそばにいた時でした、あの方が角笛をお吹きになったのは。しかし助けは来ませんでした。オークどもがさらに多くやって来ただけで。」

「では」ピピンの顔に鋭い視線をじっと向けて、デネソールはいいました。「そなたはそこに居合わせたのだな？　もっと話してくれ！　なぜに助けは来なかったのか？　またそなたはいかにして逃げたのか？　それなのにあれは逃げなかったのだな。あれほどの剛《ごう》の者で、手向かうはオークどもだけというのに？」

顔に血が上《のぼ》って、ピピンは恐れを忘れました。「この上ない剛の者でも一本の矢に討ち果たされることがございます。」と、かれはいいました。「そしてボロミル殿はたくさんの矢をお受けになりました。わたしが最後にお見うけした時、あの方は木のかたわらにくずおれ、脇腹から一本の黒羽根の矢を引き抜いておいででした。そのあとわたしは気を失い、捕虜にされました。それからもうあの方を見ず、また知りません。しかしわたしはあの方の思い出を尊んでおります。この上ない剛勇の士でしたから。あの方はわたしたち、つまり縁者のメリアドクとわたし自身が冥王の兵たちに森で要撃されたところを助けようとして死なれたのです。あの方はそれを果たされずに討たれたとはいえ、わたしの感謝が減じることはありません。」

こういってピピンは老人の目を真っ直見ました。というのも、この老人の冷ややかな声に含まれた蔑《さげす》みと疑いの念に気持ちを傷つけられながら、誇りが不思議にも心中に湧き起こったからです。「かくもお偉い人間のお殿様からすれば、さだめし、一介《いっかい》のホビット、北の方なるホビット庄から参った一人の小さい者などのお役に立つことはほとんどないと思し召されましょう。しかし受けたご恩のお返しに、非力《ひりき》とはいえ殿にわが身命のご奉公をさしあげましょう。」灰色のマントを脇にかきのけ、自分の小さな剣を引き出して、ピピンはデネソールの足許《もと》に置きました。

冬の夕暮れの冷えびえとした太陽の残照にも似たあるかなきかの微笑が老人の面《おもて》を通り過ぎました。しかしかれは顔を伏せて、片手を伸ばし、二つに割れた角《つの》笛《ぶえ》を脇に置いて、いいました。「その武器をよこせ！」

ピピンは剣を持ち上げ、柄《つか》の方をかれに差し出しました。「これはどこから来たのか？」と、デネソールはいいました。「長い長い年月を経たものよな。間違いなく遠い昔北方のわれらが一族によって鍛《きた》えられた刃《やいば》に違いないと思うが？」

「わたしの国の国境《くにざかい》にあります塚山から出土したものでございます。」と、ピピンはいいました。「しかしそこも今は悪《あ》しき塚人どものみの棲《す》まうところとなりました。そのことについてはこれ以上お話し申しあげる気持ちになりません。」

「そなたの周囲には奇々怪々な話がいくつも織り合わされておると見たぞ。」と、デネソールはいいました。

「して外観は必ずしもその人の――または、その小さい人の人物を明かすものでないことが今一度ここに示されたわ。予はそなたの奉公を嘉納《かのう》するぞ。そのゆえは、そなたが言葉によってひるむことなく、また礼にかなった物いいを心得ておるからだ。言葉の響きこそ南国のわれらの耳に奇体《きたい》にひびくがの。それにこの先われらは、大きい者たりとも、小さい者たりとも、礼あるすべての種族を必要とすることになろう。では予に誓え！」

「その柄《つか》を持って、」と、ガンダルフがいいました。「殿のあとについていうんじゃ、もしお前さんがしかと決意した上のことであれば、な。」「決意の上です。」と、ピピンはいいました。

老人は膝《ひざ》に剣を置きました。ピピンはその柄に片手を置き、デネソールのあとについてゆっくりといいました。

「ここにわれはゴンドール国、ならびにゴンドール王国の支配者なる執政の君に忠誠と奉公を誓う。この時より以後は、わが主君がわれを解《と》き給うまで、死がわれを襲うまで、またこの世の終わるまで、困窮の時も足れる時も、平和にても戦いにても、生きてありても死なん時も、物いうことと黙《もだ》すことを、行なうことと捨て置くことを、来ることと行くことを、ここに誓う。われ、小さい人、ホビット庄の住人パラディンの息子ペレグリンかく誓言《せいごん》す。」

「ゴンドールの支配者にして、正統の王の執政たる、エクセリオンの息子デネソール、これを聞き届く。予はこれを忘るることなからん。また与えられたるものに報いざることなからん。忠誠には愛を、武勇には栄誉を、誓いを破るにおいては復《ふく》讐《しゅう》を報うべし。」それからピピンは剣を返してもらい、元の鞘《さや》に納めました。

「ではこれから、」と、デネソールはいいました。「予の最初の命令を申しつけるぞ。よいか、いえ、そして黙すな！　そなたの話をあらいざらい話してくれ。それからわが息子ボロミルのことで思い出せるかぎりのことはすっかり思い出すように留意せよ。では坐って語り始めよ！」そういいながら、かれが足台のそばにある小さな銀のどらを打つと、たちまち召使たちが進み出て来ました。ピピンはその時はじめて、かれらが入口の両側の壁の凹所《アルコーブ》に控えていたことに気がつきました、はいって来た時には見えませんでしたが。

「客人方に葡萄酒と食べものと椅子を持て。」と、デネソールはいいました。「して一時間は何人《なんぴと》もわれらを妨《さ》げぬよう取り計らえ。」

「これだけしか時間が割けぬ。気を配らねばならぬことが他にもいろいろあるのでな。」かれはガンダルフにいいました。「他目《よそめ》にはこと重大と思えても、予にとってはさほど緊急でないことどもだが。しかし今日の日暮れにはまた話ができよう。」

「それより早いほうが望ましいですな。」と、ガンダルフはいいました。「アイゼンガルドからここまで長駆百五十リーグの道程《みちのり》を疾風《はやて》の速さで駆けつけて参ったのは、いかに礼ある者とはいえ、小さな一戦士を殿の許《もと》に連れ来るためだけではありませぬ。セーオデン王が一大合戦を戦われたことも、アイゼンガルドが打ち倒されたことも、このわしがサルマンの杖を折ったことも、殿には緊急ならぬ些事《さじ》でしょうかな？」

「予にとっては大いに意味のあることだ。だが、今申された事実については、予は東方の脅威《きょうい》に対して予自身のはかりごとを練るに充分なだけはもうすでに承知しておる。」かれはその測り難い目をガンダルフに向けました。そしてこの時ピピンはこの二人の間に似通ったところがあるのに気づきました。またこの両者の間にぴんと張りつめたものがあるのを感じました。あたかも二人の目から目へ発止《はっし》と線を引いて火がくすぶりだし、その火がいつふいにめらめらと焔《ほのお》を上げて燃え出すかと思われるほどでした。

見たところはガンダルフにくらべはるかにデネソールのほうが偉大な魔法使らしい様子でした。ガンダルフよりはずっと王者らしく、美しく、力強く、年かさに見えました。しかし視覚以外の感覚によって、ピピンはガンダルフのほうが、より大きな力とより深い叡智《えいち》と、隠された威厳の持ち主であることを認めました。それにかれのほうが年上でした。はるかに年寄りでした。「どのくらい年上なのだろう?」と自問自答してみて、その時かれは、今まで一度もそのことに考え及ばなかったことをわれながらおかしいと思いました。木の鬚《ひげ》が魔法使のことで何かいっていましたが、その時だってかれはガンダルフをその仲間の一人とは考えなかったのです。ガンダルフとはそも何者なのか?　かれがこの世に現われたのはどんな遠い時、どんな遠い場所であったのか?　そしていつかれはこの世を去るのであろうか?　しかしかれの物思いはそこで破られ、かれはデネソールとガンダルフが依然として互いの目を見合っているのに気づきました。あたかもそれは互いに相手の心を読み取ろうとしているかのようでした。しかし最初に視線をそらしたのはデネソールでした。

「さよう、」と、大侯はいいました。「七つの石は失われたと伝えられるが、いまなお、ゴンドールの支配者たちは並みの人間よりは鋭い視力を持っており、いろいろ便りを受けるのよ。ともあれ、まず坐られよ!」

その時男たちが一脚の椅子と一台の低いスツールを運んで来ました。一人は盆に銀の酒びんと盃、それに白い菓子をのせて持って来ました。ピピンは腰を下ろししましたが、老侯から目を離すことができませんでした。老侯が七つの石のことを口にした時、突然その目が光って、ピピンの顔に視線が投げられたように思ったのですが、実際にそうだったのでしょうか、それともかれの気のせいにすぎなかったのでしょうか？

「では、そなたの話を聞かせてくれ、わが忠良よ。」半ばやさしく、半ばからかうようにデネソールはいいました。「わが息子がそのように力を貸し与えた者の言葉は、心から喜んで承《うけたまわ》るぞ。」

ピピンにとっては、ゴンドールの支配者の射徹《いとお》すような目に見据《す》えられ、合間合間にはその意地悪い質問にぐさりぐさりと刺されながら、この大広間で過ごした一時間は決して忘れることのできないものでした。おまけにガンダルフが傍《かたわ》らにあってじっと見聞きし、どうもピピンの感じではつのる怒りと苛立《いらだ》ちを押さえているらしいのを、その間じゅうずっと意識させられているのですから。一時間がたち、デネソールがふたたびどらを鳴らした時、ピピンは精も根もつき果てた気がしました。「今だったらたて続けに三食分だって朝ご飯が食べられそうだ。」

「九時を回っている筈《はず》はないけど。」と、かれは思いました。

「ミスランディル殿を殿に用意されたお住居《すまい》にご案内せよ。」デネソールがいいました。「殿の連れは、本人さえよければ、さしあたっては殿と同宿でよろしかろう。なお、予はたった今かれに予への臣従を誓わせたから承知しおくように。かれの名はパラディンの息子ペレグリンと知りおけ。そして重要でないほうの合言葉を教えてつかわすように。指揮官たちは第三時が鳴ったあとすぐに、この場所に訪ねくるよう申し送れ。」

「それからミスランディル殿よ、あなたもよければいつでもおいでいただきたい。予の短い睡眠の時を除いては、いつなりとあなたが予の許《もと》に参られるのを何人《なんぴと》も妨げはせぬ。老いの身の愚《おろ》かしさに腹も立てられようが、それは水に流し、予を慰めるべく戻って来ていただきたい！」

「愚かしさといわれるか？」ガンダルフはいいました。「いや、いや、殿よ、殿が耄碌《もうろく》される時は、殿が死なれる時。殿は悲しみすらご韜晦《とうかい》の手段としてお用いになれる方じゃ。一番何も知らぬ者を相手に、一時間にもわたっていろいろ質問なされた殿のご意図を、その傍らに坐しながら、このわしが悟らなかったとお考えですかな？」

「それを悟られたのなら、それで満足されるがよかろう。」デネソールは答えました。「危急に際して助力と助言を受けることを潔《いさぎよ》しとしないなら、自尊心は愚かしさに通じよう。だがこのような贈り物をあなたがふるまうのも、所詮《しょせん》はあなたの計画に従ってのこと。しかしゴンドールの支配者は他の人間の目的の道具にはされぬ。いかに立派な目的であろうとな。してかれにとっては現存する世界で、ゴンドールの国益に勝る目的は存在せぬ。それに殿よ、このゴンドール国の統治権は予のものであって、他の何人《なんぴと》のものでもない。王の再来がない限りは。」

「王の再来がない限りとな？」ガンダルフがいいました。「では、執政の殿よ、今はその日に会わんことを期する者が殆《ほと》どないとしても、その事ある日に備え、王国の一部なりと静穏に維持することが殿のご任務であられよう。そのご任務を果たされるにあたって、殿は殿が喜んで求められる一切の援助をお受けになられましょう。が、これだけは申しあげておきますぞ。国の統治はわしの務めではないとな。ゴンドールであれ、他の国であれ、大国であれ、小国であれ。しかし現存する世界で危《き》殆《たい》に瀕《ひん》している一切の価値あるもの、これこそ、わしの関心事です。そしてわしとしては、たとえゴンドールが滅びようと、なおも美しく育つもの、また未来にふたたび実をつけ、花を咲かすことのできるものがこの夜の時を通りすごせば、わが任務に完敗したことにはなりませんぞ。なぜならかく申すわしもまた執政ですからな。殿はご存じなかったかな？」かれはこういうと踵《くびす》を返し、その傍《かたわ》らを小走りに走るピピンを伴って、すたすたと広間を出て行きました。

ガンダルフは途中ピピンの方は見もせず、一言も話しかけませんでした。案内人は二人を連れて広間の入口を出て、先に立って噴水の庭を横切り、高い石の建物と建物の間の路地にはいって行きました。この路地を幾曲がりかしたあと、城塞をめぐる城壁の北側に近接した一軒の家の前に来ました。城塞の丘と山そのものをつないでいる肩から程遠くないところでした。案内人は中にはいると、石をけずったゆったりした階段を登り、道より上にある二階の立派な部屋に二人を通しました。明るくて風通しがよく、鈍い金色の輝きを帯びた絵柄のない上質の壁かけの類がかかっていました。家具調度は控えめで、僅《わず》かに小さなテーブルが一つと椅子が二つ、それに長椅子が一つあるだけでした。しかし部屋の両側にカーテンで仕切られた小部屋があり、その中には立派な寝具を置いたベッドがあって、洗面用の水差しや水だらいも備えつけてありました。部屋には北向きの高い狭い窓が三つあり、今もまだ靄《もや》に包まれているアンドゥインの大きく蛇行《だこう》する川筋から、遠くはエミュン・ムイルの山々、またラウロスの大瀑布《ばくふ》が見晴らせました。ピピンは分厚い石の窓台から外を見るのに長椅子によじ登らなければなりませんでした。

「ぼくのことを怒ってらっしゃるんですか、ガンダルフ？」案内人が部屋を出て、ドアを閉めると、かれはたずねました。「ぼくとしては最善をつくしたんですけど。」

「まったくじゃ！」ガンダルフはそういうと、不意に声をあげて笑いました。それからピピンのそばにやって来て、片手でホビットの肩をだいて、窓からじっと外を見つめました。ピピンは幾分驚きの念をもって、今では自分の顔の間近にある顔にちらと目を向けました。というのも、その笑い声に陽気で楽しげな響きがあったからです。しかし魔法使の顔にかれが見たものは、初めのうちはただ心労と悲しみの皺《しわ》にすぎませんでした。ところがもっと一心に見つめているうちに、すべてのものの下に大きな喜びが隠れているのを認めました。もしそれがほとばしり出ることがあれば、一つの王国全土を笑いでみたすに足るだけの楽しい喜びの源泉ともなったことでしょう。

「まったくお前さんは最善をつくしたわい。」と、魔法使はいいました。「そしてわしはお前さんがもう当分、こんな恐ろしい二人の老人の間に挟《はさ》まって身動きのとれないめに合うようなことを繰り返さずにすむように願っとるぞ。それでもゴンドールの執政殿は、お前さんが考えてる以上に多くのことを聞き知ったな、ピピン君よ。モリアから一行を導いたのはボロミルではなかったということ、お前さんたちの仲間にぬきんでた信望をになう者が一人いて、ミナス・ティリスに来ようとしていること、その人物は有名な剣を持っているということ、こうした事実を隠すことはお前さんにはできなかった。ゴンドールでは人々は古い昔の物語を回想することが多いのじゃ。それにデネソールは、ボロミルが去ってからというもの、例の謎歌《なぞ》とイシルドゥルの禍《わざわい》という言葉を長考してきたろうからな。

「かれはこの時代の他の人間たちとは違うのじゃよ。ピピン、父子代々伝えられた血統《ちすじ》が何であれ、かれの中には何かのはずみで西方国の人の血が紛《まぎ》れもなく流れておる。それはかれのもう一人の息子、ファラミルにおいても同様じゃ。じゃが、かれが最も愛してやまなかったボロミルの中には流れておらなかった。かれは遠くを見る視力を持っておる。もしかれがそこと思い定めて意志を傾注すれば、かれは人々の心中に生じる思いの多くを読み取ることができる。遠く離れたところに住む者の心さえもな。かれを欺《あざむ》くのは難事じゃし、欺こうと試みるのは危険じゃよ。

「それは覚えておけ！　お前さんはもうかれに臣従を誓ったのじゃからな。いったい何でお前さんがあんな誓いを立てようと考えついたのか、そういう気持ちになったのか、わしにはわからんが。しかし、よくやったな。わしは止めだてはしなかったぞ。気高い心から出た行為というものは冷ややかな助言によって押しとどめられるべきものではないからなあ。お前さんのしたことは（いうなれば）かれの機嫌を取ったことにもなるが、それだけではない、かれを感動させたのよ。それに少なくともお前さんはこれで意のままにミナス・ティリスを動き回ることが許されたわけじゃ——非番の時にはじゃよ。これには別の面もある。お前さんはかれの掌中《しょうちゅう》にあるのじゃ。かれは忘れやせんぞ。なお油断するな！」

かれはふっと黙りこんで、溜息をつきました。「ところで、明日という日がどう出るか、くよくよ思う要もないわい。一つには、明日は今日よりも悪いものをもたらすことは確かじゃし、これからは来る日も来る日もそうなるからな。それにそうはさせまいとしてもわしにできることはもう何もない。盤は置かれた。駒《こま》は動き出した。わしがどうしても見つけたいと思っとる一つの駒は、今度デネソールの世継となったファラミルじゃ。かれが都にいるとは思わんが、聞いてまわる時間もなかったしなあ。ピピンよ、わしは行かねばならぬ。その諸侯会議とやらに行って、できる限り教えてもらわなければならんのでな。じゃがつぎに駒を動かすのは敵の番じゃ。敵はいよいよ勝負をかけて臨《のぞ》もうとしとるぞ。歩《ふ》もまたこの試合で存分の活躍をすることになりそうじゃ。ゴンドールの兵士、パラディンの息子ペレグリンよ。その剣を研《と》いでおくがよい！」

ガンダルフは戸口まで行くと、振り向いていいました。「わしは急いどるんでな、ピピンよ。お前さん外に出るんだったら、一つ用を足してもらえないか。あまり疲れてるようでなければ、一休《ひと》みする前にでもな。飛蔭《とびかげ》を探して、どんな住居をもらってるか見ておくれ。ここの人間たちは獣には親切は親切なんじゃ。善良で賢明な連中じゃからな。とはいえ、ある者たちにくらべれば、馬の扱いは劣っとる。」

こういうとガンダルフは出て行きました。そしてかれが出て行く時に、城の塔の一つで鳴る澄んだ美しい鐘の音が聞こえてきました。鐘は三度、銀の響きのように空中に鳴り響き、そして消えていきました。日の出から数えて三時間めでした。

しばらくして、ピピンは戸口を出て石段を降り、通りを見渡しました。日光はもう暖かく明るく輝き、城の塔や高い建物は切り抜いたような長い影を西の方に落としていました。青空に高く、ミンドッルイン山が白い兜《かぶと》と雪のマントを着けて聳《そび》えていました。城に向かう道々に武装兵たちが往来《ゆきき》していました。時の鐘で部署や勤務の交代につこうとしているようでした。

「ホビット庄じゃ九時というところで、」ピピンは声に出して独り言をいいました。「開け放した窓のそばで、春の陽射しを浴びて、すてきな朝ご飯を食べるころあいだなあ。ああ、朝ご飯が食べたい！　ここの人たちはいったい朝ご飯を食べるんだろうか、それともすんじまったのかな？　それからお昼はいつ食べるんだろう？　どこで食べるのかな？」

そうこうするうちにかれは、黒と白の服に身を固めた男が一人、城の真ん中の方から狭い通りをこちらに向かって来るのに目を留《と》めました。ピピンは心細かったので、その男が通り過ぎる時に声をかけてみようと決心しました。しかしその必要はありませんでした。男は真っ直かれのところにやって来たのです。

「あなたが小さい人のペレグリン殿ですか？」と、かれはいいました。「あなたが殿と都に忠誠を誓われたことを聞いております。ようこそ！」かれは手を差し出し、ピピンはそれを握りました。

「わたしはバラノールの息子ベレゴンドと申す者。今日の午前中は勤務がないので、あなたに合言葉をお教えし、またきっと知りたいと思っておいでのことがいろいろありましょうから、何かと教えて差し上げるために遣《つか》わされたのです。それにわたしとしても、あなたのことが知りたいのです。というのも、この国では一度も小さい人をお見かけしたことがないし、噂《うわさ》には聞いたことはあっても、われらの知っている話の中には、ほとんど出てきませんからねえ。おまけにあなたはミスランディルのご友人ですからね。あの方をよくご存じなんですか？」

「そうですねえ、」と、ピピンはいいました。「あの人のことはわたしの短い生涯の間あれこれ知ってきましたし、最近はあの人と一緒に遠くまで旅をしてもきましたよ。ですが、あの本にはたくさん読むところがあって、わたしなんかせいぜい一ページか二ページしか読んだといえませんね。だけど、少数の人を除けば、あの人を知っているほうでしょう。わたしたちの仲間では、アラゴルンがあの人を本当に知っているただ一人の人だと思いますね。」

「アラゴルン？」ベレゴンドはいいました。「その方はだれなんです？」

「あのう、」ピピンは口ごもりました。「わたしたちと一緒に歩いてた人です。今はローハンにいると思いますけど。」

「あなたはローハンにおられたそうですね。あの国のこともいろいろおたずねしたいことがあります。なぜといって、われらに僅《わず》かな望みがあるとすれば、その多くをあの国の人たちにかけているからです。だがもうちょっとでいつかった用事を忘れるところでした。その用事というのは、まずあなたのおたずねになりたいことに答えることなんですがね。何をお知りになりたいですか。ペレグリン殿？」

「ええと、そうですねえ、」と、ピピンはいいました。「思い切って申しあげますとねえ、現在ぼくの心にある火急《かきゅう》の質問というのは、あの、朝ご飯はどうなってるかといったことなんです。つまり、食事の時間はどうなってるんでしょう？　それに食堂はどこにあるんでしょう？　食堂があるならばですけど。それから居酒屋は？　ぼく探したんですけど、ここまで登って来る途中一軒も見かけなかったんです。賢くて優雅な方々の本拠に着いたらすぐ一杯のビールにありつけるという望みがぼくをここまで連れて来てくれたんですけどね。」

ベレゴンドはまじめな顔でかれをじっと見ました。「なるほど、百戦錬磨《れんま》の士ですね。」かれはいいました。「戦場に向かう者は次はいつどこで食べものと飲みものを取ることができるか常に気をつけていると聞いてます。わたし自身は見聞の広いほうではありませんがね。それでは、あなたは今日はまだ何も召しあがっていらっしゃらないのですか？」

「ええと、いや、礼儀にはずれないいい方をすれば、いただきました。」と、ピピンはいいました。「しかし、殿のご厚意による葡萄酒一杯と、白い焼き菓子が一つか二つ、それだけです。しかも殿はそれと引き換えに一時間も質問責めをなさったんですからね。これはお腹が空《す》きますよ。」

ベレゴンドは笑いました。「食卓ではなりの小さい人のほうが大手柄をたてるといいますね。だけど、あなたは城中のだれとも同じように ちゃんと朝食を召しあがったわけです。それもずっと光栄ある食事をね。ここは城塞であり、守護の塔であり、加うるに目下戦時態勢にあります。われらは日の出前に起床し、白みかけた光の中でほんの一口何か食べて、一日の始まる第一時にはもう部署につくのです。しかし落胆《らくたん》召さるな！」ピピンの顔に浮かんだ失望の色を見て、かれはもう一度笑いました。「激しい勤務に服した者は午前中の半《なか》ば頃に元気回復のために何か食べることになっています。それから昼餉《ひるげ》は軽く、勤務が許し次第、正午かそれより後に取ります。それから日没頃にはみんな集まって夕食を取り、今でもまだ少しは残っている笑いを楽しもうってわけです。

「さあ！　少し歩いて、それから何か軽い食べものを見つけに行って、胸壁の上で、美しい朝の景色でも眺めながら、食べたり飲んだりするとしましょう。」

「ちょっと待ってください。」ピピンは顔を赤らめていいました。「ついがつがつしていました。あなたなら礼儀上空腹でとおっしゃってくださるでしょうけど、失念してしまいましたよ。ガンダルフ、つまりあなた方のおっしゃるミスランディルに頼まれていましたよ。あの人の馬を見てくれってね。その馬は飛蔭《とびかげ》といって、ローハンのすばらしく大きな馬で、王様がひとかたならずかわいがっておられたようなんですが、ミスランディルの功労を賞《め》でてかれに贈られたのだそうです。飛蔭の新しい主人は多くの人間を愛する以上にこの獣をかわいがってるんじゃないかと思いますよ。ですからかれの友情がこの都にとってなんらかの値打ちがあるものならば礼のかぎりを尽くして飛蔭《とびかげ》を遇されるといいですよ。できることならこのホビットを遇してくださる以上の親切心を持ってね。」

「ホビットというと？」ベレゴンドはいいました。

「わたしたちは自分の種族をそう呼んでいるんです。」ピピンがいいました。「これで、耳慣れぬ訛《なま》りも礼儀正しい話しぶりを損《そこな》うことなく、ベレゴンドはいいました。ホビットというのは慇懃丁重《いんぎんていちょう》な方たちだといえるわけですからね。それはともあれ、さあ！　その立派な馬と知り合いにならせてください。わたしは獣が好きなんですが、この石の都の中ではほとんど見かけることがありませんからね。わたしの一家は山の谷間の地方から出ていて、その前はイシリエンから来たのです。けれどご心配ご無用！　馬小屋訪問はすぐすみます。儀礼的訪問にすぎませんから。そこから今度は食糧貯蔵室に行きましょう。」

ピピンが行ってみると、飛蔭は上等な厩舎《きゅうしゃ》で行きとどいた世話を受けていました。

第六の城壁の中で、城塞の外側に、立派な厩《うまや》がいくつかあり、そこには数頭の駿《しゅん》馬《め》が飼われていました。そこは大侯の使者である乗手たちの宿舎のすぐ近くでもありました。使者たちはデネソール侯か、将官たちの緊急命令を受けていつでも出かけられるようになっていましたが、今は馬も乗手たちも皆出払って留守でした。

ピピンが厩舎にはいっていくと、飛蔭はうれしそうに嘶《いなな》いて、頭を向けました。「おはよう！」と、ピピンはいいました。「ガンダルフは来られるようになったらすぐ来るよ。かれは忙しいんだよ。でもあんたによろしくって。そしてぼくが気をつけることになってるんだよ、何も不都合なことはないかどうか、それからあんたがあの長い力走のあとでちゃんと休めるといいんだけど、それも見といてくれってね。」

飛蔭は頭をうち振り、足を踏みならしました。しかしかれはベレゴンドがかれの頭にやさしくさわり、大きな脇腹をなでるのをいやがるでもなく、おとなしくされるままになっていました。

「まるで競走に出たくてうずうずしているっていう感じですね。長途の旅から着いたばかりとはとても見えない。」と、ベレゴンドがいいました。「なんと強くて堂々としているんだろう！　馬具はどこですか。さぞ立派で美しいでしょうね。」

「かれにふさわしいだけ立派で美しい馬具なんてありませんよ。」と、ピピンはいいました。「かれは馬具をつけません。もしかれがあなたを乗せて運ぶことを承知すれば、あなたを乗せます。そしてもし承知しなければ、そうですね、馬銜《はみ》であろうと、面繋《おもがい》、手綱であろうと、鞭《むち》であろうと、皮紐《ひも》であろうと、かれにいうことを聞かすことはできないでしょう。それじゃ、元気でやってくれ、飛蔭《とびかげ》！　辛抱するんだよ。合戦はもうすぐだから。」

飛蔭は頭を擡《もた》げて、嘶《いなな》きました。そのために厩舎《きゅうしゃ》は震動し、二人は耳にふたをしました。それから二人は飼葉桶《かいばおけ》がいっぱいになっているかどうかを見て、飛蔭に別れを告げました。

「さあ今度はわたしたちの飼葉桶です。」ベレゴンドはそういうと、ピピンを案内して城塞に戻り、大塔の北側にある戸口に来ました。ここで二人はひんやりした長い階段を降りて、ランプで照らされた広い通路にはいって行きました。横の壁にはくぐり戸がいくつもあって、一つが開いていました。

「ここはわたしたち、近衛《このえ》部隊の貯蔵室で、食糧室なんですよ。」と、ベレゴンドはいいました。「おはよう、タルゴン！」かれはくぐり戸越しに声をかけました。

「まだちょっと早いが、今度殿がお召しかかえになった新参《しんざん》の人を連れて来たよ。

空腹をこらえながら遠くから馬を乗り続けて来たのでね、それに今朝《けさ》もひどく働いて、腹がへってるんだ。そこにあるものを何でもいいからくれないか！」

二人はここでパンとバターとチーズと林檎《りんご》をもらいました。林檎はこの冬の貯えの最後の残りで、皺《しわ》が寄っていましたが、いたんではおらず甘味も充分ありました。それから樽《たる》から出したばかりのビールのはいった革製の酒びんと、木でできた皿と杯《さかずき》でした。二人はこれを全部柳細工のバスケットに入れ、ふたたび階段を登って日の光の射すところに戻って来ました。そしてベレゴンドはあの外に突き出た大胸壁の東の突端にピピンを連れて行きました。胸壁に狭間《はざま》が一つ開《あ》いていて、その下に石の腰かけが一つありました。ここから眼下に広がる朝景色を見渡すことができました。

二人は飲み、かつ食べ、ゴンドールとその風俗習慣について語るかと思えば、次にはホビット庄とピピンが見てきた変わった国々について語るといった具合でした。そして語るにつれて、ベレゴンドはいよいよ驚き、いや勝《まさ》る驚嘆の色を浮かべて、腰かけに坐って短い脚をぶらぶらさせたり、狭間越しに下の景色を眺めるのに腰かけの上で爪先立ったりするホビットを眺めるのでした。

「ペレグリン殿、わたしはあなたに隠しはしませんよ。」ベレゴンドがいいました。

「われらから見れば、あなたは子供の一人ぐらいにしか見えないっていうことです。九歳かそこらの子供ですね。しかもあなたはわれらの中の白髪の翁《おきな》でさえ自慢できる者はほとんどおらぬと思われるほどさまざまの危難に耐え、いろいろな不思議を見ておいでになった。わたしはまた、殿が生まれのいいお小姓《こしょう》を採用になるのは話に聞く古《いにしえ》の王たちに倣《なら》った殿の気紛《きまぐ》れと考えていました。でもそうでないことがわかりましたよ。どうかわたしの愚《おろ》かさ加減を許してください。」

「どういたしまして。」と、ピピンはいいました。「もっともあなたのおっしゃったことはそれほど見当違いでもありません。ぼくは自分の国の数え方でもまだ少年の域を出るか出ないかですよ。そしてホビット庄でいういい方なんですが『成年』に達するまでにはまだ四年あるのです。けれどぼくのことはどうぞご心配なく。こちらに来て眺めてごらんなさい。そして見えるものを説明してください。」

太陽は今空に上っていくところでした。目の下の谷間に立ちこめていた靄《もや》はもうすっかり上がり、その名残が、東からしだいに強さを増して吹いてくる微風に運ばれる幾条《いくすじ》かの白い雲のように、いましも頭上を流れ去っていくところでした。東からの風は城塞にひるがえる旗や白い幟《のぼり》をはためかせ、なびかせていました。一望したところ五リーグかそこいら離れた、ずっと向こうの谷底には、仄白《ほのじろ》くきらめく大河が見えました。北西から流れ出てきた大河は、ふたたび南西に大きく湾曲し、やがて煙霧とゆらめく光の中に見えなくなりました。その先は五十リーグのかなたに海がありました。

ピピンは眼前に広がる囲われた地ペレンノール野を一望のもとに見ることができました。遠方まで農家や仕切り塀や、納屋や牛小屋が点々と散在していましたが、どこにも牛はおろか、ほかの獣の姿さえ見られませんでした。緑の野にはたくさんの道路や轍《わだち》の跡が交差し、そこにはたくさんの往来《ゆきき》が見られました。大門に向かってひきもきらず進む荷馬車の列も、大門を出て行く車の列もありました。時折馬に乗った人が駆けて来て、鞍《くら》からひらりと跳び降り、そそくさと都の中にはいってきます。しかし人や車馬の大部分は幹線道路を通って都の外に出て行きました。この道路は南に曲がり、そしてそのあとは大河よりももっと急な角度で折れ曲がって、丘陵の麓《ふもと》をめぐって、すぐに視界から見えなくなります。舗装《ほそう》の行きとどいた広い道路で、その東側の端に沿って、広々とした緑の騎馬道があり、その先に外壁がありました。この騎馬道には馬を走らせる人たちが往来していましたが、通りの方は被《おお》いをかけた大きな荷馬車の南に向かう列ですっかり埋まっているように見えました。しかしまもなくピピンは実際はすべてが秩序をもって動いていることに気がつきました。荷馬車の列は三列になって流れ、その一列はほかの二列より速く、馬にひかれていました。次の一列はそれよりおそく、さまざまの美しい被《おお》いをかけた重量用の大きな荷車で、牡牛《おうし》にひかれていました。そして道路の西のはずれに沿ってもっと小さいたくさんの車を引っ張っているのは徒歩《かち》の人たちでした。

「あれは、トゥムラデンとロッサールナハの谷間の地方と、山中の村々、それからレベンニンへと続いている街道なのです。」と、ベレゴンドがいいました。「今行くのは、老人と子供、それにかれらについて行かねばならない女たちを避難させるために運んで行く最後の荷馬車の列なのですよ。かれらは全員、今日の正午までに大門を去り、一リーグにわたって道路を空けるようにしなければいけない、そういう命令が出されているのです。悲しいことですがやむを得ない措置《そち》ですね。」かれは嘆息しました。「今別れた者たちのうち、ふたたび相会うことのできる者は、おそらくほとんどおりますまい。この都の中には今までだって子供の数はとても少なかったのですが、今や一人もいなくなりました――ただどうしてもここを離れようとせず、何かなすべき仕事を見いだせそうな少年たちが何人かは残っています。わたしの息子もその中にいますが。」

　二人はしばらくの間黙りこんでいました。ピピンは心配そうにじっと東の方を見つめていました。今にも何千何万というオーク軍が、このペレンノール野になだれこんで来るのではないかというように。「あそこに見えるのは何でしょう？」アンドゥインが大きく湾曲しているその真ん中あたりを指さしながら、かれはたずねました。「あそこにもう一つ都があるのですか、でなかったら何でしょう？」

「あそこは都でした。」ベレゴンドがいいました。「あちらがゴンドールの首都で、こちらはあの都の砦《とりで》にすぎなかったのです。つまりあれはアンドゥインの両岸に建てられていたオスギリアスの廃墟《はいきょ》なのですから。ずっと昔われらの敵によって攻め落とされ、焼き払われたのです。しかしわが方ではデネソール侯の青年時代にあれを取り戻しました。といっても住まうためではなく、前哨《ぜんしょう》地点として保持し、わが軍の兵力輸送のための橋を再建するためでした。するとそこにあの恐るべき乗手たちがミナス・モルグルからやって来たのです。」

「黒の乗手たちですか？」ピピンは目を丸くしていいました。古い恐怖が呼びさまされて、両眼が暗く、大きくなりました。

「そうです。真っ黒でした。」と、ベレゴンドがいいました。「あなたはやつらのことを何かご存じのようですね。先程からのお話の中では、やつらのことを口にされませんでしたが。」

「やつらのことは知っています。」ピピンは低い声でいいました。「しかし今はしゃべりませんよ。近すぎます。近すぎます。」かれはぷつりと言葉を切って、目を大河の上に上げました。すると見えたものは、脅《おびや》かすように広がる一つの影のように見えました。多分それは目路《めじ》の端にぼうっと映る山々だったのでしょう。そのぎざぎざした山の端はほぼ二十リーグにわたる靄《もや》に和《やわ》らげられていました。あるいは多分壁のような雲の塊りかもしれません。その先にはまたいっそう色濃い暗闇があるのです。しかしそうやって見ているうちに、かれの目にはその暗闇がしだいに大きさを増し、ますます色濃くなり、徐々に徐々に上へと延びて日輪の君臨する場所をおおっていくように見えました。

「モルドールに近すぎるとおっしゃるんですか?」ベレゴンドが静かな口調でいいました。「そうです。あそこですからね。われらはあそこの名前を口にすることは滅多にありません。けれども今までいつもあの影の見えるところに住んできたのです。もっとかすかに、もっと遠く見えることもあれば、もっと近く、もっと色濃く見えることもあります。今はあの影がだんだん大きくなり、暗さを増してきているのです。それだけにわれらの恐れも不安も増してきています。そしてあの残忍な乗手たち、かれらは一年足らず前に十字路を奪い返しました。その時わが方の勇士たちの多くが命を落としました。ようやくこの西岸から敵を追い戻したのはボロミル殿でした。そしてわれらは今なおオスギリアスの半分近くを保持しています。これもしばらくの間です。しかし今やわれらはかの地で新たな猛攻撃が仕掛けられるのを待っているのです。おそらく来《きた》らんとする戦いの大激戦地となりましょう。」

「いつです？」と、ピピンはたずねました。「いつ頃とお考えです？　ぼくは一昨夜烽火《のろし》を見ましたよ。それに馬に乗った使者たちもです。」戦争が始まったしるしだとガンダルフがいいました。あの人はやけに急いでいるように見えました。ところが今はすべてがふたたび速度を緩《ゆる》めてきたように見えますね。」

「それはただ今やすべての準備が整ったからにすぎませんよ。」と、ベレゴンドがいいました。「飛び込み前に深く息を吸い込みますね、あれですよ。」

「しかしどういうわけで一昨夜烽火が上がったのでしょう？」

「包囲されてから救援を求めるのではおそすぎます。」ベレゴンドは答えました。「しかし殿や指揮官たちのお考えはわたしのあずかり知らないことです。あの方たちには情報を集める方法がいろいろおありですし、デネソール侯は並みの人間とは異なり、遠くをご覧になれます。あの方は大塔の高い部屋に夜分ただ一人こもられて、思いをかなたこなたに凝《こ》らされると、ある程度未来を読むことがおできになる、そして、時にはわれらの敵と取り組んで、その心まで探ろうとされるのだと申す者もおります。あの方が年よりも早く老《ふ》けておられるのはそういうことです。しかしそのことはともあれ、わたしのつかえるファラミル殿はここにはおられず、ある危険なご用を仰《おお》せつかって大河の対岸の地におられます。それであの方が知らせをよこされたのかもしれません。

「しかし烽火《のろし》が点火された理由について、わたしの所存をお知りになりたいのなら、あの夜レベンニンから届いた知らせによるものと申しあげましょう。南にあるウンバールの海賊どもを乗り組ませた大艦隊がアンドゥインの河口に近づきつつあるのです。かれらはとっくにゴンドールの勢威を恐れなくなっています。そしてわれらの敵と同盟を結び、かの者の目的に合わせ手ひどい打撃を与えようとしているのです。なぜと申せば、この攻撃で、われらがレベンニンとベルファラスから得られると期待している援軍の多くが撤退せしめられることになるでしょうから。レベンニンとベルファラスの者たちは数も多く艱難《かんなん》にもよく耐える人たちなのですが。それだけになおさらわれらの思いは北の方、ローハンへと向かうのです。そしてあなた方がもたらされたあの勝利の知らせがいっそううれしいのです。

「それにしても」――かれはいい止めて立ち上がると、頭《こうべ》をめぐらして、北から東、東から南へと見回しました――「アイゼンガルドで行なわれたことは、われらが今や大きな罠《わな》と戦略の中に捕えられていることの警告になります。これはもはや渡し場での小ぜり合い、イシリエンからの攻撃、またアノーリエンからの奇襲、さらには要撃、略奪など各個の戦闘ではありません。長い時間をかけて計画された大戦争であり、自尊心が何といおうとわれらはその中の駒《こま》の一個にすぎません。内陸海の先の遥かな東では事態が動いていると報告されています。北は闇《やみ》の森とその先、南はハラドも同様です。そして今やすべての国という国が試されるのです――かの影の下にその存亡を。

「とはいえ、ペレグリン殿よ、われらにはこの名誉がありますぞ。われらは常に冥王の最も激しい憎しみの的であるということです。この憎しみは、その源を辿《たど》れば大昔、わたつみのかなたに発したものだからです。この地に振りおろされる鉄槌の一撃は、どこともくらべられぬ程の痛打となりましょう。だからこそミスランディル殿があれほどまでに急いで駆けつけてくださったのです。というのも、もしわれらが倒れれば、あとはだれが立つというのでしょう？　そして、ペレグリン殿よ、あなたはわれらに存立の望みが一分《いちぶ》なりとあるとお思いでしょうか？」

ピピンは答えませんでした。かれは幾重《いくえ》にも重なる大城壁を、塔を、美々しい旗を、そして高い空に輝く太陽を眺め、それから東にしだいに色濃くなる暗闇に目を移しました。そしてかれはその影の持つ長い指のことを考えました。森や霧ふり山脈のオークのことを、アイゼンガルドの裏切りのことを、邪悪な目を持つ鳥たちのことを、ホビット庄の田舎道にさえ出没した黒の乗手たちのことを――さらに翼を持った恐るべきもの、ナズグールのことを考えました。かれは思わず身震いし、望みはしぼむと見えました。あまつさえ、その時は日の光も一瞬かげろい、暗くなりました、何か黒い翼を持ったものが太陽をよぎって通り過ぎたかのように。聴覚もとどくとは思われぬ遥かに遠い高い天空に、かれは一つの叫び声を聞いたと考えたほどでした。それは、聞こえるか聞こえないかほどかすかでありながら、心臓も止まるほど無慈悲冷酷な叫びでした。かれは顔を蒼《あお》ざめさせ、体を縮めて壁にもたれました。

「何だったのでしょう？」ベレゴンドがたずねました。「あなたも何か感じられましたか？」

「ええ、」ピピンは口ごもるようにいいました。「われらの滅びるしるしです。滅亡の影、空飛ぶ冷酷無惨な乗手です。」

「さよう、滅亡の影です。」ベレゴンドがいいました。「ミナス・ティリスは滅びるのではなかろうか。夜が来る。わが血の温《ぬく》みさえ盗み取られてしまったようだ。」

しばらくの間、二人は頭《こうべ》をうなだれたままともに腰を下ろし、口を利《き》きませんでした。そのあと不意にピピンは面《おもて》を上げて、太陽が相変わらず輝き、旗は依然として微風になびいているのを見ました。かれは頭を振りました。「もう通り過ぎました。」と、かれはいいました。「いやいや、ぼくの心はまだ絶望しはしませんよ。ガンダルフは倒れてふたたび戻り、わたしたちと一緒にいます。わたしたちは立てるかもしれませんよ、たとえ一本脚であろうとも。辛《かろ》うじて膝《ひざ》が残ってれば、せめてそれで立つのです。」

「よくおっしゃった！」ベレゴンドはそう叫ぶと立ち上がって大股《また》に歩き回りました。「なあに、たとえすべてのものがいつかそのうち完全に終わらねばならないとしても、ゴンドールはまだまだ滅びはしませんとも。たとえこの都の城壁が累々《るいるい》たる死屍《しかばね》の山を築きながら進んでくる命知らずの敵どもに奪われることがあろうとです。砦《とりで》はまだ他にもあり、山脈の中に逃《のが》れる秘密の道もありますよ。緑なす草のある隠れた谷間に、望みと記憶が常に生き続けるでしょう。」

「そうはいってもやはり、こんなことはよかれあしかれすっかり終わってほしい。」と、ピピンはいいました。「ぼくはまるっきり戦士なんて柄《がら》じゃないし、どう考えても戦争なんて好きになれません。だけど、逃れることのできない戦争の瀬戸際《ぎわ》にあって待っていることほどいやなことはありませんね。今日だって、なんて長い日に思えるんだろう! 何の行動も取らず、どこにもこちらから撃《う》って出ず、立って見張るだけということでなくてもいいなら、ぼくだってもう少し気が晴れるでしょうよ。ガンダルフがいなければ、ローハンでも何一つ攻撃行動はとられなかったと思いますね。」

「ああ、あなたは多くの者が感じている痛いところにさわられましたね!」ベレゴンドがいいました。「しかし、ファラミル様が戻られたら、事態は変わるかもしれません。あの方は胆力がおありです。多くの者が思っている以上におありです。と申すのも、近頃では将たる者が、ちょうどあの方がそうであるように、叡智《えいち》に富み、伝承と詩歌《しいか》の古文書《こもんじょ》に通じ、しかも同時に戦場では大胆さと敏速なる判断力の持主であり得るということを世間がなかなか信じようとしないからです。しかしファラミル様はそのようなお方です。ボロミル様ほど向こう見ずでも熱しやすくもあられず、といって優柔不断ではさらさらあられない。しかし実際にあの方に何がおできになれましょう？　あの山々——向こうの国のです——あれを攻撃することはわれらにはできません。われらの攻撃力の及ぶ範囲はせばまりました。その中に敵がはいってくるまでは、撃って出ることはできないのです。そういうわけで、われらの志気は抑えなければならないのです！」かれは剣の柄《つか》を叩きました。

ピピンはかれに目を向けました。この国で見かけたすべての男たちと同様、背が高く毅然《きぜん》として立派で、合戦のことを考えるその目にはきらっと光る光がありました。「あーあ！　このぼくの手は羽根のように軽く感じられるんだけどなあ。」と、ピピンは思いましたが、何もいいませんでした。「歩《ふ》だってガンダルフはいったっけ？　そうかもしれないな。でも場ちがいの将棋盤での話さ。」

こうして二人は日が高くなるまで語り続けましたが、突然正午の鐘が鳴り響き、城塞の中は人の動きが目立ち始めました。見張りを残して全員が食事を取りに行くからです。

「わたしと一緒においでになりますか？」ベレゴンドはいいました。「今日だけでもわれらの仲間と一緒にどうです？　あなたがどの隊に割り当てられるかわかりませんがね。それとも殿がご自分の指揮下にお置きになるかもしれません。でもみんな喜んであなたを迎えますよ。それに、まだ時間があるうちに、できるだけたくさんの人に会っておかれたほうがいいでしょう。」

「ご一緒できればうれしいですね。」と、ピピンはいいました。「本当のことというと、ぼくは淋しいんです。一番親しい友人をローハンに残してきたので、しゃべったり、冗談をいったりする相手がだれもいなかったのです。もしかしたらぼくもほんとにあなたの隊にはいれるかもしれませんね。あなたは隊長さんですか？　もしそうでしたら、ぼくを入れてくださるか、それともぼくのために口を利《き》いてくださることはできませんか？」

「いや、いや、」ベレゴンドは笑いました。「わたしは隊長なんかじゃありませんよ。役職も地位も称号も持っていません。当城塞の第三中隊の一兵士にすぎませんよ。しかしペレグリン殿、ゴンドールの塔の近衛兵《このえへい》であることは、たとえ一介《いっかい》の兵士にすぎなくても、この都では値打ちのあることと見なされていて、このような者がこの国では名誉を得ています。」

「そういうことでしたら、とてもぼくではだめです。」ピピンはいいました。「ぼくを部屋に連れ戻ってください。そしてもしガンダルフが部屋にいなければ、ぼくはあなたのお好きなところに参りますよ――あなたのお客として。」

宿舎にはガンダルフはおらず、かれからの伝言もとどいていませんでした。それでピピンはベレゴンドと一緒に行き、第三中隊の隊員たちに紹介してもらいました。そしてどうやらベレゴンドは自分が連れて来た客と同じくらい面目《めんぼく》を施したようでした。ピピンが大いに歓迎されたからです。ミスランディルの連れのことが、そしてまたかれが老侯と長い間密談したことが、城中ではもうすでに人々の口の端《は》に上《のぼ》っていました。そして小さい人族の王子がゴンドールへの帰属を誓い、五千の兵力を提供すべく北の国からやって来たともっともらしい噂《うわさ》が伝わるのでした。中にはまたローハンから騎士たちが来る時には銘々《めいめい》がその後ろにたとえ柄《がら》は小さくても豪《ごう》胆《たん》な、小さい人族の戦士を一人ずつ乗せて来るのだという者もいました。

ピピンは期待に満ちたこの話を遺憾《いかん》の意をこめてぶちこわさなければなりませんでしたが、王子という新しい身分は打ち消すことができませんでした。ボロミルと昵懇《じっこん》であり、デネソール侯が敬意を表した人物に当然ふさわしい身分とかれらは考えたのです。そして一同はそのかれが自分たちの仲間に加わったことを感謝し、かれの言葉や異国の話に耳を欹《そばだ》て、かれがほしいだけの食物やビールをかれに与えました。まったくのところ、ピピンのただ一つの苦労は、ガンダルフの忠告に従って用心をすること、友人に囲まれたホビットがいつもそうであるように、ついぺらぺら何でもしゃべってしまわないことでした。

ようやくベレゴンドは立ち上がりました。「では一先《ひとま》ずご機嫌よう！」と、かれはいいました。「わたしは今から日暮れまで勤務があります。ここにいる連中はみんなそうでしょう。しかし、もしあなたがおっしゃってたようにお淋しければ、陽気な道案内に都の中を案内してもらうのもいいとお思いかもしれません。わたしの息子なら喜んでお供するでしょう。気のいいやつです。もしそうなさりたければ、どうぞこの一番下の城壁内まで降りていらして、ラス・ケレルダイン、つまり燭《しょっ》工《こう》通りにある古旅籠《はたご》を訪ねてごらんなさい。倅《せがれ》は都に留《とど》まっているほかの少年たちと一緒にそこにいますから。大門にいらっしゃれば、閉まる前に見る値打ちのあるものがいろいろ見られるかもしれませんよ。」

かれは出て行きました。そしてその後まもなくみんなも出て行ってしまいました。しだいに靄《もや》がかかってきたとはいえ、天気はまだよく、ずいぶん南ではあるにしろ、三月としては暖かすぎるくらいでした。ピピンは眠くなってきましたが、宿舎にいてもつまらないように思えましたので、下まで降りて行って都を探検することに決めました。かれはとっておいた数口分の食物を飛蔭《とびかげ》のところに持っていってやりました。馬は何一つ不足はない様子でしたが、それでも喜んで食べてくれました。それからかれは幾重《いくえ》にも折れ曲がった道を歩いて降りて行きました。

かれが通ると、人々は目を瞠《みは》ってかれをじろじろみつめました。面と向かってはまじめな顔で礼を守り、ゴンドールふうに頭を下げ、手を胸に置いて敬礼をするのですが、かれが通り過ぎてしまうと、大勢の者の呼び声が聞こえてきて、家の外にいる者が家の中の者に、ミスランディルの連れの小さい人族の王子を見に来いと呼んでいるのでした。共通語以外の何か他の言葉を使っている者も大勢いましたが、間もなくかれには少なくともエルニル　イ　フェリアンナスという言葉の意味することはわかってしまいました。そしてかれは自分の称号が自分より早く都の中に伝わっていったことを知りました。

アーチのわたされた通りをいくつも通り、たくさんの立派な横町や舗道を通って、やっと一番下の一番広い環道にやって来ました。ここでかれは燭工通りに行く道を教えてもらいました。これは大門に向かって走っている広い道でした。そこに行くと古い宿屋がありました。灰色に風化した石造りの大きい建物で、左右の翼部が通りから奥に向かって走っていて、その間に狭い緑の芝生があり、その背後に窓のたくさんある建物がありました。この建物の前面には幅いっぱいに柱のあるポーチがついていて、階段で芝生に降りられるようになっていました。そこの柱の間で男の子たちが遊んでいました。ピピンがミナス・ティリスで見た子供はこの子たちだけでした。かれは立ち止まってかれらを眺めました。やがてかれらの一人がかれを見つけました。そして何やら一声叫ぶと、芝生をすっとぶように駆けて、通りに出て来ました。あとにも五、六人子供たちがやって来ました。ここでかれはピピンの真ん前に立って、頭の上から足の先までかれを眺めまわしました。

「こんにちは！」男の子はいいました。「どこから来たの？　この都の人じゃないね。」

「前はそうじゃなかったけど、」と、ピピンはいいました。「今はもう一人前のゴンドール人だとみんないってるね。」

「やあ！」男の子はいいました。「それじゃぼくらも、みんな一人前にしてくれるんだな。でも、あんたはいくつなの？　名前は何ていうの？　ぼくはもう十《とお》になった。もうすぐ五フィートになるよ。ぼくのほうが背が高いね。それにぼくの父さんは近衛《このえ》兵で、一番背が高い人の一人なんだよ。あんたのお父さんは何してるの？」

「どの質問に一番先に答えたらいいかな？」と、ピピンはいいました。「ぼくの父はね、ホビット庄タックバラに近い白泉《しらいずみ》一帯の土地の地主だよ。ぼくの年はもうすぐ二十九歳、だからその点では君より上だよ。もっとも背丈のほうは四フィートしかないし、これからももう大きくなりそうもないけどね。ただし横に太るほうは別だがね。」

「二十九歳！」男の子はヒューと口笛を吹きました。「へえー、あなたはもうおとななんですね！　ぼくの叔父さんのヨルラスと同い年だ。でもね、やっぱり、」かれは望みありげに付け加えました。「ぼく請《う》け合ってもいいけど、あなたを逆さに立たすことだって、仰向《あおむ》けにひっくり返すことだってできますよ。」

「できるかもしれんね、ぼくがおとなしくされるがままになってればだよ。」ピピンは笑いながらいいました。「そしてぼくのほうだって君をおんなじふうにできるかもしれないいんだぜ。ぼくの小さい国じゃ、みんな相撲《すもう》の技《わざ》をいくらか知ってるんだよ。国では、いっておくけど、ぼくは並みはずれて体が大きく力も強いと思われてるんだ。そしてぼくは今までだれにもぼくを逆さに立たせることなんか許したことはない。だからもし腕試ししなんてことになって、他にしようがないなら、ぼくは君を殺さなきゃならないことになるかもしれない。大きくなったら君もわかるだろうけど、人はいつも見かけどおりとは限らないからね。そしてもしかしたら君はぼくのことを弱虫の他国者《よそもの》の少年で、いい鴨《かも》だと思ったかもしれないけど、注意しておくよ。ぼくはそんなんじゃないからね。ぼくは小さい人だ。情け知らずの大胆なあばれん坊だぞ！」ピピンはわざととても怖い顔をして見せましたので、少年は思わず一歩後ずさりしました。しかしかれはたちまち拳《こぶし》を握り、目に戦意を光らせて戻って来ました。

「違うよ！」ピピンは笑いました。「よその人が自分で自分のことを何かいっても、本気にしちゃだめだよ！ぼくはけんか好きじゃない。だけど、いずれにせよ、けんかを売るほうから名乗るほうが礼儀にかなってるのじゃないかな。」

少年は誇らしげに背をしゃんと伸ばしていいました。「ぼくは近衛《このえ》隊のベレゴンドの息子ベルギルです。」

「そうだと思った。」ピピンはいいました。「お父さんによく似てるもの。ぼくはお父さんを知ってるんだ。そしてお父さんが君を見つけるようにってぼくをよこしたんだ。」

「それなら、なぜすぐにそういわなかったんです？」ベルギルはいいました。そして不意にその顔に落胆の色が浮かびました。「まさか父さんの気が変わって、ぼくを女の子たちと一緒に行かせちゃおうというんじゃないでしょうね！　でも、そんなはずない。最後の荷馬車の列も行っちまったもの。」

「お父さんの伝言はね、それほど悪いもんじゃないよ、よくはないにしてもね。」ピピンはいいました。「お父さんがおっしゃるにはね、もし君がぼくを逆立ちさせるよりもそっちがよければ、しばらくの間ぼくに都を案内してくれて、ひとりぼっちのぼくを慰めてもらえないかしらというんだ。お返しに遠い国の話をして上げてもいいんだよ。」

ベルギルは両手を打ち合わせて安堵《あんど》の笑い声をたてました。「よかった。」かれは叫びました。「じゃ、行きましょう！　ぼくたち、今大門に見物しに行くつもりだったんです。さあ、行きますよ。」

「そこに何がある？」

「南の封土《ほうど》の指揮官たちが日没前に南街道を上って来ることになってます。一緒に来たらわかりますよ。」

ベルギルはいい話し相手になりました。メリーと別れて以来ピピンがつきあって一番面白い相手でした。そしてすぐに二人は道を歩きながら、陽気に笑いさざめき、人々が浴びせる視線も意に介しませんでした。程なく二人は大門に向かう群衆の中に紛《まぎ》れ込んでしまいました。大門ではピピンに対するベルギルの評価は大いに改まりました。かれが名前と合言葉をいうと、門衛はかれに敬礼して通してくれたからです。おまけにかれが友達を一緒に連れて行くことも許してくれました。

「こりゃいい！」ベルギルがいいました。「ぼくたち子供は年長の者がついてないと、もう大門を通してもらえないんですよ。これでもっとよく見える。」

大門の先は道路沿いに、あるいはミナス・ティリスに通じる道がすべて集まっている舗装《ほそう》した大きな広場の縁に沿って、人が集まっていました。どの目もことごとく南に向けられていました。まもなくざわめきが起こりました。「向こうに土埃《つちぼこり》が立った！　やって来るぞ！」

ピピンとベルギルは人波に割り込んで少しずつ前に進み、群衆の前に出て待ちました。少し離れたところから角笛《つのぶえ》の音が響いてきました。そして歓呼の声が吹きつのってくる風のようにどよめいてきました。それから一声大きく喇叭《らっぱ》が吹き鳴らされると、二人の周りの人々は口々に叫び出しました。

「フォルロングだ！　フォルロングだ！」人々の叫ぶ声を聞いて、ピピンはたずねました。「みんな何ていってるんだい？」

「フォルロングが来たんです。」ベルギルは答えました。「ふとっちょフォルロング、

ロッサールナハの殿様ですよ。ぼくのおじいさんの住んでるところです。ばんざーい！　フォルロング様のお着きだ。フォルロング様あ！」

行列の先頭に立って、四肢のがっしりした大きな馬がやって来ました。馬には肩幅の広い太鼓腹の男が乗っていました。もう老人で顎鬚《あごひげ》は灰色でしたが、鎖かたびらを着け、黒の兜《かぶと》をかぶり、長い重い槍《やり》を持っていました。かれの後には、武装を整え、大きな戦斧《せんぷ》を持った埃《ほこり》まみれの男たちが一列になって堂々と行進して来ました。かれらは不屈な面魂《つらだましい》をしていて、ピピンがゴンドールで見かけた男たちにくらべれば背が低く、いくらか色黒でした。

「フォルロング！」人々は声を張りあげました。「まことの勇者、まことの友人！　フォルロング！」しかし、ロッサールナハの男たちが通り過ぎてしまうと、かれらは呟《つぶや》きました。「こんな少しか！　二百人で何になるだろう？　この十倍の人数を期待してたのに。これは黒船艦隊のことで新たに知らせがあったのだろう。かれらは兵力の十分の一だけを貸してくれたのだ。だが塵《ちり》もつもれば山さ。」

こうして幾団もの人たちがやって来て、万歳や歓呼の声で迎えられ、都の門をはいって行きました。南の封土《ほうど》の諸侯国の男たちが暗黒の時にあたって、都の防禦《ほうぎょ》に加わるべく進軍して来たのです。しかしどれもこれも少なすぎました。望みが期待していたよりも、あるいは必要が求めていたよりも少ないのでした。リングロー谷の男たちは領主の息子、徒歩《かち》のデルヴォリンの後に従い、その数は三百。モルソンドすなわち黒根谷の高地からは丈高きドゥインヒィルがドゥイリン、デルフィンの二人の息子および五百人の射手を伴い、アンファラスすなわちはるか離れた長浜からは、狩人あり、牧夫あり、小さな村落の村人あり、ありとある階層の者が長い列を作っていましたが、領主のゴラスギル家中の者を除けば、その装備もろくに整っておりません。ラメドンからはきびしい顔の山男たちが数人、指揮官もいません。エシルの漁民は数百そこそこ、漁船を降りて馳《は》せ参じたのです。ピンナス・ゲリンから来《きた》った緑丘陵の白皙《はくせき》金髪のヒルルインは緑衣の雄々しい武者を三百人伴っていました。そして一番最後は最も誇り高きイムラヒル。ドル・アムロスの大公にして、執政の縁者です。船と銀の白鳥の紋章をつけた金地の旗を押し立て、灰色の馬に乗って完全に武装した一団の騎士たちを引き連れていました。騎士たちの背後には領主たちと同じくらい背の高い、灰色の目をした、髪の黒っぽい兵士たちが七百人、歌いながらやって来ました。

　そしてこれで全部でした。総勢三千足らずというところです。もうこれ以上の人は来ないでしょう。かれらの叫ぶ声、かれらの足踏みならす音も都の中にはいって行き、しだいに消え去りました。見物人たちはしばし黙然《もくねん》と立っていました。まだ土埃《つちぼこり》がおさまりません。風が止み、夕暮れの空気は重苦しく沈んでいたからです。すでに閉門の時間が迫り、赤い夕陽はミンドッルイン山の背後に沈んでしまいました。夕闇が城市の上に訪れてきました。

ピピンは顔を上げました。かれには空が灰色に黒ずんできたように思えました。あたかも頭上の空いっぱいに土埃と煙が漂い、光はそれを濾《こ》してどんよりと射しているように思われました。しかし西の方では沈んでいく太陽が煙霧をことごとく燃え立たせ、ミンドッルイン山はところどころ熾火《おきび》のようにまだらに赤く燃えくすぶる空に黒々と立っていました。「晴天も怒りの夕べに終わるのか！」かたわらにいる少年のことも忘れてかれはいいました。

「そういうことになります。もしぼくが日没の鐘までに戻らなきゃね。」ベルギルがいいました。「さあ、行きましょう！　閉門の喇叭《らっぱ》が鳴ってますよ。」

手に手をつないで、二人は都の中に戻りました。閉門前に門を通った最後の者でした。そして二人が燭工《しょっこう》通りに着く頃、すべての塔の鐘という鐘が荘厳に鳴り渡りました。たくさんの窓に急に明かりが点《とも》され、城壁沿いの家々や兵営から歌声が聞こえてきました。

「今日はこれでさようなら、」ベルギルがいいました。「ぼくの父さんによろしく伝えてください。それから友達をよこしてくれてありがとうって。どうか、またすぐ来てくださいね。ぼく、今は戦争がなきゃいいと思うくらいなんです。そしたらご一緒にいろいろおもしろく過ごせたかもしれませんもの。ロッサールナハのぼくのおじいさんの家まで一緒に行けたかもしれないし。春に行くとすてきですよ、森も野原も花でいっぱいで。でも、これからだって一緒に行けるかもしれませんね。やつら絶対にぼくたちの殿様を負かしたりできないし、ぼくの父さんはとても勇敢なんですもの。じゃ、さようなら、またどうぞ！」

二人は別れ、ピピンは急いで城塞の方に戻りました。道はとても遠く思われました。かれはしだいに暑くなり、ひどく腹が空《す》いてきました。そして夜の帳《とばり》がたちまち降りて、あたりは暗くなりました。空には星一つ瞬いていません。かれは会食室での食事に遅れました。ベレゴンドは喜んでかれを迎え、自分の隣りに坐らせて、息子のことを聞こうとしました。食事の後もピピンはしばらくそこに留まっていましたが、そのうち暇《いとま》を告げました。妙に憂鬱《ゆううつ》な気分に襲われ、今度はまた無闇《むやみ》にガンダルフに会いたくなったのです。

「道はおわかりですか?」今までみんなと坐っていた小さい集会室の戸口でベレゴンドはいいました。ここは城塞の北側でした。「真っ暗な夜ですからね、それに、都の中では明かりを暗くし、城壁の外には一切明かりを照らしてはならないという命令が出て以来、いっそう真っ暗になってしまったのです。それからあなたにもう一つ命令をお知らせしておきます。あなたは明日の朝早くデネソール侯の許《もと》に召されますよ。どうやら第三中隊ではないようですね。でも、またお目にかかれましょう。ご機嫌よう。安らかにおやすみなさい!」

宿舎は暗く、テーブルの上に小さなカンテラが置いてあるだけでした。ガンダルフはいませんでした。ピピンはますますひどく憂鬱《ゆううつ》な気分になりました。かれは長椅子に登り、窓から外をのぞこうとしましたが、まるで墨汁《ぼくじゅう》の池でも覗《のぞ》きこんだようでした。かれは椅子から降り、鎧戸《よろいど》を閉めて、床に就きました。しばらくの間かれは横になったまま、ガンダルフが戻って来る音がしないかと耳をすましていましたが、やがて不安な眠りに落ちていきました。

夜半、かれは明かりで目が覚めました。見るとガンダルフが戻っていて、ピピンの寝ている小部屋の仕切りのカーテンの向こうで、部屋の中を行ったり来たりしているのです。テーブルには数本の蠟燭《ろうそく》があり、羊皮紙の巻物が幾つかありました。かれには魔法使が溜息《ためいき》をついてこう呟《つぶや》くのが聞こえました。「ファラミルはいつ戻って来るじゃろう？」

「今晩は！」カーテンの脇から頭を出してピピンはいいました。「あなたはぼくのことをすっかり忘れておしまいになったんだろうと思ってたんですよ。戻ってらしてほっとしました。長い一日でしたね。」

「じゃが、夜は短すぎることになろうな。」ガンダルフはいいました。「わしはここに戻って来た。少しばかり静けさが必要じゃからな、たった一人でいる静けさがな。お前さんは眠るんじゃ、眠れるうちにベッドでな。日の出とともにわしはお前さんをふたたびデネソール侯の許に連れて行く。いや、日の出とともにではなく、お呼びがあったらじゃ。暗黒が始まった。夜明けは来まい。」

二　灰色の一行　罷《まか》り通る

　メリーがアラゴルンのところに戻って来ると、もうガンダルフの姿はなく、飛蔭《とびかげ》の蹄《ひずめ》の音も夜の闇の中に消え失《う》せていました。かれは軽い束ねた荷物を一つ持っているだけでした。自分の荷物をパルス・ガレンで失《な》くしてしまい、今持っているのは、アイゼンガルドの漂流物の中から拾い上げた若干の、あれば重宝な品物だけだったからです。ハスフェルにはもう鞍《くら》が置かれていました。レゴラスとギムリは自分たちの馬を連れて、すぐそばに立っていました。

「どうやら一行のうち四人はまだ残っているな。」アラゴルンがいいました。「一緒に馬を進めるとしよう。だが、わたしがはじめに思っていたように、われらだけで行くことにはならないだろう。王が直ちに出発なさることに決められたからだ。かの翼ある影の飛来以後、王は夜の闇に紛《まぎ》れて丘陵地帯に戻ることを望んでおられる。」

「それで、そこからどこに行くのです？」レゴラスがいいました。

「わたしにはまだいえない。」アラゴルンが答えました。「王は、エドラスで命じられた兵の召集を点検に行かれるだろう。エドラスに着くのは今から四晩先になる。そこで王は戦いの消息を聞かれ、ローハンの騎士たちはミナス・ティリスに赴《おもむ》くことになろう。だが、わたしにとっては、またわたしと一緒に行く者にとっては
――」

「わたしは行く！」レゴラスは叫びました。「それからギムリも！」ドワーフがいいました。

「さて、わたしにとっては、」と、アラゴルンはいいました。「前途は不明だ。わたしもミナス・ティリスに赴かねばならぬのだが、そこにいたる道がまだ見えない。久しきにわたって準備された時が近づいているのだ。」

「ぼくを置いて行かないでください！」メリーがいいました。「ぼくはまだたいして役には立っていないけど、うっちゃっておかれるのはいやですよ。すっかり終わってから、やっと必要になる荷物みたいに。ローハンの騎士たちだってもうぼくにまとわりついてもらいたくないだろうと思いますよ。もちろん王様はおっしゃってはくださいましたけどね。王宮に戻られた時には、王のおそばに坐り、ホビット庄のことをいろいろ話して聞かせよとね。」

「そのとおりだよ。」アラゴルンがいいました。「そしてあんたの行くべき道は王とともにある、とわたしは思うね、メリー。しかし結末の楽しさを期待してはいけない。セーオデン王が安心して再びメドゥセルドに坐られるのはまだまだ先のことになるのではあるまいか。このきびしい春には数多《あまた》の望みがしぼむことだろう。」

まもなく全員出発の用意が整いました。馬の数にして二十四頭、ギムリはレゴラスの背後にあり、メリーはアラゴルンの前に同乗しました。やがて一同は夜の闇の中を飛ぶように馬を駆けさせました。アイゼンの浅瀬にある塚を通り過ぎてまもなく、一人の騎士が列の後方から駆け寄って来ました。

「殿、」かれは王にいいました。「われらの背後に騎馬の一行がおります。浅瀬を横断しました時、わたくしはかれらの蹄《ひずめ》の音を聞いたように思いました。もうまちがいありません。懸命に馬を走らせておりますから、もうわれらに追いつくでありましょう。」

セーオデンは直ちに休止を命じました。騎士たちは馬首をめぐらし、槍《やり》を手に握りしめました。アラゴルンは馬から降り、メリーを地面に下《おろ》し、剣を抜いて、王の鐙《あぶみ》の横に立ちました。エーオメルとかれの従者は列の後ろに駆け戻りました。メリーは今まで以上に自分のことを厄介な荷物のように感じ、もしここで一戦が交《まじ》えられたら、どうしたらいいのかと思い惑いました。もし王を護衛する小部隊が罠《わな》に落ちて打ち負かされ、自分が闇の中に逃《のが》れたら――ローハンの荒れ野にたった一人で、果てしなく続く荒れ野の中で自分のいる場所の見当さえつかずに？「だめだ！」と、かれは思いました。メリーは剣を抜き、ベルトを締めました。

沈みゆく月は空を走る大きな雲に隠されていましたが、突然また皓々《こうこう》と姿を現わしました。その時一同は蹄の音を耳にしました。そして同時に黒っぽい人馬の影が浅瀬の方から道を疾駆《しっく》して来るのを認めました。月光を受けて、槍の穂先があちこちできらっきらっと光ります。追跡者の数はわかりませんが、少なくとも王の護衛隊より少数ではないようです。

五十歩ばかりのところにかれらが近づいた時、エーオメルは大音声で呼ばわりました。「止まれ！　止まれ！　ローハンに馬を進める者はだれぞ？」

追跡者たちは突然馬を立ち止まらせました。沈黙がその後に続きました。するとやがて月光に照らされて、騎馬の人が一人馬を降りて、ゆっくりと進み出て来るのが見られました。和睦《わぼく》のしるしに片方の掌《てのひら》を外にしてかかげたその手の白さが目につきました。しかし王につき従う者たちは武器を握りしめていました。あと十歩のところで男は立ち止まりました。かれは背が高く、黒い影のように立っていました。それからかれの澄んだ声が朗々と響き渡りました。

「ローハンですと？　ローハンといわれましたか？　これはうれしい言葉だ。われわれは遥かな地より、急ぎその国を求めてまいったのです。」

「あなた方はもうその国を見いだされた。」エーオメルがいいました。「かしこにある浅瀬を横断されたとき、もうその国にはいられたわけだ。しかしこれはセーオデン王の国土であり、何人《なんぴと》といえど、王のお許しがなければここに馬を進めることはできぬ。あなた方は何者であり、また何のために急いでおられるのか？」

「ドゥーナダンのハルバラド、北の国の野伏《のぶせ》です。」男は叫びました。「われらはアラソルンの息子アラゴルンなる者を探しているのです。かれはローハンにいると聞きましたが……」

「そしてあんたはかれを見いだしたぞ！」アラゴルンが叫びました。手綱をメリーに渡すと、かれは走り出て、新たにやって来た人を両手に抱きました。「ハルバラド！」かれはいいました。「このような望外の喜びに会えるとは！」

メリーは安堵《あんど》の溜息《ためいき》をつきました。かれはこれは何かサルマンの最後の罠《わな》で、身辺を守る者が僅《わず》かしかいない時を狙《ねら》って、王を待ち伏せたのだと思っていたのです。

しかし、ともかくいまのところは、セーオデン王を守って討ち死にする必要はなさそうに見えました。かれは剣を鞘《さや》に納めました。

「何一つ不都合はありません。」アラゴルンは振り返っていいました。「ここにいるのは、わたしの住んでいた遠い国から馳《は》せ参じた身内の者たちです。だが、かれらのやって来た理由、そしてその数は、ハルバラドに話してもらうとしましょう。」

「わたくしは三十人を同行して来ました。」ハルバラドがいいました。「われらの一族の中で急遽《きゅうきょ》呼び集めることのできたのはこれで全部です。しかし裂《さ》け谷《だに》のエルラダン、エルロヒルのご兄弟が、戦いに赴《おもむ》くことを望まれて、われらとともにおいでになりました。あなたからの召集があった時、われらはあらん限りの速さで馬を走らせたのです。」

「だが、わたしはあんたを召集しなかった。」と、アラゴルンがいいました。「ただ心に願っただけだ。わたしの思いはしばしばあんた方に向かった。それも今夜ほど繁々《しげしげ》と向かったことはあまりなかった。それでもわたしは伝言はしなかった。だが、行こう！　こういうことを今うちあけてばかりはいられない。見られるとおりわれらは大急ぎで、危険を冒し馬を進めている。王のお許しがあれば、ともに馬を進めて行こう。」

セーオデンはこの知らせを本当に喜びました。「それは重畳《ちょうじょう》！」かれはいいました。「アラゴルン殿よ、ここにおられるご一門の方々がいずれにせよ御身《おんみ》に似ておられるなら、かかる騎士の三十名は頭数では測り得ない力となりましょうぞ。」

やがて騎馬隊はふたたび出立しました。そしてアラゴルンはしばらくの間ドゥーネダインと轡《くつわ》を並べて進みました。かれらが北の国南の国の消息を互いに語ってしまうと、エルロヒルがいいました。

「あなたに父からのこういう伝言をたずさえて来ましたよ。『時は迫れり。火急《かきゅう》の際は、死者の道を忘るなかれ。』」

「今までずっとわたしの生涯は望みを成就《じょうじゅ》するのに短すぎるように思われていた。」と、アラゴルンは答えました。「だが、この度こそまさしく、もっと急ぎに急いであの道にふみいることになろう。」

「それはまもなくわかること。」と、エルロヒルはいいました。「だが、目あり耳ある公道でこれ以上このようなことは話さぬことにしましょう！」

そしてアラゴルンはハルバラドにいいました。「同胞《はらから》よ、あんたの持っている物はなんだ？」というのは、かれはハルバラドが槍《やり》の代わりに、丈高い棒を持っているのに気づいたからです。それは旗じるしのように見えましたが、黒い布でしっかりと巻いてあり、その上をたくさんの革紐《かわひも》でぐるぐる縛ってありました。「裂《さ》け谷《だに》の姫君からあなたにお持ちするようことづかった贈り物です。」と、ハルバラドは答えました。「姫君はこれを秘密の裡《うち》にお作りになったのです。この製作には長い間おかかりになりました。姫君はあなたに伝言もよこされました。『今や時は迫れり。われらの望みの成就せんか、すべての望みの潰《つい》えんか。ゆえにわれ汝《なんじ》に送る、汝のためにわが作りしものを。恙《つつが》なく行き給え、エルフの石よ！』」

そしてアラゴルンはいいました。「それであんたの持っている物がわかった。今しばらくの間、わたしのためにそれを持っていてくれ！」そしてかれは頭《こうべ》をめぐらして、大きな星々の下のはるかな北方を眺めやりました。それからかれは黙り込み、夜の旅の続く間二度と口を利《き》きませんでした。

夜も果てて東の空が白みかけた頃、一同はようやく奥出《おくい》での谷を登り、角笛《つのぶえ》城に戻って来ました。そこで一同は身を横たえてしばしの休息をとり、話し合いもすることになっていました。

メリーはレゴラスとギムリに起こされるまで眠っていました。「日は高いぞ。」と、レゴラスがいいました。「みんな起きて働いてるんだ。さあ、怠《なま》け者君、見られる間にこの場所を見ておき給え！」

「三日前の夜にはここで合戦があったんだ。」と、ギムリはいいました。「そしてここでレゴラスとわたしは首級《しゅきゅう》を勝負して、僅《わず》かオーク一名の差でわたしが勝ったんだ。その時の様子を、さあ見に行こう！　それにね、メリー、洞窟《どうくつ》があるんだよ、すばらしい洞窟なんだ！　レゴラス、どう、行ってみようか？」

「だめだよ！　時間がない。」と、エルフはいいました。「あんまりあわてて見ると、折角のすばらしい景色が台なしになるよ！　平和と自由の日が再び訪れたら、君と一緒に行ってみるってたしかに約束したんだから。だが、もうそろそろ正午だ。正午になれば食事をし、それからまた出かけるという話だ。」

メリーは起き上がってあくびをしました。数時間眠っただけでは、かれにはとても充分とはいえませんでした。かれは疲れている上にいくらかふさぎ気味でもありました。かれはピピンが恋しくなり、自分はただのお荷物でしかないと感じました。それに反し、他の人はだれもかれも、かれには充分理解のいかない事柄《ことがら》を成功さすためにいろいろ計画を練っているのです。

「アラゴルンはどこにいるの？」と、かれはたずねました。

「城内の高い部屋だ。」レゴラスがいいました。「かれは休息もせず眠りもしなかったんじゃないかな。かれは考えごとをしなければならないといって、何時間か前にそこに上がって行った。一緒に行ったのは、かれの同族、ハルバラドだけだ。だけど、何か暗い疑念か心配事が、かれの心を占《し》めて離れないようだ。」

「風変わりな一団だね、あの新しく来た人たちは。」と、ギムリがいいました。「屈《くっ》強《きょう》な男たちで、それに堂々として威厳《いげん》がある。あの人たちと並ぶと、ローハンの騎士たちも少年じみて見えるよ。あの人たちはちょっとのことでは動じぬ面魂《つらだましい》をしているし、たいていはまるで風化した岩のようにやせている。ちょうどアラゴルンその人のように。それにものをいわない。」

「しかしかれらは沈黙を破ると、ちょうどアラゴルンのように礼儀正しい人たちだ。」レゴラスがいいました。「それから君たち、エルラダン、エルロヒルの兄弟に目を留《と》めたかい？　かれらの衣服は他の者たちほど地味ではない。それに二人ともエルフの貴公子のように美しくて、雅《みや》びやかだよ。裂《さ》け谷《だに》のエルロンドの子息とあれば、驚くにはあたらないが。」

「あの人たちは何のために来たんだろう？　君たち聞いた？」メリーがたずねました。かれはもう服を着て、灰色のマントを肩に羽織っていました。そして三人は城の壊れた門の方に向かって一緒に出て行きました。

「あんたが聞いたように、あの人たちは呼び出しに答えた。」と、ギムリがいいました。「裂《さ》け谷《だに》に伝言が来たという話だ。『アラゴルンは一族の手を渇望せり。ドゥーネダインをローハンのかれの許《もと》に行かしめよ！』とね。しかしこの伝言がどこからよこされたのか、かれらは今不審に思っている。ガンダルフがよこしたのだと、わたしは思いたいね。」

「いや、ガラドリエル様だ。」レゴラスがいいました。「あの方はガンダルフの口を通して北から灰色の一行が馬を進めて来ると話されたんじゃなかったかね？」

「そうだ。あんたのいうとおり。」と、ギムリがいいました。「森の奥方だ！　あの方は多くの心や望みをお読みになる。なぜわれわれも自分たちの一族に来てほしいと願わなかったんだろうね、レゴラス？」

レゴラスは門の前に立って、その晴れやかな目を北東の方《かた》に向けていましたが、その美しい顔には気がかりな表情が浮かんでいました。「だれも来ないだろうと思う。」と、かれは答えました。「かれらには馬を駆けさせて戦いに赴《おもむ》く必要はないのだ。戦いのほうがすでにかれら自身の国に進展しているのだから。」

しばらくの間三人は一緒に歩きながら、過日《かじつ》の合戦のあの場この場を語り、壊れた門を出て坂を下って、道路脇の緑の芝生にある戦死者の塚を通り過ぎ、最後にヘルムの堤防に立って、奥出《おくい》での谷をのぞきました。死の丘がすでにそこに築かれていました。黒々として高く岩だらけでした。そしてフオルンたちが芝草を踏み荒らし、地肌《じはだ》を露《あら》わにした痕《あと》もはっきりと見てとれました。褐色国人《ダンレンディング》たちや角笛《つのぶえ》城守備隊の大勢の男たちが堤防で、あるいは原っぱで、また背後の打ち砕かれた城壁のあたりで立ち働いていましたが、それでもあたりは妙に静まりかえっているように思えました。颶風《ぐふう》一過して憩《いこ》っている疲れた谷間でした。まもなく三人は踵《くびす》を返して、城の広間での昼食に向かいました。

王はすでに席に着いていました。三人がはいって行くとすぐにかれはメリーを呼び寄せて、自分の傍《かたわ》らにかれの坐る場所をこしらえさせました。「予の望んでるようにはいかぬが、」と、セーオデンはいいました。「ここはエドラスのわが美しき館《やかた》にはほとんど似ておらぬからのう。それにそなたの友人も行ってしもうた。かれも当然ここにおるべきなのじゃが。が、われらが、というのはそなたと予じゃが、メドゥセルドの主卓《しゅたく》に坐るのはずっと先のことになるかもしれぬ。今回はあそこに戻っても祝宴を張る時間はなかろうからの。今は、さあ、さあ、食べて、飲めよ！　そして話せる間、一緒に話そうではないか。それからそなたは予と一緒に行くのじゃ。」

「よろしいのでしょうか？」メリーはそういって、かつは驚き、かつは喜びました。

「そうだとすばらしいのですが！」かれは言葉に現わされた親切に対してかつてこれほどありがたい気持ちを覚えたことはありませんでした。「わたしはただ皆さんのお邪魔になるだけではないかと存じますが……。」かれはどもりながらいいました。「けれど、わたしにできますことなら何でもさせていただきたいんです、ほんとに。」

「それに疑いは持たぬ。」と、王はいいました。「そなたのために山歩きに強いよい小馬を用意させておいた。かれなら、われらがこれから取る道をどんな馬にも負けないくらい速くそなたを運んでくれよう。というのも、予はこの城を出てから、平野部ではなく山道を通って行くつもりだからじゃ。そうして、エーオウィン姫が予を待っているやしろ岡を経てエドラスに戻るのじゃ。もしよければ、そなたを予の小姓《こしょう》にいたそう。エーオメルよ、ここには、予の刀持ちの使えるような武具はあるかな？」

「ここには武器甲冑《かっちゅう》の備蓄はたいしてございませぬ。」と、エーオメルが答えました。「かれに合うような軽い兜《かぶと》なら多分見つかるかもしれませぬが、かれくらいの身丈の者に合う鎧《よろい》や剣はございませぬ。」

「剣なら持っております。」メリーはそういうと、椅子から降りて黒鞘《ざや》から小さくとも耿々《こうこう》と光る刃《やいば》を抜き放ちました。かれは不意にこの老人への愛情に胸がいっぱいになって、片膝《ひざ》をつき、王の手を取ってそれにキスしました。「セーオデン王よ、殿のお膝にホビット庄のメリアドクの剣を置かせていただけましょうか？」と、かれは叫びました。「御意《ぎょい》にかなえば、わが身命《しんめい》のご奉公をお受けくださいまし！」

「喜んで受けるぞ。」王はそういうと、年老いたその長い両手をホビットの茶色の頭髪の上に置いて、かれを祝福しました。「さあ立て、ローハン国メドゥセルドの王家の小姓、メリアドクよ！」と、かれはいいました。「そちの剣を取れ、それを持ちてよき運に恵まれんことを！」

「殿を父ともお慕い申しあげます。」と、メリーはいいました。

「しばしなりとも、な。」セーオデンはいいました。

　それからかれらは食事をしながらともに話をしましたが、やがてエーオメルが告げました。「殿、そろそろ出立《しゅったつ》の時間が近づきました。角笛《つのぶえ》を吹き鳴らすように命じましょうか？　それにしてもアラゴルン殿はどこにおいでなのでしょうか？　あの方のお席は空席で、食事をしておられないのです。」

「馬を進める用意をしよう。」と、セーオデンはいいました。「アラゴルン殿には、出発の時の近いことをお伝え申しあげろ。」

王は警護隊とメリーを脇に従え、城の門から緑の芝生に騎士たちの集合するところへと降りて行きました。もうすでに馬に乗っている者たちもたくさんいました。王の一行は大部隊になるはずでした。王は角笛城《つのぶえ》には守備の小隊だけを残し、割愛《かつあい》できる者は全員エドラスでの旗揚げに馳《は》せ参ずることになっていたからです。事実もうすでに一千の槍騎兵《そうきへい》が夜中のうちに馬を走らせて去っていました。しかしあとまだ五百騎が王に随伴《ずいはん》することになっていました。そのうちの大部分はウェストフォルドの平野部や谷間から来た男たちでした。

少し離れたところに野伏《のぶせ》たちが黙々として鞍《くら》の上に腰を下ろしていました。整然とした一団で、槍《やり》と弓と剣で武装していました。黒っぽい灰色のマントに身を包み、頭巾は今は兜《かぶと》をつけた頭の上にかぶせられていました。かれらの乗馬は強壮でその身ごなしは堂々としていましたが、粗《あら》い剛《こわ》い毛をしていました。そこで一頭だけ乗手がいないのは、一行が北の国から連れてきたアラゴルン自身の乗馬で、名前はロヘリュンといいました。馬たちの馬具にはどれも、宝石や金のきらめきはおろか、何一つ美しい飾りは付いていませんでした。またその主人たちも徽章《きしょう》や紋章《もんしょう》の類は何も身に帯びず、ただどのマントにも左肩に放射状の光を放つ星形をかたどった銀のブローチが留《と》めてありました。

王は愛馬雪の鬣《たてがみ》にまたがりました。メリーはかれの小馬に乗って王のかたわらにつき従いました。小馬の名前はステュッバといいました。まもなく城門からエーオメルが出て来ました。アラゴルンも一緒でした。それから黒い布を固く巻きつけた大きな棒を持ったハルバラドに、若くも見えず年寄りにも見えない二人の背の高い男たちも来ました。この二人はエルロンドの息子たちですが、まったく瓜《うり》二つでしたので、どちらがどちらと見分けられる者はほとんどいないくらいでした。髪の毛は黒っぽく、目は灰色で、顔はエルフの美しさ、銀灰色のマントの下には同じような輝く鎧《よろい》を着けていました。かれらの後ろからはレゴラスとギムリが歩いて来ました。しかしメリーはただアラゴルンにだけその目を向けました。かれは思わずはっと驚くほどの変化をかれの中に認めたのです。まるで一夜にして何年も年をとったようでした。その顔はきびしく、土気色《つちけ》で疲労が滲《にじ》み出ていました。

「殿よ、わたしは思い悩んでおります。」馬上の王の傍《かたわ》らに立って、かれはいいました。「わたしは不思議な伝言を聞きました。そして遠くに新たな危険を見いだしたのです。そこで長時間一心に考えを凝《こ》らした揚句《あげく》、今やわたしの目的に変更を加えねばならぬのではないかと考えるにいたりました。セーオデン殿よ、教えていただきたい。殿はこれからやしろ岡に馬を進められるわけですが、そこまでどのくらい時間がおかかりになるでしょうか？」

「今は正午をたっぷり一時間は回っています。」と、エーオメルがいいました。「今から三日後の夜までにわれらは砦《とりで》に着くはずです。その夜は満月を二夜過ぎていましょう。そして王の命じられた兵の召集は明けて翌日《よくじつ》に行なわれましょう。ローハンの兵力を総動員するとなると、これ以上早くはできません。」

アラゴルンはしばらく黙っていました。「三日か。」かれは呟《つぶや》きました。「それからローハンの召集がようやく始まる。だがそれを早めるわけにいかないことはわたしにもわかる。」かれは面《おもて》を上げました。何か決断した様子でした。その顔は前ほど思い悩んではいませんでしたから。「では、殿よ、お許しを得まして、わたしは自分とわが一族に与えられました新たな助言を受け入れねばなりませぬ。われらはわれら自身の道を、それももはや人目を避けることなく、馬を進めねばなりませぬ。わたしにとって秘密裡《り》に行動する時は過ぎ去りました。最も速やかな道を通って東に進みます。そしてわたしは死者の道を取ります。」

「死者の道とな！」セーオデンはそういって身震いしました。「なぜその道のことを口にされる？」エーオメルは向き直ってアラゴルンの顔を見つめました。そしてメリーには、このやりとりの聞こえる範囲にいた騎士たちの顔からその言葉を耳にしたとたんさっと血の色がうせたように思われました。「もしまことにかかる道があるとすれば、」と、セーオデンがいいました。「その道の門はやしろ岡にある。しかし生ある者はだれもそこを通ることはできませんぞ。」

「ああ！　わが友アラゴルンよ！」エーオメルがいいました。「われら二人互いに轡《くつわ》を並べ、ともに戦いに赴《おもむ》くことをわたしは望んでいました。だがあなたが死者の道を探されるとあれば、これでわれらの別れる時がまいったのです。そしてふたたびこの天《あめ》が下《した》で相会うことはほとんどありますまい。」

「それでもやはり、わたしはその道を取る。」と、アラゴルンはいいました。「しかし、エーオメル殿、あなたに申しあげておくが、いつか戦場でわれらはふたたび相会うかもしれませぬぞ。たとえモルドールの全軍勢がわれらの間に立とうと。」

「アラゴルン殿、御身《おんみ》はご存念のとおりになさるじゃろう。」セーオデンがいいました。「他の者なら恐れて踏まぬ不思議な道を踏むことは、おそらく御身の運命でござろう。この別れは予を悲しませ、予の力はために減じるほどじゃ。が、予は今はもう山中の道を取って行かねばならぬ。これ以上遅延《ちえん》するわけにはいかぬ。恙《つつが》なく行かれよ！」

「殿もご壮健で！」アラゴルンはいいました。「大いなるご功名《こうみょう》に向かわせ給え！ 恙なく、さらば、メリーよ！ わたしはあんたをよき人の手中に預けた。われらがファンゴルンにオークどもを追った時に望んだ以上のことだ。レゴラスとギムリはこれからもまだわたしと一緒に追跡をしてくれるだろう。だが、われらはあんたのことを忘れはしないからね。」

「さようなら！」と、メリーはいいました。それ以上いうべき言葉が見つからなかったのです。かれはとても肩身が狭く思われ、おまけに今ここでずっと話されていた謎《なぞ》めいた暗い言葉をどう取っていいかわからず、すっかり気がふさいでしまったのです。そして踏んでも叩いても消えることのないピピンの快活さがいっそうなつかしく思われました。騎士たちはもういつでも出かけられるばかりに用意ができ、馬たちは気がはやっていました。かれはいっそもう出発して今の状態をおしまいにしてほしいと思いました。

時にセーオデンはエーオメルに声をかけました。そしてエーオメルは片手を挙げて大きく叫びました。叫び声とともに騎士たちは動き始めました。堤防を越え、奥《おく》出《い》での谷を下り、それからたちまち東に向きを転じ、丘陵の麓《ふもと》を一マイルばかりの間にわたってへめぐっている道を取りました。その道はやがて南に曲がり、ふたたび丘陵の間に戻って、視界から見えなくなります。アラゴルンは堤防まで馬を進め、王の軍勢が奥出《おくい》での谷のずっと下の方に降りて行くまで見守りました。それからかれはハルバラドの方を向いていいました。

「あそこをわたしの愛している三人の者たちが行く。そしてもっとも小さい人への愛情がもっとも小さいとはゆかぬものだ。かれにはどのような終局に向かって馬を進めているのかがわかっておらぬ。しかしもし知っていたとしても、かれはやはりそのまま行くだろうな。」

「小さい人といっても、たいしたものですね、ホビット庄の住人は。」ハルバラドがいいました。「かれらの国境《くにざかい》の安全を守るためにわれらが久しく苦労してきたことをかれらはほとんど知りませんが、わたしはそれを不満には思いませんね。」

「そして今やわれらの運命は一つに織りなされた。」と、アラゴルンがいいました。「にもかかわらず、無念にも、われらはここで別れねばならぬ。さて、わたしは少し食べておかねばならんな。ついでわれらもまた急遽《きゅうきょ》ここを立ちいでねばならぬから。さあ、レゴラスにギムリ！　食べながらあんたたちに話しておく必要がある。」

かれらは一緒に城の中に戻りました。それでもアラゴルンは広間のテーブルに着いてしばらくは、無言のまま坐っていて、あとの者はかれが口を切るのを待っていました。「さあ！」とうとうレゴラスがいいました。「話して元気を出し、憂《うれ》いを払い落としてください！　灰色の朝、この薄気味悪い場所にわれらが戻って以来、何が起こったというのですか？」

「わたしにとって角笛城《つのぶえ》の合戦よりもう少し薄気味悪い闘いがあったのだ。」アラゴルンが答えました。「友よ、わたしはオルサンクの石を覗《のぞ》いたのだ。」

「あなたはあのいまいましい魔の石を覗かれたというのですか！」恐れと驚きを顔に見せてギムリが叫びました。「それで何かいわれたのですか――あいつに？　ガンダルフでさえあいつと出会うことを恐れていたのに。」

「あんたはだれと話しているのか忘れてるな。」アラゴルンの口調はきびしく、その目が光りました。「エドラスの宮殿の入口の前でわたしが称号を公然と申し述べなかったか？　あんたはこのわたしがあいつに何をいうと思って恐れているのか？いや、ギムリ。」かれは声を和《やわ》らげました。顔からはきびしさが去りました。そしてかれは幾晩もの間、眠られぬ苦痛に心を労した人のように見えました。「いや、わが友よ、わたしはあの石の正当な持ち主なのだ。そしてあれを用いる権利も力もともにわたしにある。少なくともわたしはそう判断した。権利の方は疑うことができない。力の方も足りる——かろうじてというところだが。」

かれは深いため息をつきました。「苦しい闘いだった。そして疲労感がなかなか去らないのだ。わたしはかれに一言も口を利《き》かなかった。そして結局わたしはむりやり石を自分自身の意図する方にねじ曲げた。このことだけでもあいつには耐えがたいことだったろう。あいつはわたしを見た。そうとも、ギムリ君、あいつはわたしを見たんだ。だが今あんたがここでわたしを見ているこの恰好ではない。もしそのことがあいつを利することになるようだったら、わたしはまずいことをしたことになる。だが、わたしはそうは思わない。わたしが生きていて天《あめ》が下を歩いてることを知ったことは、あいつの心にとって一つの打撃になったと、わたしは判断するね。なぜならそのことをあいつは今まで知らなかったのだから。オルサンクの目はセーオデン王の甲冑《かっちゅう》を見通しはしなかった。しかしサウロンはイシルドゥルとエレンディルの剣を忘れてはいなかった。今やかれの大きな目論見《もくろみ》が動き出そうという他ならぬその時に、イシルドゥルの後継者と剣がその存在を露《あら》わにしたのだ。なぜならわたしは鍛《きた》え直された刃《やいば》をかれに示したのだ。かれはまだ恐れを超越するほど強力にはなっていない。否《いな》、それどころか、疑念が絶えずかれをさいなんでいるのだ。」

「しかし、そうはいっても、あいつは絶大な支配権を揮《ふる》っています。」ギムリがいいました。「そして今度はより速やかに攻撃を加えてきますよ。」

「あわてた攻撃は、しばしば見当ちがいをおかす。」と、アラゴルンはいいました。「われらは、かの敵を追い立てねばならぬ。もはやかれが駒《こま》を動かすのを待ってはおれぬ。いいか、友人諸君、わたしはあの石を支配した時、多くのことを学んだ。わたしは容易ならぬ危険が予期せぬうちに今や南からゴンドールを襲わんとしているのを見た。そのためにミナス・ティリスの防備から大きな兵力が引き抜かれることになろう。これを速やかに撃退しなければ、かの都は十日たたぬうちに陥《お》ちることになるだろうとわたしは思う。」

「それなら陥ちるに決まってます。」と、ギムリがいいました。「なぜって、かの地に送るべきどんな援軍がありますか？　第一どうして間に合いましょう？」

「わたしには送るべき援軍はない。だからわたし自身が行かねばならぬ。」と、アラゴルンはいいました。「しかし万事休する前にわたしが沿岸諸国に出られる道がただ一つある。それは山脈を抜ける道だ。死者の道だ。」

「死者の道とは！」ギムリはいいました。「恐ろしい名前ですね。それにわたしの見たところでは、ローハンの人間たちの好みにもあまり合わないようでしたよ。果たして生きている者がこんな道を使って身を滅ぼさないですむもんでしょうか？　それにたとえその道を通れたにしても、モルドールの襲撃《しゅうげき》を押し返すのにこんな少数で何の力になるのでしょう？」

「ロヒルリムがこの国にやって来て以来生ある者がその道を用いた例は一度もない。」と、アラゴルンはいいました。「なぜなら、その道はかれらには閉ざされているからだ。しかしこの望みなき時にあたって、イシルドゥルの後継者は、あえて行なう勇気さえあれば、そこを使うことができるかもしれないのだ。聞き給え！　これはエルロンドの子息たちにより、伝承にもっとも通じておられる裂け谷《だに》の父君からわたしにもたらされた伝言なのだ。『アラゴルンに伝えよ、予見者の言葉と死者の道を忘るなかれと。』」

「それでその予見者の言葉というのはどんなことですか？」レゴラスがいいました。

「フォルンオストの最後の王、アルヴェドゥイの御代《みよ》に、予見者マルベスはかく語った。」と、アラゴルンはこう歌いました。

長き影、地をおおいて、

暗黒の翼、西の方にとどく。
塔はゆれ動く。王たちの奥津城《おくつき》に
滅びの日、近づく。死者は目醒《さ》まさる。
そは、誓言《せいごん》破りし者らに時いたればなり。
エレヒの石に、ふたたびかれら立ちて、
丘に角笛《つのぶえ》の高鳴る音《ね》を聞かん。
角笛はだれのものぞ？　かれらを呼ぶはだれぞ？
淡き薄明の中に、忘れられし民を呼ぶは。
その民の誓言せし者の世継なり。
その者、北より来《きた》らん、危急に駆られて。
かれ、死者の道への戸をくぐらん。

「暗い道でしょう、きっと。」ギムリはいいました。「だけど今の詩句がわたしに与える印象より暗くはないでしょうよ。」

「もしあんたに、これらの句をもっとよく理解しようという気があるなら、わたしはあんたにいう、一緒に来いと。」アラゴルンはいいました。「なぜならわたしはこれからその道を取ることになるからだ。だがわたしは喜んで行くわけではない。ただ危急がわたしを駆り立てるのだ。だからあんたが自発的に行こうと思う場合にのみ、来てもらいたいと思う。なぜなら、あんたは労苦とともに非常な恐怖を、それにおそらくはもっと悪いものをも見いだすことになろうから。」

「わたしはあなたと一緒に行きますよ、たとえ死者の道を踏むことになろうと、そしてその道がどんな行く先に通じていようと。」ギムリはいいました。

「わたしも行く、」と、レゴラスがいいました。「わたしは死者を恐れはしないもの。」

「その忘れられた民というのが戦いの仕方を忘れてしまってないといいけどね。」と、ギムリがいいました。「でないと、何のためにかれらの眠りを乱すのかわからなくなる。」

「それはエレヒに行きさえすればわかること。」アラゴルンがいいました。「しかし、かれらが破った誓言というのはサウロンと戦うことだった。だから、もしかれらがその誓言を果たすことになっているのならば、かれらは戦わねばならぬのだ。なぜならエレヒにはイシルドゥルがヌーメノールから持ち来《きた》ったといわれている黒い石が今もなお立っているのだ。その石は丘の上に立てられた。そしてゴンドール王国の初期、その石にかけて、山々の王がかれに忠誠を誓った。しかしサウロンが戻って来て、ふたたびその勢力を増大させた時、イシルドゥルは誓言を果たさせるべく、山々の人間たちを召集した。だがかれらはそれを果たそうとはしなかった。なぜならかれらは暗黒時代にはサウロンを崇拝していたからだ。

「そこでイシルドゥルはかれらの王に向かっていった。『汝《なんじ》は最後の王たるべし。して西方が汝の黒き主人より強きことの判明せし時は、われこの呪《のろ》いを汝と汝の民とにかけん。汝らの誓言の果たされんまで、永遠《とわ》の眠りにつくことなからんと。そのゆえは、この戦いの年月数えがたく続きて、終局以前に今一度呼び出さるべきためぞ。』とね。そしてかれらはイシルドゥルの怒りを前にして逃げたが、サウロンの側に立って戦いに赴《おもむ》くこともあえてしなかった。そしてかれらは山中の人目にふれぬ場所に身を隠し、よその者たちといっさい交渉を持つことなく、不毛の丘陵地帯でしだいに減少していった。それで、エレヒの丘にも、またかの民が細々と生きながらえたすべての場所にも、眠れぬ死者たちの恐怖が横たわっているのだ。だが、わたしはその道を行かねばならぬ。生きている者でわたしを助けてくれる者はだれもいないのだから。」

かれは立ち上がりました。「さあ、行こう!」かれは叫んで、剣を抜きました。

城内の黄昏《たそがれ》こめる広間に、その刃《やいば》がきらりと光りました。「エレヒの石へ！　死者の道に赴くのだ。来たい者はついて来るがよい！」

レゴラスとギムリは何の返答にも及ばず、立ち上がってアラゴルンの後に従い、広間から出て行きました。芝生にはじっと無言のまま、頭巾をかぶった野伏《のぶせ》たちが待っていました。レゴラスとギムリは馬に乗りました。アラゴルンはロヘリュンに跳び乗りました。その時ハルバラドが大きな角笛《つのぶえ》を取り上げました。そして角笛の響きがヘルム峡谷にこだましました。それとともに一行の乗馬はいっせいに身を躍《おど》らせ、雷鳴のように奥出《おくい》での谷を駆け降りて行きました。一方堤防や城塞に残った男たちはただ驚き呆《あき》れてそれをじっと見送っていました。

セーオデンが山間《やまあい》の道をゆっくりと進む間に、灰色の一行はたちまち平原を渡り、次の日の午後にはエドラスにやって来ました。そこで僅《わず》かな休息を取ったあと、谷間を登って、とっぷりと暮れる頃にはやしろ岡に着きました。

エーオウィン姫は一行を迎え、かれらの到着を喜びました。ドゥーネダインや、エルロンドの美しい息子たち以上に力ある男たちを見たことがなかったからです。しかし姫の目はその中でもとりわけアラゴルンの上に注がれました。そして一同がともに夕食の席に坐った時、互いに話し合って姫はセーオデン出陣以来の出来事を聞きました。そのことについてはただ急ぎの知らせがとどいていたにすぎなかったからです。そして話がヘルム峡谷の合戦、敵軍の惨敗《さんぱい》、そしてセーオデンとその騎士たちの進撃に及ぶと、それを聞いた姫の目はきらきらと光りました。

しかし最後にようやく姫はいいました。「殿方、みなお疲れでございましょうから、もうお休みいただきとうございます。急場の間に合わせでベッドのお休み心地はよくないと存じますが、明日になりましたらもっと立派な宿舎を用意いたさせますから。」

しかしアラゴルンはいいました。「いや、姫よ、われらのことはおかまいくださいますな！　今夜こちらに泊まらせていただき、明日、朝食がちょうだいできれば、それで充分です。と申すのも、わたしはこのうえない緊急事のために馬を進めているからです。そして明朝は暁《あかつき》の光が射し初《そ》めるとともに出かけねばなりません。」

姫はかれに微笑《ほほえ》みかけていいました。「では、殿よ、このエーオウィンに便りをもたらし、流謫《るたく》の身に話をしてやろうと、わざわざご親切に何十マイルも回り道をしてくださったのですね。」

「このような旅をむだ足と思う男はまったくのところ一人もおりますまい。」と、ょう。」

アラゴルンはいいました。「そうは申しても、姫よ、今取らねばならぬ道がやしろ岡にわたしを導いて来なかったとすれば、うかがうことはできなかったでありましょう。」

すると姫は今いわれた言葉を好まない人のように答えました。「では殿よ、道をまちがえておいでです。と申しますのは、やしろ谷からは東にも南にも道は通っていないからでございます。殿としてはおいでになった道をお戻りになるのが一番よろしうございましょう。」

「いや、姫よ、」と、かれはいいました。「わたしは道をまちがってはおりません。なぜならわたしはあなたがお生まれになってここを雅《みや》びになさる前にこの国を歩いているからです。この谷間から出ている道があるのです。そしてその道をわたしは行きます。明朝わたしは死者の道に馬を進めます。」

すると姫は恐怖に打たれた人のようにまじまじとかれを見つめました。顔からはすっかり血の気《け》がひいて、しばらくの間口を利《き》くことなく、その間みんなは黙然《もくねん》と坐っていました。「それでは、アラゴルン殿よ。」ようやく姫はいいました。「死をお求めになることが、殿のご用向きなのですか？　なぜなら、その道で見いだされるものはそれしかないからでございます。生ある者は通してはもらえないのです。」

「わたしは通してもらえるかもしれません。」と、アラゴルンはいいました。「ともかくわたしはあえて冒険をしてみます。他の道はどれも間に合わないのです。」

「でもそれは狂気の沙汰《さた》でございましょう。」と、姫はいいました。「ここにおられる功名《こうみょう》あり、武勇高き方々、その方々を殿は暗がりの中にお連れになるべきではなく、戦いに率いておいでになるべきです。そこでこそみなさまが必要とされておりますもの。お願いでございます、どうぞここにお留《とど》まりになって、兄とともにご出陣くださいませ。そうすれば、わたくしどもの心は喜び、わたくしどもの望みはより明るいものとなりましょう。」

「姫よ、これは狂気の沙汰ではありません。」かれは答えました。「なぜならわたしは定められた道を行くのですから。しかしわたしに従う者たちは、それぞれの自由な意志からそうするのです。ですからもしかれらが今はここに留まって、ロヒルリムと出陣することを望むのなら、そうしてもかまわないのです。しかしわたしは死者の道を取ります。やむを得なければ一人ででも。」

それからかれらはもう何も話さず、黙々と食事をしました。しかし姫の目は絶えずアラゴルンに注がれ、一同の目にも姫がいたく心を悩ましていることは見てとれました。とうとうかれらは立ち上がって姫に暇《いとま》を告げ、その心遣《づか》いに感謝して、寝に行きました。

しかしアラゴルンが、レゴラスとギムリとともに宿泊することになっている仮小屋までやって来た時、すでに仲間たちは中にはいっていましたが、エーオウィン姫が追って来て、アラゴルンに声をかけました。かれは振り向いて、夜の闇の中にほのかに浮かぶ姫の姿を認めました。姫は白い服に身をつつんでいましたが、双《そう》の目は燃えていました。

「アラゴルン殿、」かの女はいいました。「殿はなぜこの命取りの道を行かれるのです？」

「そうせねばならぬからです。」かれはいいました。「そうすることによってのみ、わたしには、サウロンとの戦いに自分の役割を果たす望みが幾分なりと持てるのです。エーオウィン姫よ、わたしは好きこのんで危険な道を選ぶわけではありません。もしわたしがわが心の住まうところに行けるとすれば、今は遥か北の方《かた》、裂《さ》け谷《だに》の美しい谷間をさ迷っていたいのですが。」

しばらくの間姫は黙ったまま、あたかも今の言葉の意味するところを考えているかのようでした。それから突然姫は片手をかれの腕に置いていいました。「殿は一《いっ》徹《てつ》なお方でご決意も固くていらっしゃいます。なればこそ男の方は功名を得られるのでございましょう。」かの女はしばらくためらって、それからいいました。「殿よ、ぜひにおいでにならなければならないのなら、わたくしをお供に加えてくださいませ。わたくしは山中に隠れ潜むことがいやになりました。危険と戦闘に立ち向かっていきとうございます。」

「姫のお務めは国民《くにたみ》とおられることではありませんか。」と、かれは答えました。「務め、務めと何度繁々《しげしげ》聞かされたことでしょう。」かの女は叫びました。「でも、わたくしはエオル王家の一員ではないのでしょうか？　盾《たて》持つ乙女《おとめ》ではなく守り役なのでしょうか？　わたくしはもう充分すぎるほど長い間、よろめく足のお世話をしてきました。もはやその足のよろめくこともあるまいと思われます今、わたくしが思うさま自分の人生を送ってはいけないのでしょうか？」

「自《みず》らの思うように人生を送って名誉を損なわぬ者はまれです。」かれは答えました。「しかし、姫よ、あなたのことを申さば、あなたは国王が戻られるまで国民を治める責任をお引き受けになったのではありませんか？　もしあなたが選ばれなかった場合には、どなたか軍団長か指揮官の方が同じ立場に置かれたでしょう。そしてその人は、たとえその任務に倦《う》もうと倦むまいと、その務めを逃げて出陣することはできないでしょう。」

「いつもいつもわたくしが選ばれるのでしょうか?」姫は憤慨《ふんがい》していいました。「騎士たちが出陣して行く時、いつもいつもわたくしが残されるのでしょうか?残されて、みんなが功名を遂《と》げる間に、家を守り、みんなが戻って来ると食べものや寝場所の世話をやかねばならぬのでしょうか?」

「まもなく、」と、かれはいいました。「だれ一人戻る者のない時がやって来るかもしれません。その時は功名なき勇猛心が必要とされるでしょう。なぜならあなた方の家庭を守る最後の攻防戦で立てられた功《いさおし》を憶《おぼ》えている者はだれ一人いないでしょうから。しかし、讃《たた》える者がないからといって、その功が勇敢さにおいて劣《おと》ることにはなりますまい。」

するとすると姫は答えました。「殿のお言葉の裏はこういうことにすぎません。お前は女だ。だからお前の役割は家の中にある。だが男たちが戦いで名誉ある討ち死にを遂げた後には、お前は家とともに焼かれてもよろしい。なぜなら男たちはもはやその家を必要とせぬのだから、と。けれど、わたくしはエオル王家の一員でございます。召使女ではございませせぬ。わたくしは馬に乗ることも剣を揮《ふる》うこともできます。そしてわたくしには苦痛も死も恐ろしくはありません。」

「姫よ、あなたには何が恐ろしいのですか?」と、かれはたずねました。

「檻《おり》です。」と、姫はいいました。「柵の後ろに留《とど》まることです。慣れと老年がそれを容認し、すぐれた功《いさおし》を立てる機会がまったく去って呼び戻すことも望むこともできなくなるまで、柵の後ろに留まっていることです。」

「それなのにあなたは、わたしの選んだ道を行くことは、危険だからという理由で、あえて冒険をしないように忠告されたのですね？」

「だれでも他人《ひと》にはそう忠告するものかもしれません。」と、姫はいいました。「しかしわたくしは殿に危険から逃《のが》れよと申しあげているのではなく、殿の剣が功名《こうみょう》と勝利をかちとられるが必定《ひつじょう》の戦いに向かわれますようにと申しあげているのです。気高くすぐれた方の命がむざむざ捨て去られるのを、見たくはございません。」

「わたしとてそうです。」と、かれはいいました。「だからこそ姫よ、あなたに申しあげるのです、お留まりなさいと！　あなたは南へおいでになるご用をお持ちではないのですから。」

「殿についておいでになる他の方々とて同じではございませぬか。あの方々は殿から離れたくないばかりについておいでになるのです——殿を愛していらっしゃるからこそです。」そういうと姫はつと背を向けて夜の闇の中に消え去りました。

空に暁の光が射し初《そ》めたとはいえ、まだ太陽が東の高い山並みの上に上《のぼ》らぬ頃、アラゴルンは出発の用意を整えました。かれの仲間たちは全員馬に乗っていました。そしてかれが鞍《くら》に跳び乗ろうとしたちょうどその時、エーオウィン姫が一同に別れを告げるためにやって来ました。姫は乗手たちと同じ服装をし、腰にはベルトを巻いて剣を吊《つる》していました。片手に杯《さかずき》を持ち、その杯を自分の唇《くちびる》に当てると、一同の成功を祈って、そこから少しばかり飲みました。それから姫は杯をアラゴルンに渡しました。そしてアラゴルンはそこから飲んでいいました。「ご機嫌よう、ローハンの姫君よ！　わたしは王家ならびに姫君、またこの国民《くにたみ》のご幸運を祈って杯を乾《ほ》しましょう。兄上にお伝えください。闇のかなたでわれらはふたたび相会うこともあろうと！」

その時すぐそばにいたギムリとレゴラスには、姫がむせび泣いているように見えました。かくも峻烈《しゅんれつ》で誇り高い者のうちに涙を認めることは、いっそう哀れを誘うものと思われました。しかし、姫はいいました。「アラゴルン殿、どうしても行かれますか？」

「行きます。」と、かれはいいました。

「では、お願いしましたように、わたくしをこの方々とご一緒に行かせてはいただけませぬか？」

「どうあっても、なりませぬ、姫君、」と、かれはいいました。「それは王と兄上のお許しがなければ、わたしの一存で認めるわけにはいかないことですから。そして、お二人は明日になるまではお戻りにならないでしょうから。しかし今となってはわたしには一時間一時間が、いや一分一分がだいじです。ではご機嫌よう！」

すると姫は跪《ひざまず》いていいました。「お願いでございます！」

「なりませぬ、姫よ。」かれはそういうと、姫の手を取って立たせました。それからその手にキスすると、ひらりと鞍《くら》に身を置き、そのまま走り去って、後を振り返りませんでした。ただかれをよく知り、かれの近くにいた者だけがかれの面《おもて》に苦痛の色が浮かぶのを認めました。

しかしエーオウィンは両脇に下げた手を握りしめたまま、石に彫った像のように身動きもせずじっと立ちつくし、一行が死者の門のある黒々としたドウィモルベルグ、すなわち精霊山《しょうりょうさん》の下の暗がりにはいって行くまでその後を見送っていました。一行の姿が見えなくなると、姫は踵《くびす》を返して、見えない者のようによろめきながら、住居《すまい》に戻って行きました。しかし国民《くにたみ》の中でこの別れを目にした者は一人もいませんでした。かれらは怖がって身を隠し、日が高くなって、向こう見ずな他国人たちが行ってしまうまで、出て来ようとはしませんでした。

そして中にはこのようにいう者たちもいました。「かれらはエルフの血のはいったやつらだ。かれらはその属するところに行かせるがいい。暗いところに。そして二度と戻って来させるな。それでなくても今は災いの多すぎる時代だからな。」

一行が馬を進める間、夜明けの光はまだ白々としていました。太陽はまだかれらの前に聳《そび》える精霊山《しょうりょう》の黒々とした山の背の上まで上っていなかったからです。古い石の連なる間を通り抜け、小暗《おぐら》い林ディムホルトまで来ると、恐怖がかれらを襲いました。そこの黒々とした木々の暗がりには、レゴラスさえ長くは辛抱できそうもなかったのですが、一行はその暗がりの下の山の根に口を開けている峡谷を見いだしました。そして一行のちょうど行く手に一本の巨大な石が運命を示す指のように立っていました。

「なんだか、ぞくぞくしてきた。」と、ギムリがいいました。しかしあとの者は黙したままで、かれの声は足許《もと》のしめった樅《もみ》の葉に吸われて消えました。馬たちは脅《おびや》かすような石のそばをどうしても通ろうとはせず、とうとう乗手たちは馬を降りて、手綱を引いて馬の先に立ちました。こうしてかれらは遂《つい》に狭い峡谷に奥深くはいり込みました。そこには切り立った岩壁があり、その岩壁には暗黒の入口が、さながら夜の口のように一同の前にぱっくりと開いていました。その大きく開いたアーチの上には記号や数字が彫られていましたが、あまり暗くて読むことはできませんでした。そしてその入口からは、灰色の靄《もや》のように恐怖が流れ出ていました。一行はためらいました。かれらのうち一人として怯気《おじけ》づかない者はありませんでした。ただエルフ族のレゴラスの心だけは別でした。かれにとっては人間の幽霊《ゆうれい》など少しも恐ろしくはなかったのです。

「いまわしい入口だな。」と、ハルバラドがいいました。「そしてこの先にはわたしの死がある。それでもわたしはあえてここを通るぞ。だが馬はどれもはいろうとはすまい。」

「だがわれらははいって行かねばならぬ。それゆえ馬たちもはいらねばならぬのだ。」と、アラゴルンはいいました。「なぜといえば、もしこの暗闇を通り抜けられたとすれば、その先には何十リーグの道程《みちのり》が横たわっている。そしてそこで失われる時々刻々はそれだけサウロンの勝利を近いものにするのだから。さあ、後に続け！」

こうしてアラゴルンは先頭に立って道を進みました。この時のかれの意志の力たるや、ドゥーネダイン全員とその馬たちを否応《いやおう》なくついて来させるほどのものでした。そのうえ野伏《のぶせ》たちの馬が主人たちにいだいている愛情はまことに強いものでしたので、傍《かたわ》らを歩く主人たちの決意さえゆるがぬものであれば、かれらはこの入口の恐怖にさえ進んで直面しようとするのでした。しかしローハンの馬アロドはこの道を進むことを拒《こば》みました。かれは見るも哀れなほど怖がって汗をびっしょりかき、震えながら立っていました。そこでレゴラスが馬の目に両手を置き、いくつかの言葉を歌って聞かせました。その声はやさしく暗がりを流れ、とうとう馬はおとなしく引かれて行きました。こうしてレゴラスも中にはいって行きました。そしてあとにはただ一人ドワーフのギムリが立っていました。

膝《ひざ》をがくがく震わせて、かれはたいそう自分に腹を立てていました。「こんなこと聞いたためしがないぞ！」と、かれはいいました。「エルフが地の下にはいって行こうっていうのに、ドワーフにその勇気がないとは！」そういうとともにかれは中に飛び込んで行きました。しかし入口をはいる時には鉛《なまり》のような足をようやく引きずって行くような気がしました。するとたちまち何一つ見えない暗闇がかれを襲いました。それまではこの世の深い地の中を何恐れることなくあまたたび歩いてきたグローインの息子ギムリにして、このざまでした。

アラゴルンはやしろ岡から炬火《たいまつ》を持って来ていました。かれは今その中の一つを高く掲げ持って先頭を行きました。そしてギムリは一人遅れてよろめきながら、必死にかれに追いつこうとしていました。エルラダンがまた別の炬火を持って、列の後ろを行きました。しかし一行が立ち止まると、かれには炬火のぼうっとした焔《ほのお》のほかには何も見えませんでした。かれの周りはすべて、果てしなくざわざわと囁《ささや》く声に埋めつくされたように思えるのでした。それはかれが今までに聞いたことのあるどの言葉とも違う言語で呟《つぶや》くざわめきでした。

何一つ一行を襲うものはなく、かれらの通行を止《と》めようとするものもありませんでした。それなのに、進むにつれてドワーフの恐怖はやむことなくしだいに増大してくるのでした。とりわけ今やかれにはもう元に戻りようがないことがわかってきたからでした。背後の道はことごとく、闇の中にあとをつけて来る見えざる群衆に埋めつくされていたからです。

こうして何時間たったか見当もつかぬ時が過ぎ、その時ギムリが見たものはその後ずっとかれにとっては思い出すのもいやな光景でした。かれの判断する限り道は広かったのですが、ここで一行は不意に大変広い空間に出たのです。そして両側に

はもう壁もありませんでした。重苦しくのしかかる恐怖の念にとらわれ、かれは足を運ぶのも覚束《おぼつか》ないくらいでした。アラゴルンの炬火《たいまつ》が近づくにつれ、ずっと左の方に、何か暗がりの中にきらりと光るものがありました。そこでアラゴルンは立ち止まり、それが何であるかを見に行きました。

「アラゴルンはちっとも怖くないんだろうか？」ドワーフは呟《つぶや》きました。「ほかの洞穴《ほらあな》なら、グローインの息子ギムリが真っ先に黄金の輝きに向かって駆け出すところなんだが。だが、ここはだめだ！　そっとしとけ！」

それでもやっぱりかれはそばに寄って行き、アラゴルンが跪《ひざまず》いているのを見ました。そしてエルラダンが両方の炬火を高く掲げ持っていました。アラゴルンの前には大きな男の骨がありました。かれは鎖かたびらを着けていましたが、その装具はまだ完全な形でそこにありました。なぜなら洞穴の空気はぱっと埃《ほこり》が舞い立つほど乾いていた上に、鎖かたびらには金がかぶせてあったからです。かれのベルトは金と柘榴《ざくろ》石でできていました。そして床にうつぶせた骨だけの頭にのっている兜《かぶと》は金をふんだんに使ってありました。今わかったところでは、かれは洞穴の向かい側の壁近くに倒れていたのです。そしてその前にはぴったりと閉じた石の扉がありました。かれの指の骨は扉の割れ目を今もなおしっかりとつかんでいました。そばには刃《は》こぼれして折れた刀がありました。あたかも最後の絶望にかられて、めちゃめちゃに岩に切りつけたかのようでした。

アラゴルンは死者には手をふれませんでしたが、無言のまましばらくじっと見つめていた後、立ち上がって嘆息しました。「ここにはこの世の終わりまで、スィンベルミュネの花の咲くことはなかろう。」かれは呟くようにいいました。「九つの塚と七つの塚は今は緑の草に青々とおおわれているというのに、この長の年月、かれは遂《つい》に開くことのできなかった扉の前に横たわっていたのだ。この扉はどこに通じているのか？　なぜかれは通ろうとしたのだろう？　だれにも永遠にわからぬことだ！

「なぜならそのことはわたしの目的ではないのだからな！」かれはそう叫ぶと、くるりと向き直って、背後のざわめきに満ちた暗闇に向かっていいました。「お前たちのたくわえた宝物と、お前たちの秘密は呪《のろ》われた年月の中に秘めておくがよい！　われらの願いは速さのみ。われらを通し、そして来《き》れ！　わたしはお前たちをエレヒの石に召集する！」（訳註　ローハン国二代の王ブレゴの長子バルドルは、死者の道を踏むことを誓って出かけたまま、戻らなかった。スィンベルミュネ（忘れじ草）の花咲く王墓に葬られる身でありながら、この石扉の前に倒れて、長年知る者がなかった。）

答はありませんでした。ただそれまでのざわめきよりももっと恐ろしい沈黙があるだけでした。するとその時、一陣の冷たい風が吹いてきて、炬火《たいまつ》がゆらいで消え、ふたたび点《とも》すことができませんでした。それからあとの時間のことは、一時間か何時間か、ギムリはほとんど憶《おぼ》えていませんでした。みんなは先を急いでいましたが、ギムリはいつも一番最後になり、絶えずかれを今にもとらえようとするかに見える忍び寄る恐怖に追いかけられていました。そしてたくさんの幻《まぼろし》の足音ともいえるようなざわめきがあとからついてやって来ました。こけつまろびつ行くうちにかれはとうとう獣のように地面を這い、もうこれ以上とてもがまんできないと思いました。何らかの終わりを見つけて逃げ出すか、それとも前後も知らず元来た道を駆け戻り、後について来る恐怖にぶつかるか、二つに一つしかないと思いました。

その時突然かれは鈴の鳴るような水音を聞きました。暗い影の悪夢《あくむ》の中に石が一つころがり落ちてきたような硬質の澄んだ音でした。明るさがしだいに増して、やれ、うれしや！　一行は反対側の口を通り抜けたのです。高いアーチの幅広いトンネル口でした。そして小さい流れが一行の傍《かたわ》らを通って流れ出ていました。そしてその先の方は急な下り坂となっていて、はるか頭上の空に短剣の刃《やいば》のように切り立ってそそり立つ断崖《だんがい》の間に道がついていました。崖《がけ》と崖の間のこの割れ目は非常に深く、またこの二つの崖は非常に迫っていましたので、間の空は暗く、その空に小さな星々がきらめいていました。しかし後になってギムリが聞いたところでは、この時間は一行がやしろ岡を出発したその同じ日の、まだ日没までに二時間もある頃だったのです。とはいえ、その時のかれには、これはずっと後の世の、あるいはどこか別の世界の夕暮れ時かもしれぬと思われました。

ここで一行はふたたび馬上の人となり、ギムリもレゴラスのところに戻りました。かれらは一列になって進みました。夕暮れが迫り、深い藍色《あいいろ》の黄昏《たそがれ》がやってきました。そして恐怖はなおも一行の後を追っていました。レゴラスはギムリに話しかけようとして振り返り後ろを見ました。ドワーフは自分の顔のすぐ前にエルフの明るい目が輝くのを見ました。二人の後には一行の殿《しんがり》りをつとめるエルラダンが馬を進めていましたが、かれはこの坂道を降りて行く者の殿りではありませんでした。

「死者たちがついて来る。」レゴラスがいいました。「わたしには人間と馬たちの影が見える。それからちぎれ雲のような色うすい旗が、そして霧の立ちこめる冬の夜の木立ちのような槍《やり》が。死者たちがついて来る。」

「そのとおり。死者たちがわれらの後を馬に乗ってやって来る。かれらは召集されたのだ。」と、エルラダンがいいました。

一行は遂《つい》に峡谷から抜け出ました。まるで壁の割れ目から外に出た時のように不意に抜け出たのでした。目の前には広大な谷間の上部が広がっていました。そして一行の脇を流れる水は、冷たい音を響かせながら、たくさんの滝になって流れ落ちて行きました。

「ここは中《なか》つ国《くに》のどこなんだろう?」と、ギムリがいい、エルラダンが答えました。

「わたしたちはモルソンドの源から降りて来たのだ。これは長い冷たい川で、最後はドル・アムロスの岸壁を洗う海に流れ込んでいる。これから先あなたたちはこの名の由来《ゆらい》をたずねる必要はないだろう。人間たちは黒根と呼んでいる。」

黒根谷すなわちモルソンドの谷は山脈のけわしい南斜面にまで入り込んだ大きな山ふところだったのです。その急な斜面は草でおおわれていたのですが、この時間にはどこも灰色でした。もう太陽は沈んでしまったからです。谷間の遥か下の方では人間たちの家々に灯《ともしび》がまたたいていました。この谷間は肥沃《ひよく》で大勢の人々が住んでいました。

その時、後ろを振り返らずに、みんなに聞こえるほどの大きな声でアラゴルンが叫びました。「友よ、疲れを忘れてくれ！　進め、ただ進め！　この日の終わるまでにわれらはエレヒの石まで行かねばならぬ。道はまだまだ遠い。」そこで後ろを見返ることなく一行は山中の原に馬を進め、やがて水嵩《かさ》を増す急流にかかる橋に出ました。そして、人の住む土地に降りて行く道を見つけました。

かれらが行くと、家々村々の明かりは消え、戸口は閉められ、畑にいた人々は恐ろしさのあまり大声をあげて、まるで追われた鹿のように一目散《いちもくさん》に逃げ出しました。しだいに色濃くなる暗闇にいつも同じ叫び声があがりました。「死人《しびと》たちの王だ！死人たちの王がわしらを襲いに来た！」

遥か下の方で鐘が鳴り響き、人々は残らずアラゴルンの面前から逃げうせました。しかし灰色の一行はひたすら道を急ぎ、追手《おって》のように馬を走らせましたので、遂に馬たちは疲労のあまり脚がもつれるほどでした。こうしてちょうど真夜中になる直前に、さっきの山の中の洞穴のように黒々とした闇の中を一行はようやくエレヒの丘に着きました。

この丘とその周りの人住まぬ野には久しく死者たちの恐怖が宿っていました。というのも丘の頂には黒い石が立っていたからです。この石は大きな球《たま》のように丸く、人間の高さほどもありますが、半分は土の中に埋まっていました。一見してこの世のものとは思われぬ薄気味悪い感じで、一部の者が信じているように空から落ちて来たかのように見えましたが、海のかなたのさいはての西方国の伝承を今なお憶《おぼ》えている者たちは、この石がその西方国すなわちヌーメノールの廃墟《はいきょ》から持ち出されたもので、イシルドゥルがこの中《なか》つ国《くに》に上陸した時、その手でここに据《す》えたものだと語っていました。この谷間に住む者たちは一人としてこれに近づこうとする者はありませんでした。またこの近くに住もうとする者もいませんでした。というのも、ここは幻の人間たちの集会場所で、不安の時代には、ここに集《つど》い、石の周りにひしめきあってひそひそとざわめいているといわれていたからです。

草木も眠る真夜中、一行は石のところにやって来て止まりました。それからエルロヒルがアラゴルンに銀の角笛《つのぶえ》を渡し、かれはそれを吹き鳴らしました。近くに立っている者たちにはそれに答えるいくつもの角笛の音が聞こえたように思えましたが、それはあたかもずっと遠く深い洞穴に響くこだまのようでもありました。ほかには何の物音も聞こえませんでしたが、それでもみんなは自分たちの立っている丘の周りがすっかり大軍勢で囲まれていることに気づいていました。そして山々からは亡霊《ぼうれい》の息のように冷たい風が吹きおろしてきました。しかしアラゴルンは馬から降り、石のそばに立って、大音声《だいおんじょう》で呼ばわりました。

「誓言《せいごん》破りし者らよ、なぜに汝《なんじ》らは来た？」

すると夜の闇の中からそれに答える声が聞こえてきました、ずっと遠くからのように。

「われらの誓言を果たし、安らかに眠らんために。」

そこでアラゴルンはいいました。「遂《つい》に時は来た。予はこれよりアンドゥインのほとりペラルギルに向かう。汝らは予に従い来《きた》るべし。この地よりサウロンの下僕《げぼく》たちの掃蕩《そうとう》されたる暁には、予は誓言の果たされしものとみなし、汝らは平安を得て、とことわに離《さ》りゆくべし。予はゴンドールのイシルドゥルの世継、エレッサールなれば。」

そういうとともに、かれはハルバラドに命じて、かれが持って来た大きな旗じるしを広げさせました。ところが、こはそもいかに！　真っ黒な旗ではありませんか。紋章《もんしょう》か何かがついていたにしろ、それは暗闇に隠れて見えませんでした。それからは沈黙があるだけで、長い夜の間ずっと、囁《ささや》き一つ、吐息《といき》一つ聞かれませんでした。一行は石のそばで仮眠をとりましたが、かれらを取り巻く幻たちから受ける恐ろしさのために、ほとんど眠られないくらいでした。

しかし冷えびえとした灰色の夜明けが訪れると、アラゴルンは直ちに起き上がりました。そしてかれは一行を率いて、一行のうちのだれ一人としてかつて経験したことがないような迅速《じんそく》の極、疲労の極となる旅に出発しました。このような旅を知っているのはただかれだけで、そしてかれの意志だけが、一行を先へ先へと進ませたのです。死すべき命の人間ならこれに耐えられる者はほかにはだれもいなかったでしょう――北の国のドゥーネダインを除いては。そしてドワーフのギムリとエルフ族のレゴラスを別にしては。

一行はタルラングの地峡を過ぎ、ラメドンにはいりました。そして亡霊軍は押し寄せるように後ろに迫り、その前には恐怖が先行しました。そして遂《つい》に一行はキリル川沿岸のカレンベルにやって来ました。太陽はまるで血のように赤く、かれらの背後の遥か西の方ピンナス・ゲリンの山陰に沈んでいきました。キリルの町にも渡しにも人影は見られませんでした。たくさんの男たちが戦争に出て行ってしまい、残った者たちは死者の王がやって来るという噂《うわさ》を聞いて、一人残らず丘陵地帯に逃げ込んでしまったからです。しかし次の日にはもう夜明けがやってきませんでした。そして灰色の一行はモルドールの嵐《あらし》の暗闇の中にはいって行って、人間たちの目からは行方《ゆくえ》知れずとなりました。しかし死者たちはそのあとについて行きました。

三　ローハンの召集

今やあらゆる道は、迫り来る戦いと大いなる影の襲来に立ち向かうため、ともに東へ東へと向かっていました。そしてピピンが都の大門に立って、ドル・アムロスの大公が旗をなびかせて入城して来るのを見ていたちょうどその頃、ローハン王は丘陵地帯を下ってきたのです。

日はしだいに傾いていました。日没前の最後の斜光を浴びて、騎士たちの影は長くくっきりと、絶えず隊の前方に、伸びていました。急峻《きゅうしゅん》な山腹をおおっている樅《もみ》の風にざわめく林の下にはすでに暗闇が忍び寄っていました。この夕暮れ時、王は今ゆっくりと馬を進めています。やがて道は大きな裸岩の肩をめぐって、かすかにざわめく木々の暗がりの中へとはいって行きました。一行は曲がりくねった長い列を作り、ひたすら道を下って行きました。ようやく谷底まで来ると、低地ははや夕闇が浸《ひた》していました。日が沈みました。黄昏《たそがれ》の光が滝にかかりました。

一日中一行の遥か足下を、たばしる渓流が背後の高い山道から流れ落ち、松におおわれた断崖《だんがい》と断崖の間に狭い水路を切り開いて流れていたのですが、ここで石の門を通り抜け、もっと広い谷間に流れ出ていました。騎士たちがこの流れに沿って行きますと、突然目の前にやしろ谷が開け、夕闇の中で水音が高く響きました。清流雪白川《ゆきしろ》がいくつもの小さい流れを集め、水煙を上げて岩の上をたばしりながら、ここからエドラスへ、さらに緑の丘陵地帯へ、そして平野部へと流れ落ちていくのです。ずっと右手の方、この大きな谷間の突端には、角のように聳《そび》えるスタルクホルンが自《みず》らの巨大な控壁《ひかえかべ》の上にぼうっと浮かび上がっていました。ぎざぎざの頂は万年雪に包まれ、下界を遥か下にして、東は青い影を帯び、西は夕陽に赤く染まって、かすかな輝きをみせていました。

メリーは驚嘆してこの見慣れぬ国を眺め渡しました。この国のことは長い旅の間にいろいろ聞かされてきたのです。ここは空のない世界でした。この中にいると、深い峡谷の小暗《おぐら》い空間を通して眺められるのは、ただ果てしなく上へ上へと登っていく山の斜面と、重畳《ちょうじょう》たる岩壁の連なりと、霧の渦巻く峻嶮《しゅんけん》な断崖絶壁だけでした。かれは小馬にまたがったまま、半《なか》ば夢でも見ているように、水の音、暗い林のざわめき、岩のひび割れる音、そしてあらゆる音の背後に立ちこめる待ちもうけるような広大な沈黙にしばし耳を傾けていました。かれは山々を愛していました。それとも遠いかなたからもたらされた物語の周辺に連なる山々を頭に思い描くことを愛していたのです。しかし今は中《なか》つ国《くに》の支えきれぬ重さに圧倒されてしまいました。かれは静かな部屋の煖炉のそばにこもり、この無限の大きさを閉め出してしまいたいと切《せつ》に望みました。

かれは非常に疲れていました。一行の旅は、馬を進める速度こそゆっくりでしたが、ほとんど休息らしい休息もとらずに乗りつづけて来たからです。倦《う》み疲れながら三日近くというもの、来る時も来る時も小馬の背に揺られて、峠を越え、長い谷間を抜け、たくさんの渓流を渡って来たのです。道幅の広いところでは王の傍《かたわ》らに馬を進めることもありました。小柄《こがら》な粗《あら》い毛の灰色の小馬に乗ったホビットと、大きな白馬にまたがったローハン王の二人が、轡《くつわ》を並べて行くのを見て、騎士たちの多くが顔に微笑を浮かべていることにかれは気づきませんでした。そういう時、かれはセーオデン王といろいろ話をしました。自分の故郷のこと、ホビット庄の連中の暮らしぶりなどを王に語り聞かせたり、あるいは代わって、マークのこと、この国の昔の強い武者たちの話に耳を傾けたりするのでした。しかしたいていの時は、とりわけ最後のこの日、メリーは王のすぐ後をただ一人黙して、後ろの男たちがいい交わすゆっくりした響きのよいローハン語を理解しようと耳を傾けながら進んで行きました。ローハン語には、かれの知っている言葉がたくさんあるように思われました。ただそれらの言葉はホビット庄で話されるよりももっと音が豊かで力強く聞こえるのでした。しかしかれにはこれらの言葉を一つにつなぎ合わせることができませんでした。時折、騎士たちのだれかが、その澄んだ声を張り上げて、心を奮《ふる》い立たすような歌を歌うことがありました。するとメリーはその意味するところはわからなくても、心が躍《おど》るのを覚えました。

にもかかわらず、かれは孤独でした。それもこの日の終わりの今ほど孤独を感じたことはありません。かれはこの見慣れぬ世界のいったいどこにピピンは行ってしまったのか、そしてアラゴルンとレゴラスとギムリはどうなるのだろうかと思いました。その時です。心臓を冷たい手でさわられたように、不意にかれはフロドとサムのことを考えました。「ぼくは二人のことを忘れかけてた！」かれは自分を責めるように独りごちました。「ぼくたちみんなよりあの二人のほうが大切だっていうのに。第一ぼくは二人を助けるために来たんじゃないか。だけど今は二人とも何百マイルも離れたところにいるにちがいない。もしまだ生きてればの話だけど。」かれは思わず身震いしました。

「とうとうやしろ谷に来たぞ！」エーオメルがいいました。「この旅もほとんど終わりだ。」一行は馬を止めました。狭い峡谷から抜け出る道は急な下りになっていました。眼下の薄暮に横たわる広大な谷間も、高窓ごしに見るようにちらっと窺《うかが》えるだけでした。雪白《ゆきしろ》川のほとりにたった一つ小さな明かりがまたたくのが見られました。

「この旅は終わりじゃ、おそらくな。」セーオデンはいいました。「が、予はこれからまだ遠くへ行かねばならぬ。二晩前が満月じゃった。朝になったらマークの召集のため、エドラスに馬を進めることになろう。」

「しかしわたくしの助言をお容《い》れいただけますなら、」エーオメルが低い声でいいました。「殿にはそれからふたたびこの地にお戻りいただき、勝敗は知らず、戦いが終わるまでお留《とど》まり願いとう存じます。」

セーオデンはにっこりしました。「いや、わが息子よ、そなたをこう呼ぶぞ、老いたるわが耳朶《じだ》にあたりよく響く蛇の舌のような言葉はいわんでくれ！」かれは背筋を伸ばして後を振り返り、部下たちの長い列が背後の薄闇にしだいに消えていくのを眺めました。「予が西に馬を進めてからの日々は、一日が一年にも思える。だが二度と予は杖にはすがらぬぞ。戦いに敗れたとすれば、山の中に隠れひそんだとて何になろう? してもし勝ったとすれば、最後の力を使い果たして討ち死にしようと、何の遺憾《いかん》となろう? が、そのことは今は置くとしよう。今夜は、予はやしろ岡の砦《とりで》で休むことにする。少なくとも一晩の安らぎは残されておるぞ。さあ、行こうではないか!」

いやまさる夕闇の中を、一同は谷間に下って行きました。ここでは雪白川《ゆきしろ》は谷の西壁に近いところを流れていました。そしてまもなく道は浅瀬に達しました。浅い水が石の上を音立てて流れています。浅瀬は警備されていました。王が近づくと、岩の陰から大勢の男たちが跳び出して来ました。かれらは王を認めると、喜びの声をあげて叫びました。「セーオデン王だ! セーオデン王だ! マークの王のご帰還だ!」

その時、だれかが角笛《つのぶえ》を長く吹き鳴らしました。それは谷間じゅうにこだましました。それに答えて角笛がいくつも吹き鳴らされ、川の向こうには点々と明かりが輝き始めました。

そして突然、もっと高いところから喇叭《らっぱ》の大斉唱が起こりました。いくつもの喇叭の音色を一つの声に集め、岩壁伝いに朗々《ろうろう》と鳴り響くように、どこか空洞になった場所から聞こえてくるように思われました。

こうしてマークの王は白の山脈の麓《ふもと》なるやしろ岡に西の地から凱旋《がいせん》してきました。ここでかれはその国民《くにたみ》のうちに残されている兵力がすでに集められているのを見いだしました。というのは、王の到着が知れるとすぐに騎馬の将官たちが浅瀬にかれを出迎えて、ガンダルフからの伝言をもたらしたからです。やしろ谷の民の族長であるドゥーンヘレが先頭にいました。

「三日前の夜明けのことでございました。」と、かれはいいました。「飛蔭《とびかげ》が風のごとく西方より現われ、エドラスへやってまいりました。そしてガンダルフ殿が殿のご勝利の知らせをもたらし、われらの心を喜ばせました。ガンダルフ殿はまた、騎士たちの召集を急ぐようにという殿のお言葉をもたらしました。そしてその時でございます。翼ある影がやって来ましたのは。」

「翼ある影とな？」セーオデンはいいました。「それなら予らも見た。しかし、あれはガンダルフが予ら一行を置いて行くより前のこと、その夜の深更《しんこう》であったぞ。」

「おそらくそうかもしれませぬが、殿」と、ドゥーンヘレはいいました。「同じものか、あるいはそれに似た別のものかもしれませぬ。怪獣の姿をしました空飛ぶ暗闇がその日の朝エドラスを通過いたしました。そしてすべての者が恐怖におののいたのでございます。と申すのも、そやつは突然メドゥセルドめがけて飛来し、破風《はふ》すれすれまで低く急降下してきますと、われらの心の臓も止まるかと思われるばかりの叫び声が聞こえました。そこでガンダルフ殿がわれらに平地での集合を止め、山々の下なるここの谷間で殿をお迎えしたらどうかとご忠告くだされたのでございます。そしてあの方は、最少必要限以外の明かりまたは火を燃やしてはならぬといわれました。ただ今はそのように実施されております。ガンダルフ殿の物いいは実に厳然《げんぜん》たるものがありました。われらの取り計らいましたることが、殿のお気持ちに違《たが》いませぬよう願っております。かのおぞましきものどもはやしろ谷には一切姿を見せておりませぬ。」

「それは結構じゃ。」と、セーオデンはいいました。「予はこれより砦《とりで》に向かうぞ。そこで就寝前に軍団長、将官各位と会談することにいたそう。できるだけ早く予の許《もと》に来るようみなに伝えよ！」

道は今や谷間をまっすぐに横切って東に向かっていました。谷間の幅はここでは半マイル内外でした。水辺の河原《かわら》と、粗《あら》い芝生の草地が、いたるところ、暮れかけた夕闇にほの白く、広がっていましたが、谷の反対側の正面には険しい崖《がけ》がそそり立っているのが見えました。これはスタルクホルン山系主脈の一番外側の離れ山で、長い年月の間に川に穿《うが》たれてできたものです。

平地という平地には人が大勢集まっていました。道ばたを埋めて、西から戻った王と騎士たちを歓呼の声で迎える者たちもいました。しかしその背後に、整然と列をなして並ぶテントに仮小屋、杭《くい》につながれた馬の列、厖大《ぼうだい》な武器の貯え、それに新しい植林樹群のように互いに組み合わされて突っ立っている槍組《やりぐみ》が、ずっと遠くの方まで幾列にも幾列にも伸びていました。今やこの大集団はすっぽりと夕闇の中に沈もうとしていました。そして冷えびえとした夜気《やき》が冷たく吹きおろしてくるにもかかわらず、提灯《ちょうちん》一つ点《とも》されず、焚火《たきび》一つ燃やされませんでした。厚いマントを着込んだ見張りたちがゆっくりと往き来していました。

メリーはここにはいったいどのくらいの数の騎士たちがいるのだろうと思いました。しだいに色濃くなる夕闇の中でその数を推測することはできませんでしたが、ともかく数千ではきかない、一万を越す大軍勢であるように思われました。かれがじっと目を凝《こ》らして端から端へ見ているうちに、王につき従った一行は谷間の東側におぼろに見える崖の下を進んでいました。するとと突然道は登りになり、メリーはびっくりして上を見上げました。かれが今いる道はかつて似たものを見たことがなく、歌にものらない遠い代《よ》に人間の手によってなされた一大工事でした。それは切り立った岩の斜面をえぐって道を作り、蛇の蛇行《だこう》するようにうねうねと折れ曲がりながら上へ上へと続いていました。階段のように急ですが、登るにつれ前後反転、ループ式になっていました。馬はここを登ることができ、荷車もゆっくりと引っ張り上げることができましたが、上から防備されてさえいれば、空からでも飛来《ひらい》しない限り、敵は一人としてこの道を通ることはできませんでした。道の曲がり目ごとに人型に彫った大きな立ち石がありました。太鼓腹の上にずんぐりした腕を組み、あぐらをかいて坐っている、不恰好な手足をした巨大な石像でした。多年の風化で、今なお悲しげに通行者を見つめている暗い穴だけの目を残し、顔の造作《ぞうさく》をすっかり失ってしまったものもありました。騎士たちはこの像たちにほとんど目もくれませんでした。かれらは像をプーケル人と呼んで、あまり注意をはらいませんでした。像たちには何の力も恐ろしさも残されていなかったのです。しかし夕闇の中に像たちが陰気にぼうっと浮かび上がっているのを、メリーは驚嘆の念とほとんど憐《あわ》れみに近い気持ちでじっと見つめました。

しばらくしてかれは後を振り返り、はや谷間から何百フィートの高さにまで登っ

て来たのを見いだしました。しかしまだずっと下の方にうねうねと続く騎士たちの列が浅瀬を渡り、用意された野営地に向かってとぎれることなく道を進んで行くのがかすかに見てとれました。王と近衛《このえ》の一隊だけが砦《とりで》に登って行くところでした。とうとう王の一行は急な崖《がけ》っぷちに出ました。そして登りの道は岩壁の間の切り通しにはいっていき、そこから短い坂を登り、広々とした高地に出ています。人間たちはこれをフィリエンフェルドと呼んでいました。芝草とヒースにおおわれた山中の緑の原野で、深くえぐられた雪白川《ゆきしろ》の水路から遥かに高く、背後の大きな山々の膝《ひざ》にのっている形でした。南にはスタルクホルン山系、北には鋸《のこぎり》の刃のようなイーレンサガの山塊《さんかい》、そしてその間の騎士たちの正面にあるのは、ドウィモルベルグ、すなわち陰気な松林におおわれた急な斜面からそそり立つ精霊山《しょうりょうしゅんけん》の峻嶮な黒い壁でした。この高地を二つに分けて、不恰好な立ち石がずらりと二列に並び、その先は夕闇の中にだんだん小さくなって、またその先が林の中に消えていました。この道を敢《あ》えて行く者があれば、やがてドウィモルベルグの下の黒々とした小暗《おぐら》い林デイムホルトに、そしてかの脅《おびや》かすような石の柱に、さらに、あんぐりと暗い口を開いた禁じられた入口に出ます。

小暗いやしろ岡というのはこういうところでした。とっくに忘れ去られた人間たちの作り上げたもので、その民族の名も今では忘れられ、かれらを記憶に留《とど》めている歌も伝説も一つとして残っておりません。いったい何の目的でこんな場所を作ったのか、人の住む町なのか、秘密の寺院なのか、それとも王たちの墳墓《ふんぼ》なのか、それはローハンの人間のだれにもわからないことでした。暗黒時代に、かれらは汗水をたらしてここを作り上げたのです。船が西の岸にやってくるよりも前、あるいはまたドゥーネダインのゴンドールが建造されるよりも前のことでした。そしてとうにその民族は消え去ってしまいました。ただ年老いたプーケル人たちだけが残されて、今も道の曲がり目曲がり目に坐っているのです。

メリーはどこまでも続いている石の列に目を瞠《みは》りました。どれも風化して黒く、傾いているのもあれば、倒れているのもあり、ひび割れているのも、こわれているのもあります。それらはまるで老人の飢えおとろえた歯並みのように見えました。これらはいったい何なんだろうとかれはいぶかりながら、王がこれらの石人についてその先の暗闇にはいって行かなければいいがと思いました。次いでかれは石の道の両側にテントや仮小屋がかたまっているのを見ました。しかしこれも林の近くには立っておらず、むしろ林からはなるべく遠ざかって崖っぷちの方に寄り集まっているように見えました。それらの大部分は右側、すなわちフィリエンフェルドの野がひらけている方に立っていました。左手にはもう少し小さい野営地があり、その真ん中には背の高い大テントが一つ立っていました。この左の側から一人の騎士が一行を出迎えに出て来ました。そして一行は道をそれてそちらに行きました。

近寄るにつれて、メリーは馬上の人が編んだ長い髪を黄昏《たそがれ》の光にきらめかせた婦人であることに気づきました。しかしかの女は兜《かぶと》をかぶり、戦士のように胴までの鎖かたびらを着《つ》けて、腰には剣を吊《つる》していました。

「ようこそお帰り遊ばせ、マークの王よ！」と、かの女は叫びました。「殿のご帰還を心からお喜び申しあげます。」

「してエーオウィンよ、そなたは、」と、セーオデンはいいました。「そなたのほうは、変わりがないか？」

「変わりはございません。」と、姫は答えました。しかしメリーにはその声がその言葉の偽りであることを示しているように思えました。どころかかれは姫が今まで泣いていたものと思いこむところでした。これほど毅然《きぜん》たる顔の持ち主にも泣くわけがあると信じられるならばですが。「変わりはございません。しかし民《たみ》たちの身としてみれば、突然住みなれたわが家から引き離されたのでございます。倦《う》み疲れることのみ多い旅でございました。とげとげしい荒い言葉のやりとりもございました。戦いのために緑の野から追われて久しくなりますゆえ。しかし悪事をなす者は一人もおりませんでした。今はご覧のとおり、あまねく秩序が行きわたっております。お休み所の支度もできております。と申しますのも、殿のご動静についてはすっかり知らせていただき、ご到着の時間も承知いたしておりましたので。」

「ではアラゴルン殿がおいでになられたのだな。」と、エーオメルがいいました。

「まだこちらにおられるのか？」

「いいえ、もう行ってしまわれました。」エーオウィンは顔をそらし、東南に黒々とそそり立つ山々に目を向けました。

「どちらへ行かれたのか？」エーオメルはたずねました。

「存じません。」と、かの女は答えました。「あの方は夜おいでになり、昨朝、山頂に日が上らぬさきにお出かけになりました。行ってしまわれました。」

「姫よ、傷心のようじゃな。」と、セーオデンはいいました。「何があったのか？いうてくれ、アラゴルン殿はあの道のことを話されたか？」かれはだんだん暗くなってきた石の列伝いにドウィモルベルグの方を指さしました。「死者の道のことを？」

「さようでございます。」と、エーオウィンはいいました。「そしてあの方は未だだれ一人戻って来た者のない暗闇の中にはいって行かれました。わたくしはあの方のお考えをひるがえすことができなかったのでございます。あの方は行ってしまわれました。」

「それではわれらの道は離れ離れになってしまった。」と、エーオメルはいいました。「アラゴルン殿は行方《ゆくえ》しれずになられた。われらだけで出陣するほかはなく、望みは減少した。」

かれらはもうそれ以上口を利《き》かず、丈の低いヒースと高原の芝草の間を通ってゆっくりと進み、ようやく王の大テントにまでやって来ました。メリーはそこでは万事が手ぬかりなく用意され、かれ自身のことも忘れずに配慮されていることに気がつきました。かれのためには、王の宿泊所の横に小さなテントが張られていました。そしてかれは人々が王の許《もと》に伺候《しこう》していろいろ話し合うために出入りする間、そこに一人ぽつねんと坐っていました。夜が来ました。西の方に見え隠れする山々の頂は星に飾られていましたが、東はただ真っ暗で何も見えません。立ち並ぶ石はしだいに闇に紛れて見えなくなってきましたが、その先には依然として、暗闇よりもなお黒々と、ドウィモルベルグのうずくまるような巨大な影が居すわっていました。

「死者の道、」かれは独りごちました。「死者の道だって？　これはいったいどういうことなんだ？　みんなぼくを置いて行ってしまった。みんな何かの滅びに向かって行ってしまった。ガンダルフとピピンは東での戦いに、サムとフロドはモルドールに、そして馳夫《はせお》さんとレゴラスとギムリは死者の道に。だけどぼくの順番もすぐに回ってくるだろうな。みんなは何を相談してるんだろう。そして王はどうなさるおつもりなんだろう。なぜって、王がいらっしゃるところにぼくも行かなきゃならないんだから。」

このような陰気な思いにとらわれているさなかに、かれはふととても腹が空《す》いていることを思い出しました。そこでかれは立ち上がって、この馴染《なじ》みのない野営地で他にもだれか同じ思いを味わっている者はいないか、見に行こうとしました。しかしちょうどその時、喇叭《らっぱ》が鳴り響き、一人の男がかれを呼びにやって来ました。王のお小姓《こしょう》であるかれに王の食卓に侍《はべ》るようにいいに来たのです。

大テントの中には、縫《ぬ》い取りをしたカーテンで仕切って獣皮を敷きつめた小部屋があり、そこの小さい食卓にセーオデンがエーオメルとエーオウィン、やしろ谷の領主ドゥーンヘレとともに着座していました。メリーは王の腰かけの脇に立って給仕をしましたが、そのうち老人は深い物思いから覚め、かれの方に顔を向けて微笑しました。

「さあさあ、メリアドク君！」と、かれはいいました。「あんたは立ってなくていい。予がこの国にいる間は、予のそばに坐るんじゃ。そして話をして予の心を晴らしてくれ。」

王の左側にホビットの坐る場所が空けられました。しかし話をしてくれという者は一人もいませんでした。だいたいお互いに話をすることさえほとんどなく、みんなは食事の大部分をただ黙々として食べたり飲んだりしていました。そしてとうとうしまいにメリーが勇気を奮い起こして、さっきからかれを悩ましていることを質問しました。

「殿、今までに二度、わたしは死者の道のことを耳にいたしました。」と、かれはいいました。「それは何なんでしょうか？　それから馳夫《はせお》さん、というのはアラゴルン殿のことですが、あの方はどこに行ってしまわれたのですか？」

王は嘆息し、だれ一人答える者はありませんでしたが、やがてようやくエーオメルが口を開きました。「そのことはわれらも知らず、心が重いのです。」と、かれはいいました。「しかし死者の道について申せば、あなたは自分でもその最初の数歩を歩かれたはず。いや、縁起《えんぎ》でもない言葉は口にせぬことだ！　われらが登って来た道は小暗《おぐら》き林ディムホルトのかなたにある、かの入口へはいって行くための道なのです。しかしその入口の先に何があるのか、それはだれも知りません。」

「だれも知らぬ。」と、セーオデンはいいました。「しかし今ではほとんど口にする者もいない古い昔の伝説にはこれについていくらか伝えていることがある。エオル王家で父子代々伝えられてきたそれらの古い話が真実であるなら、ドウィモルベルグの山の下にある入口はその山の下を通って、ある忘れられた終着地に出る秘密の道に通じていることになる。しかし、ブレゴの息子バルドルがその入口をくぐり、以後二度とふたたび人間たちの間に戻って来なかった日以来、その道の秘密を探るために敢《あ》えてはいって行こうと試みた者は一人もおらなかった。バルドルは新築成ったメドゥセルドを奉献すべくブレゴが催した祝宴の席で角笛《つのぶえ》の酒杯を干し、軽率な誓いを立てた。そしてかれは自らの継ぐべきはずであった王座には遂《つい》につくことがなかったのじゃ。

「民間の伝えによると、暗黒時代に生きた死せる人間たちがその道を守り、かれらの隠された館《やかた》には生きている人間を一人も通させぬというのじゃ。しかし時にはかれら自身がまるで影幻《かげまぼろし》のごとくその入口から出て来て石の並ぶ道をやって来るのが見られることもあるということじゃ。そのような時には、やしろ谷の民たちは扉はぴたりと閉ざし、窓をおおって、恐れおののいておる。しかし死者たちの出て来ることは滅多になく、それも動乱の世と死を間近にした時代に限るのじゃ。」

「ところがやしろ谷で噂《うわさ》されていることでございますが、」エーオウィンが低い声でいいました。「ほんのしばらく前の月のない夜のこと、見慣れぬ装いをした大軍勢が通り過ぎて行ったそうにございます。かれらがどこからやって来たのか知る者は一人もおりませんでしたが、あの石の並ぶ道を進んで行き、丘の方に姿を消したそのさまはあたかも会合の約束でもあって行くようであったと申します。」

「それではなぜアラゴルン殿はその道を行かれたのでしょうか?」と、メリーはたずねました。「その理由を説明するようなことを何かご存じでいらっしゃいますか?」

「あの方が友人としてのあなたに、われらの聞いておらぬようなことをお話しなさっておられぬのならば、」と、エーオメルがいいました。「今ではもう生者の国に住む者にはだれにもあの方の意図はわかりますまい。」

「あの方は王宮ではじめてお見受けした時からずいぶん変わってしまわれたようにわたくしには思われます。」と、エーオウィンがいいました。「いっそう近づきがたく、いっそう年をとられたようにお見受けしました。あの方には死の影があり、死者たちが呼んでいるお人のようだ、とわたくしは思いました。」

「多分呼んでおったのかもしれぬ。」と、セーオデンがいいました。「予はアラゴルン殿には二度とお会いすることがないような気がするのじゃ。が、あのお人は天寵《てんちょう》ふかき王者の身じゃ。そして姫よ、これから予の話すところを聞いて少しは心を慰めるがよい。この客人のことで深く悲しんでいるそなたには慰みが必要のようじゃからの。伝説によると、その昔、エオルの族《やから》が北からやって来て、遂《つい》に雪白川《ゆきしろ》をさかのぼり、非常の際の強固な避難場所を探した時、ブレゴとその息子バルドルは砦《とりで》の階段を登り、かの入口の前に着いた。入口には年恰好の見当もつかぬほど老いさらばえた一人の老人が坐っておった。かつては丈高く威厳《いげん》に満ちておったのじゃろうが、その時には古びた石のように老い朽《く》ちておった。現にかれらはその老人を石だと思った。なぜなら二人がかれのそばを通り過ぎ、中にはいろうと試みるまで、かれは身動きもせず、一言も口を利《き》かなかったからじゃ。ところがその時老人から声が発せられた。あたかも地中から発したかのようにな。そしてかれらが驚いたことには、その声は西方語を話したのじゃ。『道は閉ざされておる。』とな。

「そこで二人は立ち止まり、かれに目を向けて、かれがまだ生きていることに気づいた。しかしかれは二人の方を見なかった。『道は閉ざされておる。』声はふたたびいった。『道は死んだ者たちによって造られた。そして時いたるまで死者がその道を守っておる。道は閉ざされておる。』

「『してその時というのはいつのことか？』と、バルドルがいった。しかしかれは遂《つい》にその答を得ることはなかった。なぜなら、老人はその時死んで、うつ伏せに倒れたからじゃ。それからはもうその昔山中に住んでおった者たちの消息をわが国人が聞き知る機《おり》は遂になかった。しかしひょっとしたら予告された時がいよいよやって来たのかもしれぬ。そしてアラゴルン殿は通られたかもしれぬのじゃ。」

「しかしその時が来たかどうかをどうやって見いだすというのでしょうか？　その入口に挑《いど》んでみるほかはないのではありませんか？」と、エーオメルがいいました。

「たとえモルドールの全軍勢に立ちふさがれ、孤立無援で、ほかに逃げ道が一つもなくとも、わたしはその道には行きませぬ。このような難局に、よりもよってあれほどの高士が死に魅入《みい》られてしまわれるとは！　地の下に求めずとも、外には充分すぎるほど悪《あ》しきことがあるではありませぬか。戦いが迫っていますのに。」

かれは言葉を切りました。ちょうどその時外で人声がしたからです。セーオデンの名を呼ぶ男の声と、衛士《えじ》の誰何《すいか》する声でした。

やがて近衛《このえ》の隊長がカーテンを押し分けて、いいました。「殿、男が一人まいっております。ゴンドールの急使にございます。直ちにお目通りを願いたいと申しております。」

「通せ！」と、セーオデンがいいました。

背の高い男がはいって来ました。メリーは思わず叫び声を抑えました。一瞬かれにはボロミルが生き返って戻って来たように思えたのです。次いでそうでないことがわかりました。男はまったく知らない人でした。しかしボロミルに似ていることはその縁者の一人とも思われるほどで、背が高く灰色の目を持った堂々たる偉丈夫《いじょうぶ》でした。かれは立派な鎖かたびらの上に、暗緑色のマントを羽織り、騎乗の装《よそお》いをしていました。かれの兜《かぶと》の前には小さな銀の星の細工が一つつけられていました。そして片手には黒い矢羽根と鋼鉄の鏃《やじり》のついた矢を一本持っていました。鏃の先端は赤く塗られていました。

かれは片膝《ひざ》をついてセーオデンに矢を差し出しました。「ご機嫌うるわしう、ゴンドールの友、ロヒルリムの王よ！」と、かれはいいました。「わが名をヒルゴンと申し、デネソールの使者を勤めます。この戦いのしるしを殿にお持ちいたしました。ゴンドールは危急存亡《ききゅうそんぼう》の時を迎えました。今までにもしばしばロヒルリムはわれらをお助けくださいました。しかし今度こそはゴンドールが遂《つい》に滅びることを恐れ、デネソール侯も貴国の全兵力を、それも大至急お送りいただきたいと求めておいでです。」

「赤い矢よな！」セーオデンはつとに予期していたこととはいえ、いざ受け取るとなると恐ろしい呼び出しを受けた人のように、それを手に取りました。手は震えていました。「予の生涯を通じ、マークに赤い矢が見られたことはかつてなかった！げに事態はここにいたったか？　して、デネソール侯はわが全兵力を大至急といわれるが、それはどういうことなのか？」

「それは殿ご自身が一番ご承知のことと存じあげますが、」と、ヒルゴンはいいました。「ただ遠からずしてミナス・ティリスが包囲されることとなりますのはほぼ確実でございます。それゆえ、もし殿に十重二十重《とえはたえ》の囲みを破るだけの兵力がおありなら別、そうでない場合には、ロヒルリムの強力なる戦力はミナス・ティリスの城壁の外にあるより中にはいっていただくほうがよいとのデネソール侯のご判断、してそのように申しあげるよう侯よりいいつかってございます。」

「しかし侯はわれらがむしろ開けたところでの騎馬戦を得意とする国民《くにたみ》なることも

ご承知なら、国民が散在しておる故、騎士たちの召集に時間が必要なることもご承知のはず。しかし、ヒルゴンよ、ミナス・ティリスの大侯はその伝えてよこされたこと以上に承知しておられることがあるのではないかな？　と申すのは、そなたもおそらく見られたとおり、われらはすでに戦っておる。また今われら全員準備ならずとはご覧になるまい。灰色のガンダルフがこの間までわれらとともにおられた。そして折しも今われらは東での戦いに召集をかけておるところじゃ。」

「ただいま仰《おお》せられたことのうちデネソール侯が何を承知しておられ、あるいは推量しておられるか、わたくしにはわかりませぬ。」と、ヒルゴンは答えました。「しかしながら、われらの実情はまことに絶望的でございます。わが君は殿に何ら命令を発せられているのではなく、ただ昔からの盟邦《めいほう》関係と久しく口にされてきた誓言《せいごん》を思い出していただくように、そして殿ご自身のためにも可能な限りのことをしていただくよう、大侯から殿にお頼み申しているのでございます。多勢《あまた》の王たちがモルドールに仕えるべく東から馳《は》せ参じて来たと伝えられております。北からダゴルラドの野にかけて小ぜり合いがあり、戦争の噂《うわさ》があります。南ではハラドのやつばらが動いています。そしてわが沿岸地方にはいたるところ恐怖が襲い、そこから助けが来ることはほとんどありますまい。お急ぎください！　なぜなれば、われらの時代の運命が決せられますのは、ミナス・ティリスの城壁の前だからでございます。もしここで潮の流れがせきとめられぬとすれば、その時は、水はローハンの美しい平原一帯に溢《あふ》れ、山中のこの砦《とりで》の中にさえ避難場所はなくなるでありましょう。」「暗い知らせじゃな。」と、セーオデンはいいました。「が必ずしも予想しなかったことではない。しかしデネソール侯にお伝えあれ、たとえローハン自体になんら危険が感ぜられずとも、われらは侯の救援に参ずると。しかしわれらは裏切り者サルマンとの戦いにおいて手痛い損失を蒙《こうむ》ったところであり、また侯ご自身からの知らせによって明らかになったとおり、北および東のわれらの国境《くにざかい》の守りについても考えねばならぬ。今や冥王が意のままに揮《ふる》うと見える強大な力は優にわれらを城市の前の戦いに抑《おさ》えこむとともに、大軍をもって王たちの門より先の地点で大河を渡り、攻撃を仕掛けてくるやもしれぬ。

「しかしもはや慎重さを口にはすまい。われらは参じますぞ。旗揚げは明日と定められておる。万事整えば、出立《しゅったつ》します。一万の槍騎兵《そうきへい》を平原を越えて送り出し、そなたの国の敵兵を狼狽《ろうばい》さすこともできたかもしれぬが、その数はもう少し減ることになると思う。というのもわが拠点をまったく無防備のまま放置するわけにはいかぬからじゃ。が、少なくとも六千騎は予に従って行きますぞ。よってデネソール殿にお伝えあれ、この時にあたって、マークの王は自《みずか》らゴンドール国に赴《おもむ》きますとな。おそらく二度とこの国に戻ることはないかもしれぬが。しかし長い道程《みちのり》じゃ。

それに人も馬も目的地に達した時に戦えるだけの力を保持しておらねばならぬ。そなたたちが北から攻め上るエオルの家の子の喚声を耳にするのは、明朝から数えておそらく一週間めになろう。」

「一週間ですか！」ヒルゴンがいいました。「やむを得ぬ仕儀なら、やむを得ませぬ。しかしこれから七日と申しますと、ほかから思い設けぬ援軍でも来ぬ限り、皆様方はただ、廃墟《はいきょ》と化した城壁のみを見いだされることになるかもしれませぬ。それでもせめてオークどもや肌黒のやつらが白の塔の城中で酒盛《さかもり》を開く邪魔くらいはしていただけるかもしれませぬが。」

「せめてそれだけでもいたそう。」と、セーオデンがいいました。「じゃが、予自身合戦と長旅から戻って来たばかりじゃ。それゆえ予はもうこれで休むといたす。今夜はここにお泊まりあれ。それからローハンの召集をその目で見られ、見たものに心を軽くさせ、休息によって身を軽くさせて、馬を飛ばせて戻られるがよかろう。朝は最上の智恵《ちえ》も浮かぶが、夜は考えをやたらに変えると申す。」

そういって王は立ち上がり、一同も席を立ちました。「ではそれぞれ引き取って休むがよい。」と、王はいいました。「それからメリアドク君よ、もう今夜は用がない。が、夜が明けたらすぐいつでも予が呼び出しに答えられるようにな。」

「かしこまりました。」と、メリーはいいました。「たとえ殿のお供をして死者の道を行くようにお申しつけになろうと喜んでまいります。」

「不吉な言葉をいうでない！」と、王はいいました。「なぜならその名をつけることのできる道は一つに留《とど》まらぬかもしれぬからじゃ。が、予はいかなる道にせよ、そなたに供を申しつけるつもりだとはいわなかったぞ。ではお休み！」

「ぼくは絶対に置いていかれやしないぞ！　戻りに立ち寄ってもらっていかれるなんていやだ！」と、メリーはいいました。「ぼくは置いていかれないぞ、絶対に。」かれは自分のテントの中で繰り返し繰り返しこう独り言をいっているうちにいつしか眠ってしまいました。

かれは体を揺すぶられて目を覚ましました。「起きてください、起きてください、ホルビュトラ殿！」かれを揺さぶった男は叫びました。そしてやっとメリーも深い夢から覚め、びっくりして体を起こしました。まだとても暗いようなのにとかれは思いました。

「何事です？」かれはたずねました。

「王様がお呼びです。」

「しかしお日様は出てませんよ、まだ。」と、メリーはいいました。

「ええ、まだです。今日は日が出ないでしょうよ、ホルビュトラ殿。二度と上《のぼ》るまいと思えるくらいですよ、この雲じゃ。しかしお日様はいなくなろうと、時は立ち止まりはしません。お急ぎください！」

急いで服をひっかけ、メリーは外を見ました。外の世界は暗くかすんでいました。空気さえも茶色がかって見えました。そしてあたりのものは何もかも灰色に黒ずんで、影を失っていました。何一つ動くものもなくこわいほど静まりかえっています。雲の形も一つとして見られません。ただ遥か西の方はこの大きな暗闇のまさぐりつつ進む指の最先端が今なおじわじわと広がるうちに、その指の間からいくらか光がもれていました。頭上には陰気にどんよりと重苦しい屋根がおおいかぶさり、明るさは増すよりも弱まっていくように思われました。

メリーは大勢の者が立ったまま、上を見て、ぶつぶつ呟《つぶや》いているのを見ました。かれらの顔はいちように蒼白く悲しげで、怖がっている者もいました。重い心を抱きながら、かれは王の許《もと》に向かいました。ゴンドールの騎士ヒルゴンはかれより先に来ていました。そしてかれの隣りにはまた別の男が一人立っていました。ヒルゴンによく似ており、服装も同じようなのですが、背は少し低く、もっと横幅がありました。メリーがはいって行くと、かれは王に話をしていました。

「あれはモルドールからやって来たのでございます。」と、かれはいいました。「昨晩の日没時に始まりました。あれが生じてじりじりと空を横切って進むのを、ご領内のイーストフォルドの山々からわたくしはこの目で見ました。そしてわたくしが夜をこめて馬を走らす間にも、あれは星々を食い尽くしながら背後に迫ってまいりました。今やこの大きな雲はここから影の山脈にいたる全土を蔽《おお》っております。そしてだんだん色濃くなってまいりました。戦いはすでに始まったのでございます。」

王はしばらくの間黙って坐っていました。ようやくかれは口を開いていいました。

「こと遂《つい》にここにいたったか。われらの時代の大会戦じゃ。この戦いでは多くのものが消滅するであろう。が少なくともこれで隠れて行く必要はなくなった。開けた道を全速力で直進するとしよう。直ちに召集を始めるべし。暇どる者は待つな。ミナス・ティリスには充分備蓄がおありかな？　これから大急ぎで馬を飛ばすとなると、戦場に行き着くまでの間保《も》つだけの食糧と水以外は装備を軽く出で立たねばならぬからな。」

「ずいぶん前から準備された大量の備蓄がございます。」と、ヒルゴンは答えました。「今はできるだけお身軽にまた速やかに馬を駆けさせられますよう！」

「ではふれ役を呼べ、エーオメル。」と、セーオデンはいいました。「騎士たちを集合させよ！」

　エーオメルは出て行きました。そしてまもなく砦《とりで》に喇叭《らっぱ》が響きわたり、下の方からそれに答えるたくさんの喇叭の音が返ってきました。しかしその響きはメリーにはもはや前日の夜感じられたほど朗々と勇壮には聞こえませんでした。この重苦しい空気の中では音も冴《さ》えず、耳障《ざわ》りで、不吉に鳴り響くように思われました。

　王はメリーの方に向きました。「メリアドク君よ、予は戦争に行く。じきに出陣じゃ。そなたの予への奉公はこれで免ずるが、予の好意は変わらぬぞ。そなたはここに住まい、そなたさえよければ、エーオウィン姫に仕えてくれ。姫は予に代わって民を治めることになろうから。」

「ですが、ですが、殿、」メリーは口ごもりながらいいました。「わたしは殿にこの剣をお捧《ささ》げしました。殿、わたしはこんなふうにお別れしたくはございません。それにわたしの友人たちもみな戦場に赴《おもむ》きましたのに、なんでおめおめとあとに残れましょう。」

「じゃがわれらの乗る馬は丈高く、足は速い。」と、セーオデンはいいました。「たとえどんなに勇気があろうと、このような獣に乗ることはそなたには無理じゃ。」

「それではわたしを馬の背にくくりつけてください。それとも鐙《あぶみ》か何かにしがみつかせてください。」と、メリーはいいました。「走るには遠い道ですが、馬に乗れないなら、わたしは走ります。たとえこの足がすり切れようとも、何週間もおそくなって着こうとも。」

セーオデンは微笑していいました。「そんなことなら、雪の鬣《たてがみ》に一緒に乗せてやるほうがまだましじゃ。が、ともかくエドラスまではそなたも一緒に行かせよう。そしてメドゥセルドを見てもらおう。ちょうど道順じゃし。そこまではステュッバに運んでもらってもよろしい。平野部に出るまでは疾駆《しっく》して馬を走らせることもなかろうからの。」

するとエーオウィンが立ち上がりました。「さあ、おいでなさい、メリアドク！」と、姫はいいました。「わたくしがそなたのために用意した装備一式を見せてあげましょう。」二人は一緒に出て行きました。「アラゴルン殿はこのことだけをわたくしに頼んで行かれたのです。」テントの間を通って行く時、エーオウィンはいいました。「そなたに戦いの身支度をさせてやってくれといわれたのです。わたくしはできる範囲でそのお頼みにそうようにしました。と申すのも、いつかはそなたにもこのような装備が必要になるような気がしたからです。」

そこで姫はメリーを連れて近衛《このえ》の衛士《えじ》たちの宿舎の間にある仮小屋に行きました。そこでは武器係りが小さな兜《かぶと》と円形の盾《たて》、そのほかいくつかの道具を持ってかの女のところに来ました。

「ここにはそなたに合うような鎖かたびらはありません。」と、エーオウィンがいいました。「またそのような鎖かたびらを作っている時間もありません。ただここにじょうぶな皮の上着があります。それからベルトに短剣も。長い剣はお持ちだから。」

メリーは一礼をしました。姫はかれに盾を見せました。これはギムリがもらったのと同じような盾で、白い馬の紋章がついていました。「これを全部持っておいでなさい。」と、かの女はいいました。「そしてこれらを身に帯びて武運がありますように！　では、ご機嫌よう、メリアドクさん！　でももしかしたらまた会うかもしれませんよ、そなたとわたくしは。」

こうしてマークの王はますます色濃くなる薄闇の中で配下の騎士全員を東に向かう道に率いて行く支度をしました。人々の心は重く沈み、この薄闇にひるむ者も大勢いました。しかしかれらは容易に屈しない国民《くにたみ》であり、主君に忠誠心を持っていましたから、エドラスからの避難民である、女、子供、老人が収容されている砦の仮小屋でさえ、啜《すす》り泣く声や不平の呟《つぶや》きはほとんど聞かれませんでした。滅びの運命がおおいかぶさっているのですが、かれらは黙々としてそれに立ち向かいました。

二時間がたちまち過ぎ去りました。そして今や王は薄暗がりにかすかに輝く白馬にまたがりました。その姿は丈高く堂々と見えました。ただ高い兜《かぶと》の下から垂れた髪は雪白でした。多くの者は驚嘆してかれを仰ぎ、背筋を伸ばした王の無畏《むい》の姿を見て気を取り直すのでした。

音高く流れる川の傍《かたわ》らの広い河原には、何部隊にも分かれて優に五千五百騎近くいると思われる完全に武装した騎士たちと、軽い荷物をのせた予備の馬を連れた男たちがほかに何百人も集結していました。喇叭《らっぱ》がただ一吹き鳴らされました。王が片手を挙げると、それに次いで、マークの軍勢は黙々として動き始めました。先頭には王の供廻りの、いずれも功名《こうみょう》ある騎士たち十二名が行きました。その次にはエーオメルを右手に従えた王が続きました。王はやしろ岡の上の砦でエーオウィンに別れを告げて来たばかりで、その記憶は辛《つら》いものでした。しかしかれはここで前途に横たわる道に心を向け直しました。かれの後ろにはステュッバに乗ったメリーがゴンドールの使者たちとともに続きました。そしてそのあとにはふたたび王の供廻りの武者が十二騎続きました。一同はきびしく動じない顔をした従者たちの長い列の前を通って行きました。一同がこの隊列のほとんど終わりまで来た時、その中に面《おもて》を上げ、鋭い視線をホビットに投げかけた者がいました。若い男だなと、視線を返しながらメリーは思いました。背の高さも横幅も他の者ほどないようだ。メリーは若者の澄んだ灰色の目がきらっと光るのをとらえました。そしてその時かれは思わず身震いしました。というのは、その若者の顔が望みを持たぬ者の顔、死地を求めに行く者の顔であることがとっさに感じられたからでした。

岩にたばしる雪白《ゆきしろ》川に沿って、かれらは灰色の道を下って行きました。やしろ下と川上《かわかみ》の小村を通り抜けた時には、暗い戸口から、女たちの悲しげな顔がいくつものぞいていました。こうして角笛《つのぶえ》もなく、ハープも歌声もなく、東への長征の旅は始まりました。しかしその後何世代にもわたって、ローハンではこの時のことがしきりに歌に歌われたのでした。

小暗《おぐら》いこの朝、暗いやしろ岡から、
勇士烈将をひき連れてセンゲルの息子は出《い》で立った。
エドラスの古き館《やかた》にかれは来た、
霧まとう国守《くにも》りの城館に。
その黄金《こがね》の梁《うつばり》は、暗闇に隠れた。
王は別れを告げた、わが自由の民に、
煖炉に、玉座に、神域に、
光うせるまでは久しく王の宴《うたげ》した場所にも。
王は馬を進めた、恐れを後に、死を前に。
彼の守るは、固い信義——
立てた誓約をことごとく果たそうと、
王は馬を進めた。五日五夜、
エオルの家の子は、東へ東へ進んだ。
フォルデ、フェンマルク、フィリエン森を過ぎスンレンディングへ向かう六千の槍《やり》。
ミンドッルインの麓《ふもと》、不落のムンドブルグへ。
敵に囲まれ、火に取り巻かれた
南王国の海の王たちの城市へ。
滅びの運命《さだめ》が軍を駆《か》った。暗闇が人馬を捕えた。
蹄《ひずめ》の音も遠く沈黙《しじま》に消えた。
――かく出陣の歌はわれらに語る。

（訳註　スンレンディング、ムンドブルグはそれぞれローハン語で、アノーリエン、ミナス・ティリスを意味する。）

王がエドラスにやって来たのは本当にいよいよ濃くなりまさる薄闇の中でした。もっとも時間からいえばやっと正午になったばかりでしたが。ここでかれはほんのしばらく休憩《きゅうけい》し、おそく旗揚げに加わった六十人ばかりの騎士を軍勢に組み入れました。さて食事を終えて、ふたたび出かける用意を整えたかれは、かれのお小姓《こしょう》にやさしく別れを告げました。しかしメリーは最後にもう一度どうか連れていってくれるように頼みました。

「前にもいったように、今度の旅はステュッバのような小馬にはとても無理なのじゃ。」と、セーオデンはいいました。「それにゴンドールの野でかくもあろうかと思われる激戦で、そなたはどうしようというのか？　メリアドク君よ、たしかにそなたは太刀《たち》持ちではあり、なりに似合わぬ勇気の持ち主ではあるが。」

「どうするのかといわれますが、だれにわかりましょう？」と、メリーは答えました。「しかし、殿よ、もしおそばに留《とど》まれないのでしたら、殿はなぜわたしを太刀持ちにお取り立てになりましたか？　それにわたしは歌の中でいつもいつも置いてけぼりになったとだけしかいわれたくないのです！」

「予はそなたを保護するために預かったのじゃ。」と、セーオデンは答えました。「そしてまた予のいいつけどおりにしてもらうつもりでな。連れて行く騎士たちはだれもそなたを荷物としてかかえて行くことはできぬ。もし合戦がわが門の前で行なわれるのであれば、おそらくそなたの功《いさおし》は吟遊《ぎんゆう》詩人たちに記憶されるところとなろう。だが、デネソール侯が治めるムンドブルグまでは百と二リーグもあるのじゃ。もうこれ以上はいわぬぞ。」

　メリーは頭を下げ、しおしおとその場を立ち去り、馬に乗った武者たちの列をじっと見つめました。どの部隊ももう出発の用意をしていました。男たちは馬の腹帯をしめたり、鞍《くら》を調べたり、馬たちをなでさすったりしていました。低く垂れこめた空を不安げに見上げる者もいました。知らぬ間に一人の騎士がホビットに近づいて来て、その耳許《もと》でそっといいました。

「『意志の欠けることなければ、道は開く。』われらの諺《ことわざ》にこういいます。」かれは囁《ささや》きました。「わたしの場合もそうでしたよ。」メリーは目を上げて、その男が今朝かれが目を留《と》めた若い騎士であることに気がつきました。「あなたはマークの王の行かれるところに行きたいのでしょう。顔に出ています。」

「そうです。」と、メリーはいいました。

「それならわたしと一緒においでなさい。」と、騎士はいいました。「あなたをわたしの前に乗せてあげましょう。ずっと遠くに離れるまでマントで隠してあげます。それにこの暗さはこれからもまだ暗くなりますよ。こういう熱意が、拒否されてなるものですか！　もうだれにも何もおっしゃらずに、さあおいでなさい！」

「ほんとにありがとう！」と、メリーはいいました。「お名前は存じませんが、お礼を申します。」

「ご存じありませんか？」騎士は低い声でいいました。「それではデルンヘルムと呼んでください。」

こういうわけで、王が出発した時、デルンヘルムの前にホビットのメリアドクが同乗させてもらうということになりました。そして大きな灰色の軍馬、風の子《ウィンドフォラ》はこの荷物をほとんど問題にしませんでした。なぜならばデルンヘルムはしなやかで引きしまった体つきはしているものの、大方《おおかた》の男たちにくらべて目方が軽かったからです。

一行は暗闇の中へと馬を進めました。エドラスから十二リーグ東にはいったところ、雪白川《ゆきしろ》がエント川に流れ込むあたりに柳の木の茂みがあり、そこで一同は野営をしてその夜を過ごしました。そしてそこからふたたび道を続け、フォルデを抜け、フェンマルクを渡って進みました。そこから右手に大きな樫の森がゴンドールの国《くに》境《ざかい》に近い暗いハリフィリエンの陰の下なる丘陵の裾《すそ》をはい登っていました。しかしずっと向こうの左手にはエント川の河口の水で養われている湿原に靄《もや》がかかっていました。そして一行が進んで行くうちに北の国々での戦いの噂《うわさ》がとどきました。あちらに一人、こちらに一人、やけに馬を走らせてくる男たちが、ローハンの東の国境が敵に襲われ、オークの軍勢がローハン原野に進攻してきたという知らせをもたらしました。

「進め！　進め！」エーオメルが叫びました。「もう今となってはわきにそれるにはおそすぎる。エント川の沼地がわれらの側面を守ってくれるにちがいない。今必要なのは急ぐことだ。進め！」

こうしてセーオデン王は自分の領土を離れました。そして長い道もうねうねと曲がりながら去っていき、烽火《のろし》台のある丘も、カレンハド、ミン＝リンモン、エレラス、ナールドルと次々に過ぎて行きました。しかし烽火の火は消えていきました。一帯の地はどこも灰色に静まっていました。そして一行の前の暗がりはいよいよ濃くなり、銘々《めいめい》の心に点《とも》る望みは薄れていきました。

四　ゴンドールの包囲

ピピンはガンダルフに起こされました。部屋には蠟燭《ろうそく》が点《とも》されていました。窓からはいってくるのはおぼろな薄明かりにすぎなかったからです。空気はまるで雷雨の近づく前のようなうっとうしさでした。

「何時ですか？」あくびまじりにピピンはききました。

「第二時を過ぎた。」と、ガンダルフはいいました。「起きて身繕《みづくろ》いする時間じゃ。大侯のお召しで、お前さんの新しい務めをいろいろ教わるのじゃ。」

「では殿が朝ご飯の支度をいいつけてくださるのでしょうかね？」

「くださるものか！　朝食はわしが支度しといたぞ。昼まではこれだけじゃ。食物は今は命令によって少しずつ配給されとる。」

ピピンは薄いミルクのはいった茶椀《ちゃわん》と並んで、かれの前に並べられた小さなパンの塊《かたまり》と、とても足りっこない（とかれには思われる）バターの小塊をうらめしげに眺めました。「どうしてぼくをここに連れて来てくださったんですか？」と、かれはいいました。

「お前さんにはよくわかってるじゃろうが」と、ガンダルフはいいました。「わるさをさせぬようにじゃよ。そしてここにおるのがいやじゃといっても、これも身から出た錆《さび》と観念するがいいのさ。」ピピンはもう何もいいませんでした。

まもなくかれはふたたび塔の広間の入口に通じる冷たい廊下をガンダルフと一緒に歩いていました。広間にはデネソールが灰色の暗がりの中に坐っていました。年とって辛抱強い蜘蛛《くも》のようだとピピンは思いました。かれはまるで前の日から少しも動いていないように見えました。かれはガンダルフを椅子に招《しょう》じました。しばらくの間ピピンは一顧《いっこ》も与えられず突っ立っていました。やがて老人はかれの方を向いていいました。

「さて、ペレグリン君、昨日は気に入るように過ごせたかね？　利《り》するところがあったかね？　だが、賄《まかな》いのほうはこの都ではなかなかそなたの思うようにたっぷりとはいかぬのではないかな。」

ピピンは自分のいうことなすことのあらかたを大侯がどうしてか知っており、胸中の思いも何かと正しくいい当てられたような居心地《いごこち》の悪さを覚えました。かれは答えませんでした。

「そなたは何をもって予に奉公いたすつもりか？」

「わたしは殿がなすべき仕事をおいいつけになるものと思っておりました。」

「そなたが何に適しているか見とどけた上で、申しつけるぞ。」と、デネソールはいいました。「だが、それはそなたを手許《もと》に置けば、すぐにもわかることじゃ。予の部屋つきの従者が外の駐屯《ちゅうとん》部隊に加わるべく暇《いとま》を願い出ておるゆえ、しばらくかれの代わりをしてもらおう。予のそばにつき従い、使い走りをし、また、戦いと会議の間にいささかなりと予に閑暇《ひま》がある時は、予に話をするのだ。歌は歌えるかな？」

「はい、」と、ピピンはいいました。「その、まあ、歌えます。わたしの故国《くに》でみんなに聞かせる分には、まにあいました。でも、わたしたちには壮麗な大広間や暗澹《あんたん》たる時代に似つかわしいような歌はないのです。風や雨より恐ろしいものを歌うことは滅多にございません。わたしの歌う歌はたいていみんなを大笑いさせるものとか、それでなければ飲み食いとかのことになるのでございますよ。」

「そのような歌がなぜわが館《やかた》や、今日のごとき時代にふさわしくないことがあろう？　暗黒の影の下《もと》に久しく生きてきたわれらであろうと、その影に悩まされぬ国からの遠い響きに耳を傾けるくらいのことは無論できようではないか？　そうすれば、われらの不眠不休《ふみんふきゅう》の警戒が、たとえ感謝されることは薄くとも、無益ではなかったと感じることができようからの。」

ピピンの心は沈みました。かれは自分が一番よく知っているこっけいな歌はもちろんのこと、どんな歌であろうと、ホビット庄の歌をミナス・ティリスの大侯のために歌うことを考えるとどうもうれしくありませんでした。こうした席で歌うには、そんな歌は、その、あまりにも単純質朴《しつぼく》でありすぎます。しかしさしあたってはこの試練をどうやら受けないですみました。歌を歌えと命ぜられなかったのです。デネソールはガンダルフの方に向き直って、ロヒルリムのこと、かれらの政策のこと、そして王の甥《おい》エーオメルの立場についていろいろ質問をしました。遥か遠くに住んでいる民族について大侯の知っていると思われることが実に多いのに、ピピンはまったく舌を巻いてしまいました。大侯自身が国外に出たのはもう何年も昔のことに違いないのにとかれは思いました。

やがてデネソールはピピンに手を振って合図し、ふたたびかれをしばらくの間退出させました。「城塞の武器庫に行き、」と、かれはいいました。「白の塔の制服と装備一式をもらいうけよ。用意ができておろう。昨日いいつけておいたのだ。着たら戻ってまいれ！」

大侯のいったとおりでした。そしてまもなくピピンは黒と銀ずくめの見慣れぬ装束《しょうぞく》に身を飾った自分を見いだしました。かれは小さな鎖かたびらを着けました。その鎖はおそらく鋼《はがね》でできていたのでしょうが、黒玉のように真っ黒でした。そして山高の兜《かぶと》は両側に鴉《からす》の小さな翼がついており、兜鉢の中央には銀の星がはめこまれていました。鎖かたびらの上には黒の短い陣羽織を着けましたが、その胸には銀で白の木の紋章が縫《ぬ》い取りされていました。かれの着ていた古い服は畳《たた》んでしまわれてしまいましたが、ローリエンの灰色のマントは勤務の時には着ないということで、手許《もと》に置くことを許されました。こうしてかれの姿は今では自分ではわからないものの、みんながそう呼んでいるように、本当にエルニル　イフェリアンナス、すなわち小さい人族の王子と見えました。しかしかれはなんとなく窮屈《きゅうくつ》な気がしました。そしてこの暗さもあってかれの気分は重くふさぎ始めました。

一日じゅう暗くかすんだ日でした。太陽の出ない夜明けから夕暮れまで重苦しい暗がりは濃くなる一方で、都のすべての人の心を滅入《めい》らせました。はるか上空では大きな雲が、戦いの風に運ばれて黒の国からゆっくりと西の方に流れているのですが、下界ではそよとの風もないほど空気は動かず、あたかもアンドゥインの谷間全体が破滅的な嵐《あらし》の襲来を息をつめて待っているかのようでした。

第十一時頃、ようやくしばしの間勤務を解《と》かれて、ピピンは外に出て来ました。そしてかれはふさぐ心を元気づけ、小姓《こしょう》の仕事をいっそう充分に果たすべく、食べものと飲みものを探しに行きました。食事室でかれはふたたびベレゴンドに会いました。かれはペレンノール野を越えて土手道の両側にある物見の塔に使いに行き、そこからちょうど帰ったばかりだったのです。二人は一緒に城壁のきわまでぶらぶらと歩いて行きました。なぜならピピンは建物の中にいると閉じこめられているような気がして、高く聳《そび》え立つ城の中にいてさえ息苦しくなったからです。そこでかれらは東を向いた狭間《はざま》に今日もふたたび並んで腰を下ろしました。ここは前の日に二人が一緒に食事をしながらしゃべったところでした。

ちょうど日没《にちぼつ》の時間でしたが、大きな帳《とばり》が今やはるか西の方にまで伸び広がり、太陽は海に没する間際《まぎわ》にやっと、僅《わず》かに逃《のが》れ得て、夜の前に束《つか》の間《ま》の別れの光を放つことができただけでした。これはフロドがあの十字路で王の座像から転がり落ちていた頭部を照らしているのを見たのと同じ光でした。しかしミンドッルインの影の下にすっぽりとはいったペレンノール野にはその光もまったくとどきませんでした。野は茶色くわびしげでした。

ピピンは前にここに坐ってからもう何年もたったような気がしました。かれがまだ、通り抜けてきたさまざまな危難にもほとんど影響されていない一人の陽気な旅人、ホビットであったその時はもう何だか忘れかけてしまった遠い日のことのように思われました。今ではかれは大襲撃に備えている都の一人の小さな兵士として、守護の塔の地味ながら威儀《いぎ》のある装《よそお》いに身を包んでいるのでした。

別の場所、別の時であれば、ピピンも自分の新しい装いが気に入ったかもしれません。しかしかれは、自分が芝居の一役を演ずるところではなくて、この最大の危難にあたって真剣に厳格《げんかく》な主人に仕《つか》える身となったことを承知していました。鎖かたびらはわずらわしく、兜《かぶと》は頭に重くのしかかります。マントはぬいで腰かけの脇にぽんと放り投げました。かれは疲れた視線を眼下の薄暗い野からそらすとあくびをして、それから溜息《ためいき》をつきました。

「今日はお疲れになったのですね?」と、ベレゴンドがいいました。

「ええ、とても。」と、ピピンはいいました。「何にもしないで殿のおそばに侍《じ》していることに疲れ果ててしまいました。殿がガンダルフや大公やほかの偉い方たちと議論をされてる間の遅々《ちち》たる長丁場《ながちょうば》をぼくはご主人のお部屋の戸口を踵《かかと》で蹴《け》る思いでした。それに、ベレゴンド殿、ぼくは食事をしている人たちにお腹を空《す》かせたまま仕えることには慣れていないんですよ。ホビットには辛《つら》い試練ですよ、このことはね。ぼくがこの名誉をもっと身にしみて感じなきゃいけないと、あなたはきっとお考えになるでしょうけれど。でもこんな名誉がいったい何のたしになるんでしょう？　まったくのところこの忍び寄る影の下では食べものや飲みものさえ何のたしになるというのでしょう？　この影は何なのでしょうか？　空気さえも濁《にご》って茶色く見えますよ！　東風の時にはちょいちょいこういうふうに暗くなるんですか？」

「いいえ、」と、ベレゴンドはいいました。「これはこの世界のお天気のせいじゃありませんよ。あいつの悪意の生み出したからくりによるものです。人心を暗くし、智恵《ちえ》を鈍《にぶ》らせようと火の山の煙霧《えんむ》を熱して、あいつが送ってよこすのです。事実あいつの思うとおりになっています。ファラミル様が戻ってくださるといいが。あの方なら狼狽《ろうばい》なさることはありますまい。しかし今となっては、あの方が果たしてかの暗黒を逃《のが》れ、大河を渡って戻られることがあるかどうか、だれが知りましょう？」

「そうです。」と、ピピンはいいました。「ガンダルフも心配していましたよ。ガンダルフはファラミル殿がここにおられないので、がっかりしたんじゃないかと思いますね。それにそのガンダルフさえどこに行ってしまったんでしょう？　昼食前に大侯のご前会議から席をはずしたんです。ふさいでいるようでしたね。もしかしたら何か悪い知らせの予感がしたのかもしれませんね。」

しゃべっているうちに不意にかれらははっと驚いて黙りこみ、さながらそのまま凍《こお》りついて、耳を傾ける石の像にでもなってしまったようでした。ピピンは両手を耳に押し当ててちぢこまりましたが、ファラミルのことを話しながら狭間《はざま》から外を眺めていたベレゴンドは、その姿勢のまま、体を硬《かた》くし、驚愕《きょうがく》の目を見張って外を見つめていました。ピピンは自分が聞いた身の毛のよだつような叫び声を知っていました。ずっと前にホビット庄の沢地で聞いたのと同じ声でした。ただ、それが今は力も憎しみもともにいっそう強まって、破壊的な絶望で心を刺し貫くのでした。

やっとベレゴンドがようやくの思いで口を開きました。「やつらがやって来た！」と、かれはいいました。「勇気を出して見てごらんなさい！　下に恐ろしいものたちがいます。」

進まぬ足でピピンは腰かけにはい上がり、城壁越しに眺めました。ペレンノール野はぼうっとかすんで眼下に横たわり、ほとんどそれと見分けもつかぬ大河の線までしだいに薄れ去っていました。しかし、時ならぬ夜の影のように、今し速やかにその上を横切って旋回《せんかい》しながら、眼下の中空を飛ぶ鳥のような形をした五つのものをかれは見ました。腐肉《ふにく》を漁《あさ》る鳥のように恐ろしく、しかも鷲《わし》より大きく死のように冷酷無残でした。かれらはほとんど城壁からの射程《しゃてい》距離以内にはいるほど近々《ちかぢか》と襲いかかってくるかと思うと、次にはもう旋回して飛び去っているのでした。

「黒の乗手たち！」と、ピピンは呟《つぶや》きました。「空飛ぶ黒の乗手たちだ！　だけど、ほら、ベレゴンド殿！」かれは叫びました。「やつらは何か探してるんですよ。ちがいないでしょう？　ぐるぐる旋回しては襲うように下降してくるのを見てごらんなさい！　下降してくる時はいつもあそこのあの地点まで降りてきます。それから地面を何かが動いているのが見えませんか？　黒っぽい小さいものがいくつか。そうだ、馬に乗った人たちだ。四人か五人いる。ああ！　ぼくはもう見てられない！ガンダルフ！　ガンダルフ、助けて！」

ふたたび鋭い叫び声が起こり、そして消えていきました。ピピンはまたもや壁から跳びずさり、追われた動物のように息を喘《あえ》がせました。この身の毛のよだつような叫び声の間からかすかにそしていかにも遠くからのようにかれの耳に聞こえてきたのは、下の方から吹き鳴らされる喇叭《らっぱ》の響きで、長い高い調べで終わっていました。

「ファラミル様だ！　ファラミル様だ！　ファラミル様が呼んでおられるのだ！」ベレゴンドが叫びました。「勇気のあるお方だ！　しかし、もしあのおぞましい地獄《じごく》の鷹《たか》どもに脅威《きょうい》以外の武器まであったら、どうやって城門までおいでになれるだろう？　だけど、ほら！　みんなそのまま続けてきますよ。門まで辿《たど》り着けるでしょう。だめだ！　馬たちが暴れ出した。ごらんなさい！　みんな投げ出されてしまった。自分の足で走り出した。いや、一人だけはまだ馬に乗ってる。だが、みんなのところに戻って行った。あれは大将殿だ。獣も人もともに掌握《しょうあく》できるお方だもの。あっ！　おぞましいやつの一つがあの方に向かって襲いかかっていく。助けて！　助けて！　あの方のところに出て行く者はおらぬのか？　ファラミル様あ！」

そういうとともにベレゴンドはぱっと駆け出して、薄闇の中に走り去って行きました。近衛《このえ》隊のベレゴンドがかれの愛する指揮官のことをまず考えたというのに、自分はただびっくりして怖がっていたことを恥じて、ピピンは起き上がり、外を覗《のぞ》きました。ちょうどその時かれは白銀の光が北の方からぱっと閃《ひらめ》いたのを目にしました。ちょうど小さな星がほの暗い野に降りてきたかのようでした。光は矢のような速さで動き、近づくにつれ大きくなり、たちまちのうちに、城門に向かって逃走する四人と一緒になりました。仄白《ほのじろ》い光が広くまわりに放射して、重苦しい薄闇もその前には退《しりぞ》くかと、ピピンには思えました。そのうち光が近づいてくると、今度は城壁内に響くこだまのように、大きな声が呼ばわるのが聞こえました。「ガンダルフだ！」と、かれは叫びました。「ガンダルフだ！　もっとも望みがなくなった時にいつも現われるんだ。さあ、やれ！　やってくれ、白の乗手よ！　ガンダルフ！　ガンダルフ！」かれは夢中になってどなりました。まるで手に汗にぎる競走で一観客が声援の及ばぬ遠方の走者を激励《げきれい》しているようでした。

しかしさっと舞い降りて来る黒い影たちは今やこの新来者に気づきました。一羽は旋回しながらかれに向かって来ました。しかしピピンにはかれが片手を挙《あ》げ、そこから一つの白い光の箭《や》が刺し貫くように上空に放たれたと見えました。ナズグールは長い号泣するような叫びをあげると進路をそれて飛び去りました。それと同時に残る四羽も浮き足立ち、たちまち螺旋《らせん》上昇すると、東に向けて飛び去って、上空に低くたれこめた雲の中に姿を消しました。そしてペレンノール野はしばしの間その暗さを減じたように見えました。

ピピンはなおも見守っていました。そして馬上の人と白の乗手が出会い、ともに立ち止まって走って来る者たちを待つのを目にしました。この時城市の中からも男たちがかれらの方に向かって走り出てきました。そしてまもなく、全員が外側の城壁の陰にはいって見えなくなり、ピピンはかれらが城門をはいろうとしていることを知りました。かれらが直ちに塔と執政の許《もと》に赴《おもむ》くだろうと見当をつけて、かれは城塞の入口に急ぎました。ここでかれはやはり高い城壁からこの競走と救出の顚末《てんまつ》を観戦していた他の大勢の者たちと落ち合いました。

やがてまもなく外側の環状区に通じている通りから人々のとよもす声が聞こえてきました。みんなは歓呼して、ファラミルとミスランディルの名を口々に呼ばわっているのでした。程なくピピンには炬火《たいまつ》が見えてきました。そしてぞろぞろとついて来る群衆を従えながら、二人の馬上の人がゆっくりと進んで来るのが見えました。一人は白衣に身を包んではいますが、もはや輝いてはおらず、火をすべて使い果たしたか、隠したかしてしまったかのように、薄明かりにただ灰白く見えました。もう一人の姿は黒っぽく、頭を垂れていました。二人は馬を降りました。飛蔭《とびかげ》ともう一頭の馬を馬丁《ばてい》が受け取ると、二人は門にいる歩哨《ほしょう》の方に歩き出しました。ガンダルフの足取りは乱れず、灰色のマントは背に回され、目にはまだ火がいぶっていました。もう一人は緑の装束《しょうぞく》に身を包み、ゆっくりと歩いていますが、その体は疲れきった人か負傷した人のようにともするとふらふらと傾《かし》ぐのでした。

　ピピンは二人が門のアーチの下についている明かりの下を通る時、みんなと押し合うようにして前に出ました。そしてファラミルの蒼《あお》い顔を見た時、かれは思わず息を止めました。その顔は激しい恐怖か苦痛に襲われながら、それを克服《こくふく》し、今は平静を取り戻した人のものでした。門番に話しかけながら、かれはしばらくの間誇りにみちたまじめな様子で立っていました。そのかれをじっと見つめていたピピンは、かれがその兄のボロミルにいかによく似通《にかよ》っているかに気づきました――ピピンは最初からボロミルのことが好きで、かの偉丈夫の威あって親切な態度に敬服していたのです。しかしファラミルに対しては突然かれの心はかつて覚えのない感動で奇体《きたい》に動かされました。ここにいるのは、アラゴルンが時として垣間《かいま》見せる神秀高潔な風格を具《そな》えた人でした。もっともアラゴルンほど高貴な血統《ちすじ》ではなく、かといってアラゴルンほどのうかがい知れない大きさや近づきがたさを感じさせませんが、後代《こうだい》に生まれた人間の王たちの一員でありながら、長上族、エルフたちの智恵と悲しみをものぞかせるという人柄でした。ベレゴンドが敬愛の念をこめてかれの名を口にした理由がかれには今わかりました。かれはたとえ黒い翼の影の下であろうと、人々がその後について行こうとする大将の器《うつわ》でした。ピピン自身だってその後について行くでしょう。

「ファラミル！」かれはみんなと一緒に大声で叫びました。「ファラミル！」ファラミルはこの都の人たちの喧噪《けんそう》にまじって耳慣れないピピンの声が聞こえるのを耳にとらえ、顔を振り向けてかれを見おろすと、驚きの色を見せました。

「そなたはどこから来たのか？」と、かれはいいました。「小さい人ではないか、それも白の塔の揃《そろ》いの服に身を固めているとは！ いったいどこから……？」

しかしそれと同時にガンダルフがかれの傍《かたわ》らに進み出て口を利《き》きました。

「かれはわしと一緒に小さい人の国から来たのじゃ。わしの仲間でな。じゃが、ここで手間どってはおられぬ。いうべきこと、なすべきことがいろいろあるし、あなたは疲れておいでじゃ。かれは一緒に来させよう。実のところ来なくちゃならんわけがある。というのは、もしかれがこのわし以上にたやすく自分の新しい任務を忘れているのでなければ、この時間にはふたたび主君のおそばに仕えていなければならんはずじゃから。さあ、ピピン、わしらについて来るがよい！」

こうしてとうとうかれらは都の大侯の私室にやって来ました。部屋には炭火をおこした火鉢の周りに深々とした椅子が並べてありました。葡萄酒が運ばれてきました。そしてピピンはほとんど気に留《と》められることもないまま、デネソールの椅子の後ろに立ち、その場で話されることを一言一句聞きもらすまいと夢中で耳を傾けて、さっきまでの屈託《くったく》もほとんど忘れてしまいました。

ファラミルは白パンを取り、葡萄酒を一飲みすると、父の左手に置かれた低い椅子に腰を下ろしました。反対側の少し離れたところにはガンダルフが彫物《ほりもの》のある木の椅子に腰かけていました。そしてかれははじめのうちは眠っているように見えました。というのも、ファラミルが最初話したのはかれが十日前に遣《つか》わされた用向きのことだけで、それからあとイシリエンのこと、また敵とその同盟軍の動静についての消息を伝え、それからハラドの人間たちとその大きな獣が打ち倒された街道《かいどう》での戦闘について語りました。そのさまは大将がその主君に今さら耳新しくないような出来事、つまり今となっては無益にも些末《さまつ》なものにも思える国境紛争《ふんそう》の小事件を報告しているかのようで、功名手柄《こうみょうてがら》さえ切りとられてしまっていました。

そのあと不意にファラミルはピピンに目を向けました。「ところでこれから不思議な事柄をお話しいたします。」と、かれはいいました。「と申しますのは、ここにいる小さい人は、北方の伝説の中から出て来てこの南の国を歩いているのをわたしが見た最初の小さい人ではないからです。」

これを聞くや、ガンダルフは背を真っ直にして坐りなおし、椅子の腕木《うでぎ》を握りしめました。しかしかれは何もいわず、目顔《めがお》でピピンの唇に上《のぼ》った驚きの声を制しました。デネソールはかれらの顔をじろりと見て、頭を肯《うなず》かせました。あたかも、口に上されるより前に多くのことを読み取ったぞといわんばかりでした。みんなが坐ったまままものもいわず身動きもしないで聞いている間、ファラミルはゆっくりと話を運んでいきました。その目は話の間じゅうほとんどガンダルフに向けられていましたが、ただ時折その視線はかれが見たほかのホビットたちの記憶を新たにするかのように、ピピンの方へそれていくのでした。

かれの話がしだいにフロドとその召使との出会い、そしてヘンネス・アンヌーンでの出来事へと及んでくると、ピピンは彫物のある腕木《うでぎ》をつかんでいるガンダルフの手が震えていることに気づきました。その手は白っぽく、そしてとても老人っぽく見えました。そしてそれに目を向けているうちに、不意にピピンはがくがくするような恐ろしさで、ガンダルフが、さしものガンダルフその人が心を痛め、恐れてさえいることを知ったのです。部屋の空気は息苦しく静まりかえっていました。旅人たちとの別れ、そしてキリス・ウンゴルに行くというかれらの決意を話すと、ようやくファラミルの声は跡切《とぎ》れ、かれは頭を振って溜息《ためいき》をつきました。その時、ガンダルフがぱっと立ち上がりました。

「キリス・ウンゴルじゃと？　モルグル谷じゃと？　いつか？　ファラミル、いつのことじゃ？　あんたがかれらと別れたのはいつじゃ？　かれらはいつその呪《のろ》われた谷間に着くのじゃ？」

「わたしは二日前の朝かれらと別れました。」と、ファラミルはいいました。「もしかれらが真っ直南に行けば、そこからモルグルドゥインの谷間まで十五リーグあります。そしてそれでもまだかの呪われた塔より五リーグ西になるのです。どんなに速く行っても、今日より前に着くことはあり得ません。多分まだそこまでは行っていないでしょう。あなたがご心配になっていることはなるほどわたしにもわかります。しかし、この暗さはかれらの冒険行のせいではありませぬ。これは昨日の夕方から始まったもので、昨夜はイシリエン全土が影の下にすっぽりとはいってしまいました。われらの敵がもう久しい以前からわれらを襲撃することを計画していたこと、そして、その時間は旅人たちがわが手許《もと》を去るより以前にすでに決定されていただろうということは、わたしにははっきりしております。」

ガンダルフは床の上を往《ゆ》き来《き》しながらいいました。「二日前の朝か、三日近い旅路になるな！　あんた方が別れた場所はここからどのくらいある？」

「鳥の飛ぶように行けば二十五リーグばかりあります。」と、ファラミルは答えました。「しかしわたしはこれ以上速くは来られませんでした。昨晩はカイル・アンドロスで横になりました。大河の北方にあって、われらが防備している長い島です。馬はこちらの岸に飼われています。暗さが迫ってくるにつれ、わたしは急がねばならぬことを知りました。それでわたしは馬によく乗る者を三人連れて、そこから馬を進めました。わたしの部隊のあとの全員はオスギリアスの渡し場における守備隊《しゅびたい》を補強《ほきょう》すべく、南に派遣《はけん》しました。わたしのやったことはこれでよかったでしょうか?」かれは父の方を見ていいました。

「これでよかったかだと?」デネソールは叫びました。そしてその目は突然火花を散らすように光りました。「なぜたずねるのだ? かれらはそなたの指揮下にあった。それともそなたは自分の行動の一々に予の判断を求めるというのか? そなたは予の前ではへりくだった態度を見せながら、もう久しく以前から予の判断を仰ぐことなく好き放題《ほうだい》にしておったわ。よいか、そなたは巧妙《こうみょう》に話を運んだ、いつものとおりにな。だが、そなたの目はじっとミスランディルに向けられ、うまく話を運んだかどうか、あるいはしゃべりすぎなかったかどうかたずねておるのを、予が見なかったというのか? かれは久しい以前からそなたの心を掌中《しょうちゅう》におさめておった。

「息子よ、そなたの父は年をとってはいるが、いまだ耄碌《もうろく》はしておらぬぞ。予は見ることも聞くこともできる、いつものようにな。そなたが半分しかいわなかったこと、あるいはいわずにおいたことで予から隠されていることはまずなかろう。数々の謎《なぞ》への答は知れたぞ。いたましや、ボロミルよ、いたましやのう！」

「わたしのしましたことが父君のご機嫌を損じるのでしたら、」ファラミルは静かにいいました。「かくも重い判断の重荷がわたしに押しつけられます前に、父君のご意見をうかがっておけばよかったと思います。」

「それがそなたの判断を変える助けになっただろうというのか？」と、デネソールはいいました。「それでもそなたはやはり同じようにしただろうと、予は思う。予はそなたをよく知っておる。そなたの望みはいつも古《いにしえ》の代《よ》の王のごとく威《い》あって寛大に、慈《いつく》しみ深く温容に見えることだ。こういう徳は高貴な血を享《う》けた者にはふさわしいことかもしれぬ。その者が権力と平和を手にして玉座《ざ》に坐しておればのことよ。しかし絶体絶命の時にあっては、温容さも死をもって報《むく》われるかもしれぬぞ。」

「それならそれでよろしうございます。」

「それならそれでよいというか！」デネソールは叫びました。「だがそなたの死だけですむことではない。ファラミル卿《きょう》よ、そなたの父、ひいては同胞たちすべての死をも伴うぞ。ボロミル亡き今となっては同胞を守ることこそそなたの役目なのに。」

「それでは父君は、」と、ファラミルはいいました。「兄上とわたしの立場が入れ変わっていたらとお思いになるのでしょうか？」

「さよう。いかにもそのとおりだ。」デネソールはいいました。「ボロミルは予に忠実だったからの。魔法使の弟子などではなかった。あれなら父親の窮状《きゅうじょう》を憶《おぼ》えていてくれたろう。そして運命の与えてくれたものをむざむざと逃《のが》すことはしなかったろう。すばらしい贈り物を予に持ち帰ってくれたろう。」

一瞬ファラミルは自制心を押さえきれなくなりました。「父君、どうして兄上でなくわたしがイシリエンに行くことになったのか、思い出していただきとうございます。少なくとも一度は父君のご意見が通ったのでございましたぞ。あまり前のことならず、使いを兄上にお命じになったのは都の大侯でございました。」

「予が自《みずか》ら自分に調合した杯《さかずき》の中の苦味《にがみ》をかき立てるな。」と、デネソールはいいました。「もう幾夜もわが舌の上でそれを味わいながら、杯の底の澱《おり》の中になおいっそう悪《あ》しきものがあることを予が予感しておらなかったというのか？　今こそわかったぞ。こうでなければよかった！　その物が予の手にはいればよかったのだ！」

「殿のお気休めに申し上げると、」ガンダルフがいいました。「いずれにせよ、ボロミル殿はその物を殿の許《もと》にもたらされはしなかったことでしょう。ボロミル殿は亡くなられた。ご立派な最期《さいご》であられた。安らかに眠られんことを！　しかし殿は思いちがいをしておいでですぞ。ボロミル殿がその物に手を伸ばされ、これを手に入れられたとしたら、必定《ひつじょう》堕落《だらく》されたことでしょうから。これを自分のものとして取っておかれ、戻られた場合は、殿にもご子息がおわかりにならなかったでありましょうぞ。」

デネソールの顔はきびしく冷ややかにこわばりました。「どうやらボロミルはあんたの手にはおえなかったようだな？」かれはものやわらかにいいました。「だが、あれの父であった予が申すのじゃ、あれはあの物を予に持って来てくれたであろうとな。ミスランディルよ、あんたはおそらく賢者《けんじゃ》であろう。しかし、あんたの十全《じゅうぜん》なる明敏さをもってしても、欠くることなき叡智《えいち》を所有したわけではない。智恵が見いだされるのは、魔法使の張りめぐらすわなにでもなく、愚《おろ》か者《もの》の性急さにでもあるまい。予はこのことではあんたが考えている以上に伝承《でんしょう》を学び、叡智を持ち合わせておるぞ。」

「では殿の叡智とはいかようなものでしょうかな？」と、ガンダルフはいいました。

「避くべき二つの愚行《ぐこう》があるのを認めるに充分な智恵よ。その物を用いることは危険千万だ。また、この期《ご》に及んで、あんたがされたように、そしてまた予のこの息子がしたように、これを分別もない小さい人の手に預け、ほかならぬわれらの敵自身の国に送ることは、狂気の沙汰《さた》だ。」

「して、デネソール侯なら、いかがなされましたかな？」

「どちらも取らぬ。だがもっとも確かなことは、いかなる反論があろうと、その物を愚《おろ》か者の望みにすぎぬ万が一の僥倖《ぎょうこう》に托《たく》すようなことはしなかったであろう。万一われらの敵がその失ったものを取り戻すようなことになれば、われらの完全な破滅につながるからだ。いや、それは持っておるべきであった。持って隠す。人知れず極秘《ごくひ》に隠しておくのだ。よいか、それは使用せぬことよ。絶体絶命の破局に迫られた場合でなければな。使用しないで、かの者の手のとどかぬところに置くのだ。かの者が決定的な勝利をおさめたら別だが、そうなればわれらはみな死んでいるのだから、そのあとに何が起ころうと、われらを苦しめることはあるまい。」

「殿はいつものように、ゴンドールのことのみをお考えですな。」と、ガンダルフはいいました。「とはいえ、ほかに人間がおり、ほかに生物がおり、なお来《きた》るべき時がありますぞ。そしてわしとしては、かの者の奴隷をさえ哀《あわ》れと思うのです。」

「して、ほかの人間たちはどこに助けを求めようというのか？　もしゴンドールが落ちれば。」デネソールは答えました。「もし予が今それをこの城塞の地下深く作られた庫《くら》に保管しておれば、われらはこの暗闇の下でも、最悪の事態を恐れて戦々《せんせん》兢々《きょうきょう》と打ち震えることもなければ、われらの意見が不安に惑《まど》わされることもなかろう。もし予を信ぜず、予がその物の試みに耐えきれまいとみくびっておられるなら、あんたはまだ予を知らぬわ。」

「そういわれても、やっぱり殿を信ずるわけにはまいりませぬ。」と、ガンダルフはいいました。「もし殿を信じておりましたら、わしはかの物をこの地に送り、殿の手に保管していただき、わし自身も他の者も多大な苦しみを免《まぬが》れさせていただくことができたでしょう。そして今殿の話されるのをお聞きして、わしはボロミル殿と同様、殿をいよいよ信じがたくなりましたぞ。いや、お怒りは止められよ！　わしもその物については自分自身をさえ信じておりませんのじゃ。かつてその物をどうかもらってくれと差し出されたこともあったのに、断りましたわい。デネソール殿よ、殿は強いお方じゃ。ことによっては自分を制御《せいぎょ》なさることもまだおできになる。とはいえ、もし殿がそれを受け取っておられれば、それは殿を破滅せしめたでしょう。たとえミンドッルインの山の奥底に埋めたとしても、暗黒が濃くなりまさるにつれ、やがてわれらを襲うであろうさらに悪《あ》しきことが起こりつぐにつれて、それは殿のお心を焼きつくさずにはおきますまい。」

ガンダルフに面《おもて》を向けたデネソールの目はここでまたもや一瞬の間かっと燃え上がりました。そしてピピンは今度もまた二人の意志と意志の間に張りつめた緊迫感を感じ取りました。しかし今度はかれらの視線はまるで丁々発止《ちょうちょうはっし》と火花を散らしながら、目から目へ行きかう刃《やいば》のように思えるほどでした。ピピンは何か恐ろしい激突が突如として起こるのではないかと心配して戦《おのの》きました。しかし突然デネソールは緊張を解き、ふたたびもとの平静な冷たさに戻っていきました。かれは肩をすくめていいました。

「予が持っていたら！　あんたが持っていたら！　こんな仮定をいってみたとてなんにもならぬわ。あれはかの影の下にはいっていってしまった。いかなる破滅がそれを、またわれらを待ちかまえているかは、ただ時のみが示そう。その時も長くはあるまい。残された時を、われら全員は人おのおののやり方でわれらの敵と戦いながら、思いを一つにし、望みを持てる間は望みを持とうではないか。望みの絶えたあとには、まだ自由に死ぬという剛毅《ごうき》心がある。」かれはファラミルの方を向いていいました。「オスギリアスの守りはどうか？」

「先程申しあげましたように、わたしはオスギリアスの駐屯《ちゅうとん》部隊を増員するために、イシリエンの部隊を派《は》遣《けん》いたしました。」

「堅固《けんご》ではありませぬ。」と、ファラミルはいいました。「最初の一撃が落とされるのはあそこだ。あそこにはだれかしっかりした指揮官が必要となろう。」

「充分とは思えぬ。」デネソールはいいました。

「あそこもですし、ほかにもそういう場所はいくつもございます。」ファラミルはそういって、溜息《ためいき》をつきました。「兄上が惜しまれます。わたしもどれほど兄上を愛していたか！」かれは立ち上がりました。「父君、失礼させていただいてもよろしうございますか？」それからかれはふらふらっとして、父の椅子によりかかりました。

「疲れておるようだな。」と、デネソールはいいました。「急遽《きゅうきょ》遠方から、それも空飛ぶいまわしき影の下を馬を駆けさせて来たというではないか。」

「そのことを話すのはよしましょう！」

「では話すまい。」と、デネソールはいいました。「もう退《さが》って休むがよい。明日はさらにきびしく差し迫った事態を迎えることになろうからの。」

ここで一同はみな大侯の許《もと》を辞《じ》し、まだ休めるうちに休息をとりに行きました。外は星もない闇夜で、ガンダルフは傍《かたわ》らにピピンを伴い、小さな炬火《たいまつ》をかかげて宿舎に向かいました。二人は中へはいって扉を閉めるまで口を利《き》きませんでした。それからやっとピピンはガンダルフの手を摑《つか》んでいいました。

「おっしゃってください。望みはあるのでしょうか？　フロドのことです。ほかのこともあるけど、ともかくフロドのことですよ。」

ガンダルフは片手をピピンの頭に置きました。「そもそもたいして望みがあったわけではない。」と、かれは答えました。「さっき大侯からわしがいわれたように、愚《おろ》か者《もの》の望みにすぎんのじゃ。それでキリス・ウンゴルのことを聞いた時には――」かれはいいさして、まるでその目が東方の夜の闇を見通しにできるとでもいうように、窓辺《べ》に足を運びました。「キリス・ウンゴル！」かれは呟《つぶや》きました。「なんでこんな道を？」かれは振り返りました。「ついさっき、この名を聞いた時には、心が萎《な》えんばかりじゃった。とはいえ、実をいえば、ファラミルのもたらした知らせには幾分の望みが含まれているとわしは思うのじゃ。というのはな、フロドがまだ自由に動いている間に、わしらの敵が遂《つい》に戦いを開始し、最初の駒《こま》を動かしたことは明らかと思えるからじゃ。それゆえこれからしばらくはずっとかれの目は自分の国を留守にして、あなたこなたに向けられることじゃろう。しかも、ピピンよ、わしはかれのあせりと不安を遠くから感ずることができるぞ。かれは自分が思っておったより早く始めてしまったわい。何かかれの心をかき立てることが起こったのよ。」

ガンダルフは立ったまましばらく考えこんでいました。「もしかしたら、」と、かれは呟きました。「もしかしたら、お前さんのしでかしたあのばかな真似《まね》でさえ、役に立っているかもしれぬぞ。さてと、今から五日ばかり前に、やつはわしらがサルマンを倒し、例の石を手に入れたことに気づいたろう。とはいえ、それがどうというのじゃ？　わしらはそれをたいして有効に使うことはできなかった。あるいはかれに知られないで使うことはできなかった。ああ、そうか！　アラゴルンかな？かれの出番は近づいておる。ピピンよ、かれは強固で屈しないものを内に持っているからな。大胆にして、意志が固く、だれにも頼らず自分で考えることができ、いざという時には大きな危険もあえて冒《おか》す。ありそうなことよ。かれがあの石を使って、わしらの敵に自分の姿を現わし、かの者に挑《いど》んだのじゃ。ただ挑むだけのためにの。どうかな？　まあ、いい、ローハンの騎士たちがやって来るまではこの答を知るわけにはいかぬじゃろう。もっともかれらの来方がおそすぎてはしようがないが。

前途にあるは災《わざわ》い多き日々じゃ。眠れるうちに眠るとしよう！」

「でも、」ピピンはいいました。

「でもなんじゃ？　今夜は『でも』は一回しか許さんぞ。」

「ゴクリです。」と、ピピンはいいました。「いったい全体どういうわけであの二人はあいつと一緒に動き回ったりするんでしょうか？　おまけにやつの案内するところについて行くなんて。やつが二人を連れて行こうとしている場所のことは、ファラミル殿もあなたと同様好んでおられないのが見てとれましたよ。何がいけないいんですか？」

「今はそれには答えられない。」と、ガンダルフはいいました。「しかしわしにはフロドとゴクリがいつかは出会うような予感があったのじゃ。いいにせよ、悪いにせよ。しかし、キリス・ウンゴルのことは今夜はしゃべるまい。裏切りじゃ、裏切りがありはせんかな。あの、憐《あわ》れむべきやつの裏切りがな。いや、きっとそうにちがいない。おぼえておこうぞ、裏切り者はおそらく正体を露《あら》わし、自分では意図しない善をなすことがあるのじゃ。そうなるものよ、折々な。ではお休み！」

次の日は茶色っぽい薄明かりのような朝とともに始まりました。そしてファラミルの帰還によってしばらくの間高揚《こうよう》した人々の心もふたたび重く沈んでしまいました。翼のある影たちはその日は二度と姿を見せませんでしたが、時折、都のずっと上空からかすかな叫び声が聞こえてきました。そしてその声を聞くと、束《つか》の間《ま》ながら恐怖に打たれて立ちすくむ者が多く、それほど剛毅《ごうき》でない者は怯気《おじけ》づいて啜《すす》り泣きました。

そしてファラミルはまた出かけていきました。「あの方には休息もいただけない。」という、低い声もありました。「殿はご子息様をあまりひどくお使いになりすぎる。あの方は今では二人分の務めを果たされなければならない。ご自分の分と、戻ってみえない方の分と。」そして人々は絶えず北を眺めてはたずねるのでした。「ローハンの騎士たちはどこだろう？」

実のところファラミルは自分から望んで行ったわけではありません。しかし会議を主宰《しゅさい》していたのは都の大侯でしたし、大侯はその日は他の者に頭を下げる気になれませんでした。その日の朝早く会議が召集されました。ここで将官全員が判断したことは、南からの脅威《きょうい》がある以上、味方の兵力は、こちらから撃《う》って出るにはあまりにも弱小であるということでした。ただひょっとしたらローハンの騎士たちがそのうちやって来るかもしれません。そうなれば別ですが、それまでは城壁に人を配して待っていなければならないのです。

「しかし」と、デネソールはいいました。「われらは外側の防壁、厖大《ぼうだい》な労力をもって作られたランマスの外壁をそうあっさりと放棄すべきではない。そしてわれらの敵には大河の横断に際し多大な犠牲《ぎせい》を払わせねばならぬ。敵が大挙《たいきょ》してこの都を襲うことのできぬのは、カイル・アンドロスの北に沼沢地があり、また南はレベンニンに向かって川幅が広く、渡るに多くの船がいるためである。敵がその力をかけてくるのはオスギリアスだ。以前にボロミルが敵の渡河《とか》を遂《つい》に許さなかった時のようにな。」

「あの来襲はほんの小手《こて》しらべでした。」と、ファラミルはいいました。「今日では敵の渡河に際し、わが方の十倍の損失を与えたにせよ、われらはなおこの交換を悔《く》いることになるかもしれませぬ。なぜなら敵は大軍を失ってもなおわれらが一部隊を失う以上の余裕があるからです。そしてもし敵が大挙して大河を渡り切れば、われらが遠く前線に送った者たちの退却は危険なものとなりましょう。」

「それではカイル・アンドロスはどうなされる？」と、大公がいいました。「オスギリアスを守備するなら、ここも保守しなければならぬでしょう。われらの左方にある危険を忘れてはなりません。ロヒルリムは来るかもしれないが、来ないかもしれない。だが、ファラミル殿の話では、黒門に向かってひきもきらずたくさんの兵力が続々集まってきているということです。そうなるとこの門から発進するのも一軍勢に留《とど》まらず、渡河を目指す個所も一個所に留まらぬかもしれません。」

「戦時にあってはいろいろ危険を冒《おか》さねばならぬ。」と、デネソールはいいました。「カイル・アンドロスには兵を配してある。それに、あんな遠くまではこれ以上兵を送るわけにはいかぬ。だが、予としては、大河とペレンノール野を戦わずして放棄することはせぬ、――ここに主君の意を体《たい》するだけの勇気を今なお失わない大将がおればのことだが。」

　そのあとだれも黙したまま、口を利《き》く者はいませんでした。しかしとうとうファラミルがいいました。「父君、わたしは父君のご意志に逆《さか》らいはいたしませぬ。父君はボロミルを失われたのですから、わたしが兄上の代わりにまいってできるだけのことをいたします――父君がお命じにさえなれば。」

「予は命ずる。」と、デネソールはいいました。

「それではご機嫌よろしう！」と、ファラミルはいいました。「しかし、万一わたしが戻ってまいることがありましたら、わたくしめをご嘉納《かのう》いただけましょうか！」

「そなたの帰り方によるぞ。」と、デネソールはいいました。

ファラミルが東に出立《しゅったつ》する前に、最後にかれに話しかけたのはガンダルフでした。「悲傷《ひしょう》のあまり死に急いではならぬぞ。あんたはここではいてもらわなくては困る人になるだろうから。戦い以外のことにじゃよ。ファラミルよ、父君はあんたを愛しておられる。そして最後にあたってきっとそのことを思い出されよう。さらば元気で行かれよ！」

こうしてファラミル卿《きょう》はふたたび出陣して行きました。そして自《みずか》ら進んで行こうとする者たち、それも割愛《かつあい》できるだけの人数を伴って行きました。城壁の上では、薄闇を通して廃墟《はいきょ》の都の方にじっと目を向けている者もいましたが、そこで何が起こっているのかただいぶかしく思うばかりでした。なにしろ何一つ見えませんでしたから。そしてまたあいかわらず北を眺め、ローハンのセーオデン王の許《もと》までの道《みち》程《のり》を数える者もいました。「王は来てくれるだろうか？　われらの古い同盟を憶《おぼ》えていてくれるだろうか？」と、かれらはいいました。

「さよう、かれは来るじゃろう。」と、ガンダルフはいいました。「その来方がおそすぎることになろうとも。じゃが、考えてみよ！　一番うまくいったにしても、赤い矢がかれにとどいたのはせいぜい二日前じゃ。それにエドラスからの道は遠い。」

ふたたび夜にはいってから知らせがとどきました。渡し場から男が一人早馬を飛ばして来て、報告しました。ミナス・モルグルを発した大軍がすでにオスギリアスに近づこうとしており、さらに南からの大部隊、残虐《ざんぎゃく》にして身の丈《たけ》すぐれたハラドリムたちがそれに合流したというのです。「そしてわれらの知り得ましたところでは、」と、使者はいいました。「黒の総大将がまたもやかれらの指揮をとり、その恐怖はかれに先立って大河を越えてまいりました。」

このような凶兆《きょうちょう》をこめた言葉とともに、ピピンがミナス・ティリスに来て三日めが終わりました。寝に行った者はほとんどありませんでした。ファラミルならかの渡し場を守りきってくれるという望みが、今となってはだれにも持てなくなったからでした。

次の日は、暗闇がすでに頂点に達していて、それ以上濃くなることはなかったのですが、人々の心にはいっそう重くのしかかって、非常な恐怖がかれらを襲いました。悪い知らせはまたすぐやってきました。敵がアンドゥインの渡河に成功したというのです。ファラミルはペレンノールの外壁に退《しりぞ》きながら、土手道砦《とりで》に部下たちをふたたび結集させて陣容《じんよう》の立て直しを図っていましたが、敵は数において十倍も勝《まさ》っているのです。

「ファラミル様がもしペレンノール野を横断してやっとお戻りになれたにしても、敵軍はすぐそのあとについてまいりましょう。」と、使者はいいました。「敵は大河の横断に際し多大な犠牲《ぎせい》を払いましたが、われらが望んだほどではありませんでした。計画は充分に練られていたのです。今から考えると、かれらは東オスギリアスにおいて久しい以前から密《ひそ》かにいかだやはしけを大量に建造しておったもようで、まるで兜虫《かぶとむし》のように群れをなして渡って来ました。しかしわれらを敗退せしめる者は黒の総大将です。あいつがやって来るという噂《うわさ》が立つだけで、それに耐えられる者は少ないでありましょう。あいつの率いる者たちでさえその姿にひるむのです。かれらはあいつに命じられれば、わが身を弑《しい》しかねません。」

「それではわたしはここよりもあちらで必要とされるな。」ガンダルフはそういうと直ちに馬上の人となって立ち去り、かすかな光芒《こうぼう》を放つその姿はまもなく視界から かき消えていきました。そしてピピンはその夜は一晩じゅうただ一人寝もやらず城壁の上に立って、東の方を見つめていました。

光の射《さ》さぬ暗闇の中の空《むな》しい試みのように、ふたたび夜明けの鐘が鳴り渡るか鳴り渡らぬうちに、ピピンは遠くに突然火の手が上がるのを見ました。薄暗い空間の向こう、ペレンノールの外壁の立っているあたりです。見張りの者たちが大声で叫び、都にいる者は全員武器を取って立ち上がりました。今度は時折赤い閃光《せんこう》がひらめき、遠雷《えんらい》のような鈍《にぶ》い音が重苦しい空気をとおしてゆっくりと聞こえてきました。「外壁を奪《うば》われたぞ！」人々は叫びました。「爆破して突破口《とっぱこう》を開《あ》けようとしてるぞ。やつらがやって来るぞ！」

「ファラミル様はどこだ！」ベレゴンドは仰天《ぎょうてん》して叫びました。「まさか討ち死になされたわけでは！」

第一報をもたらしたのはガンダルフでした。午前中も半《なか》ばに達した頃、かれは一握りの騎馬の者たちとともに、荷馬車の列を護衛してやって来ました。荷馬車は負傷者でいっぱいでした。廃墟《はいきょ》と化した土手道砦《とりで》のあとからようやく救い出された者たちばかりです。ガンダルフは直ちにデネソールの許《もと》に赴《おもむ》きました。折から都の大侯は白の塔の広間の上にある高い部屋にピピンを傍《かたわ》らに置いて坐っていました。そして薄暗い窓をとおして、そのうかがい知れない目を北に南に東にと凝《こ》らし、あたかもかれを取り囲む破滅的な運命の影を見通そうとするかのようでした。かれがもっとも多く目を向けたのは北の方でした。そしてまるで何かの古い術によってかれの耳が遥か遠くの平原に響き渡る蹄《ひずめ》の音をとらえることができるとでもいうように、時折眺めるのを止めて、耳を傾けるのでした。

「ファラミルは戻ったのか？」と、かれはたずねました。

「いいや、」と、ガンダルフはいいました。「ですが、ファラミル殿をあとにしてきた時には、まだ生きておられましたぞ。とはいえ、ペレンノール野を渡っての退却が敗残《はいざん》の兵の無秩序な遁走《とんそう》とならぬように、後衛《こうえい》とともに留《とど》まる決意をされておいででした。もしかしたら部下たちを団結させ、充分に長く持ちこたえられるかもしれないが、果たしていかがなものか。あまりにも強大な敵に対しておられますからな。と申すのは、わしの恐れておった者がやって来ましたのじゃ。」

「まさか――まさか冥王では？」恐ろしさのあまり、自分の立場も忘れてピピンは叫びました。

デネソールはいらだたしげに笑いました。「いや、まだだ、ペレグリン君！　あいつが来るとすれば、すべてを勝ちとったあと、このわしに対して勝利をおさめるためにやって来るだけだ。かれは他の者を自分の武器として用いる。偉大なる王侯というものは、賢明であれば、みなそうするものよ、小さい人よ。でなくば、なんで予がここの塔の中に坐《ざ》したまま、考え、見守り、かつ待つのかな？　わが息子たちまで費消《ひしょう》して。予にはまだ剣が使えるのだぞ。」

かれは立ち上がって、長い黒いマントをさっと開きました。するとどうでしょう！　かれはその下に鎖かたびらを着こみ、黒と銀の鞘《さや》にはいった柄《つか》の大きな長剣を身に帯《お》びていました。「こうして予は歩き、こうして多年、予は眠ってきた。」と、かれはいいました。「寄る年波とともに、体がなまって怯気《おじけ》づかぬようにな。」

「しかし今はバラド＝ドゥールの王の支配下にあって、その大将ばらの中でももっとも冷酷無惨《れいこくむざん》な者がすでに殿の外壁を征服《せいふく》いたしましたぞ。」と、ガンダルフがいいました。「これぞ遠い昔のアングマールの王にして魔術師、指輪の幽鬼《ゆうき》にしてナズグールたちの首領《しゅりょう》、サウロンの手にある恐怖の槍《やり》、絶望の影ですじゃ。」

「それならミスランディルよ、あんたは互角《ごかく》の敵を得たわけだ。」と、デネソールはいいました。「予としては暗黒の塔の首領がだれなのかとっくにわかっておった。あんたはこれだけをいうために戻って来られたのか？　それともあんたともあろうものがかなわぬ敵と見て引き退《さ》がってくることもあるのか？」

ピピンは震えました。今にもガンダルフが怒りに駆り立てられて突然おこり出すのではないかと思ったのですが、その心配は無用でした。「そうかもしれませんな。」かれはものやわらかく答えました。「じゃが、わしら両者の力試しの時はまだいたりません。そして古《いにしえ》にいわれた言葉が真実なら、壮夫《ますらお》の手によってはかれは倒れぬという。かれを待つ運命は賢者の目からも隠されていますわい。それはどうであれ、破滅の将軍はまだ前には出ておりません。かれはむしろ、今殿の話された智恵に従い、後方から指揮をとって、その奴隷たちを狂暴に追い立てて前進させとるところです。

「いや、わしはただまだ助かるかもしれぬ負傷者たちを護送するために戻って来ましたのじゃ。ランマスの外壁は大きく突破口《とっぱこう》を開《あ》けられ、モルグルの大軍はまもなく処々方々《しょしょほうぼう》からはいって来ましょうからの。それからわしはまずこれを申しあげにまいりましたぞ。まもなくペレンノール野において合戦が行なわれましょう。出撃隊を用意されねばなりません。それは騎馬部隊にしていただきたい。束の間《つかのま》ながらわれらの望みはそこにあります。敵の備えがいまだ貧弱なのはただ一事、騎馬の者をほとんど持っておらぬことですわい。」

「われらにも騎馬の者はほとんどおらぬ。今やローハンの到着は間に合うかどうかの瀬戸際《せとぎわ》にきた。」と、デネソールがいいました。

「それより他の新手《あらて》を先に見ることになりそうですぞ。」と、ガンダルフがいいました。「カイル・アンドロスからの逃亡者《とうぼうしゃ》はすでにここまで辿《たど》り着いています。島は敵の手に落ちました。黒門から来た別の軍勢が北東から大河を渡って来ましたのじゃ。」

「ミスランディルよ、あんたのことを凶報をたずさえ来《きた》って楽しむ者と非難する者もおるが、」と、デネソールはいいました。「予にとって、この情報は耳新しいことではない。昨日の日暮れまでにわかっておった。出撃隊のことなら、すでに考えておいた。降りて行こうではないか。」

　時は過ぎていきました。城壁に立つ見張りたちはようやく派遣《はけん》部隊の退却を目にすることができました。疲れはてた者ら、時には負傷した者らの小さな群れがいくつか算を乱してまずやって来ました。追っかけられてでもいるように無我夢中《むがむちゅう》で走っている者もいました。ずっと向こうの東の方では遠いかすかな火が明滅《めいめつ》していました。そして今度はそれらの火があちらでもこちらでも野を渡って忍び寄ってくるように思われました。家々や納屋《なや》が燃えていました。すると次にたくさんの個所から赤い焔《ほのお》の小さな川が幾筋《いくすじ》も薄闇を縫うようにあわただしく進んできて、都の大門からオスギリアスに通じる一本の広い道路に集中しました。

「敵だ。」人々は呟《つぶや》きました。「堤防は敵の手に落ちた。そら突破口《とっぱこう》からなだれ出て来た！　それに炬火《たいまつ》を持ってるようだぞ。味方はどこだ？」

時間はもう夕暮れに近づいていました。そして非常におぼろな明るさしかありませんでしたので、城砦《じょうさい》にいた遠目《とおめ》の利《き》く男たちでさえ、野の向こうをはっきりと識別することはできませんでした。ただ見えるのはますますその数を増していく火の手と、しだいに長さと速さを加える幾筋もの火の列だけでした。とうとう、城市から一マイル足らずのところに、ずっと列を正した一団の人々がやって来るのが見えてきました。走らずに、行進し、まだ集結している列伍《れつご》が。

見守る人々は息をつめました。「ファラミル様があそこにいられるにちがいない。」と、かれらはいいました。「あの方は人間も獣も治めることがおできだから。そのうちここまでおいでになれるだろう。」

今や退却《たいきゃく》部隊の主力は四分の一マイルあるかなしかのところまで来ました。その背後の暗がりから騎馬の小隊が馬を疾駆《しっく》させて来ました。後衛《こうえい》部隊の生き残りです。ここでかれらは近づいて来る火の列に直面して、またもや窮地《きゅうち》に立たされることになりました。この時突然荒々しい叫び声が騒々《そうぞう》しくどっと湧き起こりました。

敵の騎馬隊が風のように寄せて来ました。火の列はどれも溢《あふ》れる滝つ瀬となり、蜿々《えんえん》と隊伍を組み火焔を手にしたオークたち、赤い旗を持った兇暴《きょうぼう》な南方人たちが荒々しい言葉で喚《わめ》きながら、波のように押し寄せ、退却部隊に襲いかかって来ました。そしておぼろな空からつんざくような叫びとともに翼を持った影が襲って来ました。ナズグールが獲物《えもの》に向かって急降下して来たのです。

退却は算を乱した敗走に変わりました。すでに人々は列を離れ、ただめちゃめちゃに分別《ふんべつ》も失って逃げ惑《まど》い、武器を投げ捨て、恐怖にかられて絶叫《ぜっきょう》し、地面に倒れました。

その時です。城塞から喇叭《らっぱ》が鳴り響き、デネソールが遂《つい》に出撃隊を繰《く》り出しました。城門の影の中、そしてぼんやりと浮かびあがる城壁の下で、かれの合図を待っていた、都に残留する騎馬兵の全員でした。さてかれらは隊形を組んで躍《おど》り出るや、速度を上げて疾駆にはいり、大きな鬨《とき》の声をあげて、突撃していきました。そして城壁からもそれに答える鬨の声があがりました。戦場に真っ先に馬を進めて来たのは、大公と大公の青い旗を先頭にしたドル・アムロスの白鳥の騎士たちでした。

「ゴンドールの味方アムロス！」人々は叫びました。「ファラミルの救援アムロス！」

雷霆《らいてい》のように、かれらは退却部隊の両側にいる敵に向かって行きました。しかしだれをもぬきんでて駆ける一騎の乗手がいて、その速さは草原を渡る風のようでした。飛蔭《とびかげ》がかれを運び、その姿はふたたび被《おお》いをとられて輝き、高くかかげたその手からは光が発しました。

ナズグールたちは悲鳴をあげて、飛び去りました。かれらの首領はまだ来てはおらず、仇敵《きゅうてき》の白い光に挑《いど》むわけにはいかなかったからです。自分たちの餌食《えじき》のことしか念頭になかったモルグルの軍勢は、無我夢中で走っている時に不意打ちを喰《く》らい、強風に飛び散る火花のように追い散らされました。派遣《はけん》部隊は大いに元気づき、向き直って自分たちの追跡者に打ってかかりました。追う者が追われる者となり、退却が襲撃となりました。戦いの野は一面に討たれたオークや人間たちで埋まり、投げ捨てられた炬火《たいまつ》からは悪臭が立ち昇って、パチパチ燃えながら渦巻く煙となって消えました。騎兵隊はさらに馬を進めました。

しかしデネソールは遠くまで行くことを許しませんでした。敵軍は阻止《そし》され、一旦《いったん》は追いやられましたが、東から大軍が続々と流入しているのです。ふたたび喇叭《らっぱ》が鳴り響き、退却を知らせました。ゴンドールの騎馬隊は立ち止まり、かれらを遮《しゃ》蔽物《へいぶつ》として派遣部隊は隊列を立て直しました。行進して戻って来るかれらの歩みは今度はしっかりと落ち着いていました。かれらは城門に達しました。そして歩む姿も堂々と入城してきました。都の人々も誇らかにかれらをうち眺め、かれらを賞《ほ》め讃《たた》えて口々に叫びました。しかし心の中はだれも心配でうち騒いでいました。なぜなら派遣部隊ははなはだしくその数が減っていたからです。ファラミルは部下の三分の一を失っていました。それにファラミルはどこにいるのでしょう。

一番最後がファラミルでした。かれの部下たちは入城してしまいました。馬上の騎士たちも戻って来ました。そしてその殿《しんが》りにドル・アムロスの旗と大公が続きました。そして馬上の大公の前にのせられ、その腕にかかえられていたのが、大公の血縁者、デネソールの息子ファラミルの体でした。戦場に倒れているところを見いだされたのです。

「ファラミル！　ファラミル！」人々は通りで啜《すす》り泣きながら、叫びました。しかしかれは答えず、一行はかれをかかえたまま、折れ曲がる道を登って、城塞へ、そしてその父の許《もと》へ運び去って行きました。ナズグールたちが白の乗手の攻撃をよけてその進路をそれたちょうどその時、致命《ちめい》的な投げ矢が飛んできて、折しもハラドの馬上の戦士を追いつめていたファラミルは落馬して地上に倒れました。この時南方人の赤い剣が倒れたかれを斬《き》ろうとするのを救ったのは、ドル・アムロスの突撃でした。

イムラヒル大公はファラミルを白の塔に運んで来て、いいました。「殿よ、ご子息は数々の大きな功《いさお》を立てられた後、ここに戻られました。」そしてかれは見たことをすっかり語って聞かせました。しかしデネソールは立ち上がってわが子の顔を眺め、じっと黙したままでした。それからかれはこの部屋にベッドをしつらえてファラミルを寝かせ、みんなに出て行くように命じました。しかしかれ自身はただ一人塔の頂の下にある奥まった部屋に上って行きました。そしてちょうどこの時間にこの部屋の方を見上げた大勢の者が、狭い窓からしばらくの間ちらちらと明滅するうす青い光を目にしたのです。光はやがてぱっと輝いて消えました。デネソールはふたたび階下《した》に降りて来ると、ファラミルのところに行き、物もいわずそのそばに坐っていました。しかし大侯の顔は土気色《つちけいろ》で、息子の顔より死顔めいていました。

こうしてとうとう都は包囲され、敵軍の輪に取り巻かれてしまいました。ランマスの外壁は破られ、ペレンノール野はすっかり敵の手にゆだねられました。城外から伝えられた最後の便りは城門が閉ざされる前に北に向いた道を逃げて来た男たちによってもたらされました。かれらはアノーリエンおよびローハンからの道が城下の囲みの中にはいってくる地点に置かれた守備隊の生き残りでした。インゴルドが指揮を取っていました。かれはガンダルフとピピンをランマスの防壁の中に入れてくれた人です。あれからまだ五日もたちません。あの時はまだ太陽が上り、朝には望みがありましたが。

「ロヒルリムのことは何も知らせがありませぬ。」と、かれはいいました。「ローハンはもうやって来ないでしょう。もし来たにしても、われらを利することにはならぬでしょう。われらがその動きを耳にした新手《あらて》の軍勢のほうがローハンより先になりましょう。大河を渡り、アンドロス島を通過したということですから。かれらは強大です。かの目に直属するオークどもの大部隊に、われらが未《いま》だ出会ったことのない新手の人間たちの無数の集団です。この人間たちは背は高くはありませぬが、体はがっちりとしていて猛々《たけだけ》しく、ドワーフのように顎鬚《あごひげ》があり、大まさかりを使いこなします。広大な東にあるどこかの野蛮《やばん》国からやって来たものと考えられます。ロヒルリムはやって来られません。」

城門は閉ざされました。城壁に立った見張りたちの耳には、城外をうろつく敵のたてる物音が一晩じゅう聞こえてきました。野を焼き木を焼き、外にいる人間を見つけようものなら、生きていようと死んでいようと、片端から切り刻むのでした。すでに大河を渡った敵軍の数は暗闇の中では見当もつきませんでしたが、朝が、というよりそのおぼろな影がいつしか平原をおおう頃、夜の間の恐怖心でさえ、敵の数をよけいに数え立ててはしなかったことがわかりました。平原は進軍してくる敵軍で黒ずんでいきました。そしてこの暗さの中で目を凝《こ》らして見える範囲はどこまでもまるでできたならしい茸《きのこ》だまりのように、包囲された城市の周りに一面に、黒や赤黒い野営のテントの大きな群れがにょきにょきと出現していました。蟻《あり》のように忙しげにオークたちはせかせかと土を掘っていました。城壁からの射程距離をちょうどはずれたところに深い塹壕《ざんごう》を幾列も大きな環状に掘っているのでした。塹壕ができ上がると、どれも火で埋まりました。この火がどうやって点《とも》されたのか、燃料はどうなっているのか、人間の技《わざ》か悪魔の技かだれにもわかりませんでした。一日じゅうこの仕事は続けられました。その間ミナス・ティリスの人間たちはこれを阻止《そし》する力もなく、手を束《つか》ねて眺めていました。ひとつひとつ塹壕が完成していくと、大きな荷馬車が近づいてくるのが見られました。そしてまもなくもっとたくさんの敵の部隊が、塹壕の陰に隠れながら、たちまちのうちに飛び道具を飛ばす巨大な装置を据《す》えつけ始めました。都の城壁にはこれほど遠くまでとどくような、あるいは仕事の続行を妨げることができるような大きな飛び道具の装置はありませんでした。

最初、人々はこのような装置を一笑《いっしょう》に付《ふ》してたいして恐れませんでした。というのも城市の第一城壁は高さが非常に高く、驚くほどの厚さがあり、ヌーメノールの力と技が流謫《るたく》の地で衰微する以前に建造されたものであったからです。その外側の壁面はオルサンクの塔に似ていて、堅くて黒っぽくすべすべしており、鋼鉄であろうと火であろうと、これを攻略《こうりゃく》することはできず、この城壁の建つ大地そのものが裂《さ》けるような震動でもない限り、これを毀《こぼ》つこともできませんでした。

「いや、」と、人々はいいました。「名をいうもおそろしいかの者自身がやってこようとだいじょうぶだ。たとえかれが中に入ろうと、われらがまだ生きているうちはな。」しかしこれに答えて、「われらがまだ生きているうちか？　どのくらいかね？　開闢《かいびゃく》以来、たくさんの難攻不落《なんこうふらく》の地を陥《おと》した武器をあいつは持っている。飢《う》えだよ。道は分断された。ローハンは来ないだろう。」という者もいました。

しかしこの装置は不倒の城壁にむだ弾丸《だま》を降らせはしませんでした。モルドール王の最大の敵を攻撃すべく指図《さしず》しているのは山賊《さんぞく》やオークの首領の輩《やから》ではありませ

Zeras.

ん。力と敵意をもった心がこれを誘導していました。巨大な弩砲《いしゆみほう》が据《す》えつけられるや、どっとたくさんの喚声《かんせい》があがり、ロープと巻き上げ機のきしむ音がして、かれらは飛び石を驚くほど高く打ち上げ始めました。飛び石は胸壁のすぐ上を越えて、第一環状区にズシンと落ちました。その多くは頭から落ちてくるとともに、何かの秘密の術によるものか、ぱっと焔《ほのお》を上げて燃えるのでした。

まもなく第一城壁の背後は火の危険でいっぱいになりました。そして割愛《かつあい》できる人手はみな集められて、あちこちに燃え立つ焔を鎮《しず》めるのに忙殺《ぼうさつ》されました。次にもっと大量に投げられてきたものの中には、破壊力はなくとも、もっと身の毛のよだつものが、これまた雨霰《あられ》と降ってくるのでした。城門の背後の通りや路地のいたるところにそれは転がり落ちてきました。どれも燃えない小さな丸い弾丸《たま》でした。しかし何だろうと駆け寄った人々は大声を放つか啜《すす》り泣くのでした。なぜなら敵は、オスギリアスで、あるいはランマスの外壁で、あるいはペレンノール野で戦って死んだ者たちの首を全部都の中に投げ込んだのですから。これらの首は見るも不気味でした。押しつぶされて形の崩《くず》れたのもあれば、無残に切り刻《きざ》まれたのもありましたが、多くはどこのだれと識別できる目鼻だちをしていたからです。かれらは苦しんで死んだように見えました。そしてどれにもかの瞼《まぶた》なき目のおぞましい烙印《らくいん》が押されていたのです。しかしいかに損傷を受け、辱《はずか》しめられていたにせよ、しばしば人ははからずもこのようにして、かつて知っていただれかれの顔をふたたび目にすることになりました。武具に身を固め堂々と歩いていた者もいれば、畠を耕していた者もあり、休日に丘陵地帯の緑の谷間から馬を駆って来た者もおりました。

人々は城門の前に群がる残酷な敵に空しく拳《こぶし》を振り上げました。罵《ののし》られても歯牙《しが》にもかけず、あるいは西の国の人間たちの使う言葉を理解せず、獣か腐肉《ふにく》あさりの猛鳥のような荒々しい声でかれらは叫ぶのでした。しかしまもなく敢然《かんぜん》と立ってモルドールの大軍に挑《いど》む勇気を持つ者は、ミナス・ティリスにはほとんど残らなくなりました。というのは、暗黒の塔の主《あるじ》は飢《う》えよりもさらに速やかなもう一つの武器を持っていました。恐怖と絶望でした。

ナズグールはふたたびやって来ました。かれらの主《あるじ》冥王が今や強大となりその力を伸ばしてきたので、かれの意志、かれの悪意をのみ発するかれらの声は邪悪《じゃあく》と身の毛のよだつ恐ろしさに満ち満ちていました。かれらは絶えず都の上空を旋回《せんかい》し、まるで命運つきた人間たちの肉を思う存分食《く》らおうと期待している禿鷹《はげたか》のようでした。かれらは視力も飛び道具もとどかぬところを飛ぶのですが、いつもいることはいて、その死を呼ぶ声が空気をつんざくのでした。新たに発せられる一声ごとにその声は耳に慣れるどころかいっそう耐えがたいものになり、遂《つい》に剛毅《ごうき》な者たちまでが、この姿を見せぬ脅威《きょうい》が頭上を過ぎる時にはがばと地面に伏せるか、あるいは立っていても、力の抜けた手からぽろりと武器を落とし、その心には暗澹《あんたん》たるものが入りこんで、もう戦意を失ってただこそこそと身を隠すことと、死ぬことしか考えないのでした。

この暗い一日をファラミルはずっと、白の塔の控《ひか》えの間に置かれたベッドの上に横たわったまま、ひどい熱にうかされていました。死にかけておられると、だれかがいいました。そしてまもなく、城壁の上でも路上でもだれもかれもが「死にかけておられる」と、噂《うわさ》するのでした。かれの傍《かたわ》らには、その父が坐っていました。無言のまま、ただ息子を見守るばかりで、もはや城の守りに一顧《いっこ》も与えませんでした。

このような暗澹たる時をピピンはかつて知りませんでした。ウルク＝ハイに捕《つか》まっている時だってこれほどではありませんでした。大侯の側近くに仕えることがかれの務めでした。かれは待機しましたが、その存在はまるで忘れられているようでした。かれは明かりのともしていない部屋の扉のそばに立ち、かれ自身の恐れや懸《け》念《ねん》を懸命《けんめい》に押さえていました。そしてかれがこうやって見守っているうちにも、日の前でデネソールはしだいに年老いていくように見えました。あたかも自《みずか》らを恃《たの》むその意志のどこかがぷつんと切れ、きびしい精神がくつがえされたかのようでした。悲しみが、そのような作用を及ぼしたのかもしれません。そして後悔の念も。かつては涙を知らなかった顔に涙が流れるのをかれは見ました。同じ顔に怒りを見るよりも耐え難いものでした。

「お嘆《なげ》きになりますな、殿よ、」かれはどもりながらいいました。「多分よくなられましょう。ガンダルフにおたずねになりましたか？」

「魔法使などで予を慰めるな！」と、デネソールはいいました。「愚《おろ》か者の望みは潰《つい》えたわい。敵はかの物を見いだしたのだ。今やかれらの力は増大していく。敵はわれらが心に思うことさえ見抜いているぞ。われらのなすことはすべて破滅につながる。

「予は息子を不必要な危険の中に送り出した。感謝もせず、祝福も与えずにな。そしてこの子は血の中に毒を入れられたままここに横たわっている。いや、いや、今は戦いがいかようになろうと、予の血統《ちすじ》も絶えんとし、執政家さえ衰微し終わった。卑賤《ひせん》なやからに人間の王たちの最後の生き残りを治めさせるがよいわ。遂《つい》に一人残らず追いつめられて見つかるまで、山の中にでもひそんでな。」

人々が戸口のところに来て大声を上げて大侯を呼びました。「いや、予は降りて行かぬ。」と、かれはいいました。「この子のそばにいなくてはならぬ。こと切れるまでにまだものをいうかもしれぬからな。だが、それも近かろう。お前たちはついて行きたい者について行くがいい。たとえ灰色の愚《おろ》か者だろうと。もっともやつの望みも潰《つい》えたが。予はここに留《とど》まるぞ。」

かくてガンダルフがゴンドールの都の最後の防戦の指揮をとることになりました。かれが赴《おもむ》くところはどこもふたたび士気が昂揚《こうよう》し、翼ある影は記憶から消え去りました。疲れも見せず、かれは城塞から城門へと足を運び、北から南へと城壁をめぐりました。輝く鎧《よろい》に身を固めたドル・アムロスの大公がかれに同行しました。なぜなら大公も大公の騎士たちもヌーメノールの種族の血が本当に流れている貴人《きじん》たちのように自《みずか》らを持《じ》していたからです。かれらを目にした人々はこういって囁《ささや》きました。「おそらく昔話にいうとおりだろう。あの人たちにはエルフの血が流れている。なぜならニムロデルの一族がずっと昔あの国に住んでいたことがあるからだ。」そこで一人がこの悲しみのさなかにあって、ニムロデルの歌物語、あるいは遠く過ぎ去った昔から伝えられたアンドゥインの谷間にまつわる歌々を幾節か歌うのでした。

しかし——かれらが行ってしまうと、ふたたび影が人々に迫り、みんなの心は滅《め》入《い》ってゴンドールの勇猛心は衰《おとろ》えて灰となってしまうのでした。こうしておぼろに暗い恐怖の昼間がゆっくりと過ぎて、しだいに絶望的な夜の暗闇にはいっていきました。第一環状区ではだれも阻止《そし》する者がないまま、火がぼうぼうと燃え立っていました。そして外側の城壁に置かれた守備隊はもうここかしこで退却を阻《はば》まれてしまいました。しかし自分の部署に留まっている忠実な兵士はごく僅《わず》かで、大部分の者は第二の門の内側に逃げ込んでいました。

戦場のずっと後方では、たちまち大河に橋がかけられ、一日じゅうさらに多くの兵力と兵器が流れ込んできました。そして遂《つい》に真夜中になって攻撃の火蓋《ひぶた》が切って落とされました。火の燃える塹壕《ざんごう》の間に残されたうねうねと迂回《うかい》するたくさんの道を前衛部隊が通過しました。かれらはどんどん進んで来ました。城壁に立つ射手の射程距離まで近づいて来て、死傷者が出ることなどものともせず、なおもうようよと群《むら》がり寄せました。しかし実のところ城壁には今はもうごく僅かな射手しか残っておらず、とても寄せ手に大損害を与えるというわけにはいかなかったのです。燃える火の明かりに、かつてのゴンドールが誇った練達の業《わざ》を持つ射手たちには恰好なたくさんの的がはっきりと照らし出されているというのに。この時、都の勇猛心がすでに打ちのめされたことを認めて、隠れていた総大将がその力を出してきました。オスギリアスで建造された巨大な攻城用櫓《やぐら》が暗闇を縫《ぬ》ってゆっくりと進んできました。


白の塔の控えの間にふたたび使いの者がやって来ました。ピピンはかれらを中に入れました。どうしても入れてくれるようにといってきかなかったからです。デネソールはファラミルの顔からゆっくり頭《こうべ》をそらし、黙ってかれらを見つめました。

「第一環状区が燃えております。」と、かれらはいいました。「お指図をお待ちいたします。殿は依然として大侯にして執政であられるのですから。全部が全部ミスランディルに従うわけではございませぬ。兵士たちは城壁から逃げ出し、城壁は無人のままに残されております。」

「なぜに？　なぜ逃げるのか？　ばかどもめ。」と、デネソールはいいました。「あとになるより早く焼けたほうがましだ。いずれわれらは焼けねばならぬのだからな。お前たちは大篝火《かがりび》のところに戻れ！　予か？　予はこれからわが火葬の場に行くぞ。予の火葬の場にな！　デネソールとファラミルには墓はいらぬ。墓は無用だ。

香油もて保存した長い緩慢《かんまん》な死の眠りはいらぬ。われら両人はこの地に一艘《そう》の船が西方よりやってきた以前に異教の王たちがしていたようにわが身を焼くわ。西方世界は衰微してしもうた。さっさと戻って焼けうせろ！」

使者たちは頭を下げることも答えることも忘れて、そのまま背を向けると逃げて行ってしまいました。

ここでデネソールは立ち上がり、今まで握っていたファラミルの熱い手を放しました。「この子は燃えている、もう燃えておるわ。」かれは悲しそうにいいました。「この子の精神を入れる家はくだけ滅びるのじゃ。」それからそっとピピンの方に足を運び、じっとかれを見おろしました。

「さらばだ！」と、かれはいいました。「さらば、パラディンの息子ペレグリンよ！そなたの奉公は短かった。今はそれも終わりに近づいている。残る僅《わず》かな奉公は解《と》くぞ。もう行くがいい。そしてそなたにもっともいいと思える死に方をするがいい。望みの者と一緒にな。その者の愚《おろ》かしさのためにそなたがこうして死ぬことになった例の友人とだってかまわぬぞ。予の侍僕《じぼく》に来るようにいえ。それから行くがいい。さらば！」

「殿、わたしはお別れの言葉は申しあげません。」ピピンは跪《ひざまず》きながらいいました。

それから今度もまた突然ホビットらしく、かれは立ち上がって、老侯の目をじっと見ました。「それでは殿、ちょっと失礼させていただきます。」と、かれはいいました。「とてもガンダルフに会いたくなったものですから。しかしガンダルフは愚《おろ》か者なんかではありません。かれが命に見切りをつけるまでは、わたしも死ぬことは考えません。しかし殿がご存命の限りは、わたしは誓約《せいやく》からも、殿へのご奉公からも解かれたくはありません。またかりにかれらが遂《つい》にこの城に攻めこむようならば、わたしはここにいて殿のおそばに立ち、殿から拝領しました武器に値する働きをいたしたいと望んでおります。」

「すきなようにいたせ、小さい人よ。」と、デネソールがいいました。「だが、予の命は切れてしもうた。侍僕《じぼく》に来るようにいってくれ！」かれはまたファラミルの方に向き直りました。

ピピンは老侯の許《もと》を去り、侍僕たちを呼びました。かれらはやって来ました。執政家に仕える力の強い容貌《ようぼう》も美しい六人の男たちですが、大侯のこの召し出しには身をおののかせていました。しかしデネソールは静かな声でファラミルのベッドに暖かいふとんをかけ、それを持ち上げるようにいいつけました。かれらはその通りにすると、ベッドを持ち上げ、部屋から運び出しました。高熱にうかされた人を少しでも苦しめないように、かれらはゆっくりと歩いて行きました。そしてデネソールは今は杖に寄りかかりその後について行きました。そして最後にピピンが従いました。

一行は白の塔から出ると、まるで葬列のように暗闇の中へ歩いて行きました。垂れこめた雲がちらちらと明滅するどんよりした赤い火に下から照らされていました。かれらは大きな中庭を粛々《しゅくしゅく》と歩いて行きました。そしてデネソールの言葉でかの枯れた木の傍《かたわ》らに立ち止まりました。

都の下の方から聞こえてくる戦いの物音を除いては、何もかも静まりかえっていました。そして一行の耳には枯れ枝から暗い池にわびしく滴《したた》り落ちる水音が聞かれました。それから一同はふたたび歩き出して城塞の門を通り抜けました。ここでは衛兵が驚きと狼狽《ろうばい》の色を浮かべて、通り過ぎて行くかれらをまじまじと見つめました。西に歩を転じ、一行は遂に第六環状区の背後の城壁に設けられた入口に来ました。これはフェン・ホッレン即ち開《あ》かずの入口と呼ばれていました。というのは、葬儀《そうぎ》の時を除いてはいつも閉じられていたからです。そしてこの道を使用できるのは都の大侯だけで、あとは墓所の出入り許可証を持った者が死者の家の維持管理をするために出入りするだけでした。入口をはいると、くねくねした道が、いくつも折れ曲がりながら下へ下へと降りていき、ミンドッルイン山の絶壁の影の下にある狭い土地に達しています。ここには死んだ王たちと王家の執政家の廟《びょう》が立っていました。

この開《あ》かずの入口の脇に小さな家があり、そこに門番がすわっていました。目に恐怖の色を浮かべながら、かれは手に提灯《ちょうちん》を持って出て来ました。大侯のいいつけで入口の鍵《かぎ》をあけると、戸は音もなく開かれました。一同は入口を通り、門番の手から提灯を受け取りました。揺れる提灯の光にぼうっと浮かび上がった古い城壁と柱のたくさんついた欄干《らんかん》との間にある坂道は暗かったからです。ゆっくりと足音を反響させながら、一行は下へ下へと降りていき、とうとう白っぽい丸屋根の建物や人気《ひとけ》ない館《やかた》、そしてずっと昔に亡くなった人々の彫像《ちょうぞう》の間にあるラス・ディーネンすなわち沈黙の通りにやって来ました。一同は執政たちの家にはいって、運んで来たものをおろしました。

落ち着かなげにまわりを見回したピピンは、自分のいるのが丸天井の広い部屋であることに気づきました。被《おお》いをかけた壁に小さな提灯が投げかける大きな影のために、流れる襞《ひだ》の布がかけてあるように見えました。そして大理石を刻んだ台座が幾列にも並んでいるのもぼんやり目にはいりました。それぞれの台座には、手を組み、石の枕に頭を置いた、眠っている姿の人が横たわっていました。しかしすぐ手前にある台座が一つだけ何にものっていないむきだしのまま立っていました。デネソールの合図で侍僕《じぼく》たちはファラミルとその父を二人並べてその台座に置くと、一つの被《おお》いをかぶせ、それから死の床に付き添う哀悼《あいとう》者のように頭《こうべ》を垂れて立っていました。それからデネソールが低い声で話しました。

「予らはここで待っている。だが、死体保存のための香油師たちは呼びにやらなくてよい。すぐ燃える薪を持って来て、予ら両人の周りと下に置き、油を注げ。そして予がいいつけたら、炬火《たいまつ》を突っ込むのだぞ。そうしたら、あとはもう予には口を利《き》くな。さらばだ！」

「殿、ご免くださいまし。」ピピンはそういうと、背を向け、恐れおののきながら死の家から逃げ出しました。「かわいそうなファラミル！」と、かれは思いました。「ガンダルフを見つけなければ。かわいそうなファラミル！　あの方にいるのは多分涙なんかじゃなくて薬だよ。ああ、どこへ行ったらガンダルフが見つかるだろう。きっと忙しい最中だろうな。死にかけている者や狂人たちに割《さ》く時間はないだろう。」

建物の入口でかれは警備のために残っていた召使の一人に助けを求めました。「君のご主人は正気《しょうき》を失っておられる。ゆっくりやってくれ！　ファラミル様が生きておいでのうちはここに火を持って来ないように！　ガンダルフが来るまで何もしないでくれ！」

「ミナス・ティリスの主人はだれなんです？」男は答えました。「デネソール侯ですか、それとも放浪者ですか？」

「灰色の放浪者か、でなきゃだれもいないようだね。」ピピンはそういうと自分の足の許す限り速く折れ曲がる道を駆け登り、びっくりしている門番を尻目《しりめ》に、開《あ》かずの入口を通り過ぎて、なおもどんどん駆け続けると、ようやく城塞の門の近くまでやって来ました。かれが通り過ぎようとすると、衛兵が声をあげて、かれに挨拶《あいさつ》しました。その声で、ベレゴンドであることがわかりました。

「どこに走って行くんですか、ペレグリン殿？」と、かれは叫びました。

「ミスランディルを探しに。」ピピンは答えました。

「殿のお使いは緊急《きんきゅう》のご用でしょうから、わたくしなんかがお手間をとらせてはいけませんが、」と、ベレゴンドはいいました。「でも、もしよろしければ急いでおっしゃってください。何が進行しているのです？　わが君はどこへ行かれたのですか？　わたしは今ちょうど勤務についたところですが、耳にしたところでは、殿は開かずの入口の方に向かって行かれたそうですね、それにファラミル様が殿の前を運ばれていらしたと。」

「そうです。」と、ピピンはいいました。「沈黙の通りへ行かれたのです。」

ベレゴンドは頭《こうべ》を垂れて涙を隠しました。「死にかけておいでだということだったけれど、」かれは溜息《ためいき》をつきました。「亡くなられたのですね。」

「そうじゃないんです。」と、ピピンはいいました。「まだ亡くなられていませんよ。今だって、何とかお助けする手立てがあるんじゃないかと思うんですよ。しかし、ベレゴンド殿、大侯は都が落ちるより先にご自分が参ってしまわれたのです。殿は正気を失っておられ、危険です。」かれはデネソールの奇妙な言行を手短に語って聞かせました。「すぐにガンダルフを見つけなくては。」

「それならあなたは合戦場に降りて行かれなきゃなりませんよ。」

「わかってます。殿からお許しはいただいてあります。ところで、ベレゴンド殿、もしできれば何かしてください。恐ろしいことが起こるのを防ぐために。」

「殿はご自分の命令によるほかは、いかなる理由があろうと、黒と銀の制服を着た者が持ち場を離れることをお許しにならないのです。」

「それなら、あなたは命令とファラミル様の命と、どちらかを選ばなきゃなりませんよ。」と、ピピンはいいました。「そして命令ということでは、あなたが相手にされているのは、狂人であって、主君ではないと思うんです。ぼくは急いで行かなきゃ。戻れれば戻って来ますよ。」

かれは走り続けました。城市の外郭部《がいかく》に向かってどんどん駆け下りて行きました。燃えさかる火から逃げ戻って来た人々がかれとすれちがいました。中にはかれの制服を見て振り返り、どなる者もいましたが、かれは知らん顔で走り続けました。とうとう第二の門を通り抜けました。その先はぼうぼうと燃える火が城壁と城壁の間のここかしこで燃え上がっています。それなのにかれには不思議なほど静まりかえっているように思えました。戦いのざわめきや雄叫《おたけ》びも武器を打ち合わす音も何も聞こえないのです。その時です。突然ぞっとするような叫び声が聞かれたと思うと、ドスンと激しい震動がして、それからゴロゴロと轟《とどろ》く音が腹にこたえるように低く響きわたりました。あやうく膝《ひざ》をついてしまうほどかれの心を揺り動かした激しく噴《ふ》き上げる恐怖と戦慄《せんりつ》に抵抗してむりやり足を運んだピピンは、城門の背後の広場に面している角《かど》を曲がりました。かれはぴたりと足を止めました。ガンダルフを見つけたのです。しかしかれはしりごみして、こそこそと影の中に身をすくませました。

真夜中からこのかた、猛攻撃が止むことなしに続いていました。太鼓《たいこ》がドロドロと轟きました。北にも南にも、敵の部隊が次から次へと城壁に押し寄せて来ました。ちらちらと明滅する赤い光に照らされてまるで動く家のように見える巨大な獣がやって来ました。ハラドのムーマキルが火と火の間の通路を通って、途方もなく大きい櫓《やぐら》や機械装置を引っ張っているのです。しかしかれらの総大将はかれらが何をしようと、あるいは何人殺されようと、たいして気にかけてはいませんでした。かれらの目的はただ敵の守りの強さを試し、ゴンドールの人間たちを方々で忙しくさせておくことでした。かれがそのもっとも強力な力を揮《ふる》おうとしているのは城門に対してでした。城門は鋼《はがね》と鉄で作られ、金剛不壊《こんごうふえ》の石の塔、石の稜堡《りょうほ》で守られた非常に堅固《けんご》なものではあったのですが、ここここそ関門であり、この高い絶対に越えがたい城壁の中では最弱点でありました。

太鼓はいっそう強く轟きました。火柱があちこちに上がりました。大きな機械仕掛けが原っぱをのろのろと進んできました。その真ん中には巨大な破城槌《はじょうつい》がありました。長さが百フィートもある森の木ほど大きな槌が、強い鎖で下げられ揺れ動いていました。これはモルドールの暗い鍛冶《かじ》工場の炉で長い間かかって鍛《きた》えられ、黒い鋼《はがね》を鋳《い》てこしらえたその見るも恐ろしい頭部は貪欲《どんよく》な狼に似せた形をしていて、滅びの呪文《じゅもん》がきざまれていました。かれらはこれを遠つ代の地獄の鉄槌を記念して、グロンドと名づけていました。大きな獣たちがこれを引き、オークたちが取り巻き、背後にはこれを操作する山のトロルたちが歩いて来ました。

しかし、大門のあたりではまだまだ抵抗が続いています。ここではドル・アムロスの騎士たちと守備隊の中のもっとも大胆な者たちが進むことも退《ひ》くこともかなわず最後の防戦につとめていました。弾丸や投げ矢が雨霰《あられ》と降ってきます。攻城《こうじょう》櫓《やぐら》がすさまじい音をたてて崩れるかと思うと、炬火《たいまつ》のように突然赤々と燃え出します。城壁の前の地面は城門をはさんでどちらの側もこういったものの残骸や殺された者の死体で埋まっていました。それなのにまるで狂気に駆られたようになおもあとからあとから押し寄せてくるのでした。

グロンドはのろのろ進んできました。これを支える台には火はつこうとはしません。そしてこれを引っ張る巨大な獣の中に時折気が狂ったようになって、これを警備する無数のオークたちを足で踏みつぶし破壊のあとを広げるのもいましたが、オークたちの死体はすぐにグロンドの通り道から放り出され、別のオークたちがかれらに代わりました。

グロンドはのろのろ進んできました。太鼓が激しく響きわたりました。うず高い死者の山の上に見るも恐ろしい姿の者が現われました。馬に乗って、背が高く、頭巾をかぶり、黒いマントを着ていました。死んだ者たちを踏みつけながら、かれはゆっくりと馬を進め、いかなる矢ものともしませんでした。かれは立ち止まり、微《かす》かな光を放つ長い剣を示しました。かれがそうすると、守る側にも敵側にも等しなみに、非常な恐怖が全員を襲いました。人間たちの手はだらりと横に垂れたまま、弓弦《ゆんづる》の音一つ響きませんでした。一瞬すべてのものが静まりかえりました。

太鼓がドロドロと響き、カタカタと鳴りました。猛烈な勢いでグロンドがとてつもなく大きな手によって投げつけられ、門にあたりました。門は前後に揺れました。腹に響く轟《ごう》音が、雲の中を走る雷のように、城市の中に轟《とどろ》きわたりました。しかし鉄の扉と鋼の柱はこの強打にもびくともしませんでした。

その時、黒の総大将が鐙《あぶみ》に足をかけて立ち、恐ろしい声で叫びました。今は忘れられた昔の言葉で、人の心をも石をもくだくかと思われる力と恐怖に満ち満ちた言葉でした。

三度《みたび》かれは叫びました。三度巨大な破城槌《はじょうつい》は轟きわたりました。そして最後の一撃で突然ゴンドールの門はこわれました。何か爆破の呪文《じゅもん》をぶつけられたかのように微塵《みじん》にふっとんでしまったのです。天をも焦《こ》がすような一閃《いっせん》の電光がひらめき、扉はずたずたに裂けた破片となって地面に崩れ落ちました。

馬を城へ、ナズグールの首領は乗り進めました。かなたの火を背に、かれは大きな黒々とした姿となって浮かび上がり、その姿そのものがもうどうしようもない絶望の脅威《きょうい》となっていました。馬を進めてナズグールの首領は入城して来ました。未《いま》だかつていかなる外敵もくぐったことのないアーチ門の下を。そしてかれの面前からすべての者が逃げ出しました。

ただ一人を除いてでした。城門の前の広場に黙したまま、身じろぎもせず、待っていたのは、飛蔭《とびかげ》にまたがったガンダルフでした。地上の自由な馬たちの中でただ飛蔭だけが、この戦慄《せんりつ》すべき恐怖に耐え、ラス・ディーネンにある彫像のように静止して動きませんでした。

「きさまはここにはいることはできぬ。」と、ガンダルフはいいました。大きな影は立ち止まりました。「きさまに用意された奈落《ならく》に戻るがよい！　戻れ！　きさまとその主人を待ちかまえている虚無に落ちよ。行け！」

黒の乗手は頭巾を後ろに払いました。すると、いかに！　かれは王冠をいただいていました。それなのに、その王冠は目に見える頭の上にのっているのではないのです。王冠とマントを羽織《はお》った大きな黒い肩との間には赤い火が燃えさかっていました。見えざる口から死の笑いが聞こえてきました。
「年老《お》いた虚《うつ》け者よ！」と、かれはいいました。「老いた虚けよ！　わが時が来た。お前は死を目にして死を知らぬのか？　さあくたばって、空しく呪《のろ》うがいい！」そういうと同時にかれは剣を大上段に振りかざしました。焰《ほのお》が刀身を走りました。

ガンダルフは動きませんでした。おりしも正にこの時、城市のどこかずっと奥の中庭で雄鶏《おんどり》が時を告げたのです。甲高《かんだか》く、はっきりと、時を告げました。魔法であれ戦いであれ、少しも頓着《とんちゃく》なしに。ただ死の暗闇の遥か上空にある空に曙光《しょこう》とともにやって来た朝を喜び迎えたにすぎなかったのです。

そしてあたかもそれに答えるかのように、遥か遠くから別の音が聞こえてきました。角笛《つのぶえ》でした。角笛です。角笛なのです。暗いミンドッルインの山腹に音はかすかにこだましました。北の国の大きな角笛が激しく吹き鳴らされていました。ローハン軍がとうとうやって来たのです。

五　ローハン軍《ロヒルリム》の長征

あたりは暗く、毛布にくるまって地面に横たわっているメリーには何も見えませんでした。空気も動かず風もない夜でしたが、かれの周りでは隠れた木々がかすかにさやいでいました。かれは頭を擡《もた》げました。するとまた聞こえてきました。森におおわれた丘陵や山の各層にかすかに響く太鼓のような音でした。その律動《りつどう》的な音は突然止むかと思うと、今度はまた別の場所で引き継《つ》がれ、時には近く、時には遠く聞こえてくるのです。見張りたちはこの音を聞いているのだろうかとメリーは考えました。

かれには見張りたちの姿は見えませんが、自分の周りがどこもロヒルリムの部隊で埋まっていることはわかりました。暗闇で馬の匂いがして、馬たちが居場所を移したり、針葉でおおわれた地面をそっと踏み鳴らす音も聞こえてきます。ローハン軍はエイレナハ烽火《のろし》台の周囲に群生している松林に露営していたのです。エイレナハというのは東アノーリエンの街道のそばに横たわるドルーアダン森の長い尾根から一つぽつんと突き出た高い丘でした。

メリーは疲れているのに眠れませんでした。もう四日もぶっとおしに乗り続けてきたのです。それにこのいや増す暗さはかれの心をしだいしだいに沈ませていきました。かれは自分がなぜあれほど来たがったのか不思議に思い始めました。あとに残るための申し訳《わけ》はいくらでも立ったわけですし、それは主君のいいつけでさえあったのです。かれがその命令に服さなかったことを老王は知っていて怒っておられるだろうか、そのこともかれは気になりました。おそらく知っておられないのだろう。デルンヘルムとメリーが加わっている軍団《エーオレド》を指揮している軍団長エルフヘルムとデルンヘルムの間には何か了解《りょうかい》があるように思われましたから。エルフヘルムもかれの部下たちもみんなメリーを無視し、かれが口を利《き》いても聞こえないふりをしました。かれはデルンヘルムがたずさえているもう一つの頭陀袋《ずだぶくろ》でしかなかったのかもしれません。それにこのデルンヘルムがちっとも助けにならないのです。かれはだれとも絶対に口を利かないのですから。メリーは余計者のような気がして、肩身が狭く、さびしい気がしました。今は不安な心落ち着かぬ時でした。そしてローハン軍は危険に瀕《ひん》していました。ここはミナス・ティリスの城下の野を取り巻いている外の防壁から馬に乗って一日かからぬところです。偵察《ていさつ》隊が送られていました。中には戻って来ない者もいました。急ぎ戻って来た者は、ローハン軍を迎撃《げいげき》すべく敵軍が大挙して街道を占拠していると報告しました。アモン・ディーンから三マイルの地点で、路上に野営をしている敵軍があり、ほかにもかなりの兵力の人間部隊がすでに街道をどんどん押し進んで来て、もう三リーグ足らずのところに来ているというのでした。王とエーオメルは徹宵《てっしょう》の会議を持ちました。街道に沿った丘陵地帯や森林にはオークたちがうろついていました。

メリーはだれか話す人がほしくてたまりませんでした。そしてピピンのことを思いました。しかしそれも落ち着かない気持ちをいっそう強めるだけでした。かわいそうに、ピピンは、大きな石の都に閉じこめられ、さぞ心細くて怖《こわ》いだろう。メリーは自分がエーオメルのような背の高い騎士で、角笛《つのぶえ》か何かを吹き鳴らし、かれを救出しに馬を疾駆《しっく》させて行くことができればどんなにいいだろうと思いました。かれは体を起こして、ふたたび打ち鳴らされる太鼓の音に耳を傾けました。今はもっと間近で鳴らされています。そのうち低い声で話している人声が聞こえました。そして半分被《おお》いをかけたおぼろな光の提灯《ちょうちん》が木の間《こま》を通って行くのが見えました。その近くにいた男たちが暗闇で何やらごそごそと動き始めました。

背の高い人物がぬっと姿を現わし、かれにけつまずき、「いまいましい木の根っこめ！」といいました。その声でメリーはかれが軍団長のエルフヘルムであることがわかりました。

「軍団長殿、ぼくは木の根っこじゃありませんよ、」と、かれはいいました。「頭陀《ずだ》袋《ぶくろ》でもないですよ。打ち傷をこしらえたホビットです。せめてこの償《つぐな》いに、今どういうことが起こってるのか教えてください。」

「このいまいましい暗闇で起こりそうなことは何でもだ。」エルフヘルムは答えました。「実はいつでも動けるよう待機しておれという殿からの申し送りがあった。直ちに出発という命令がくるかもしれんからな。」

「それでは敵がやって来るんですか？」メリーは心配そうにたずねました。「あれは敵の太鼓なのですか？　ぼくはまたそら耳じゃないかと思い始めてたんです。どなたも全然気に留《と》めてられないようでしたから。」

「いや、いや、」と、エルフヘルムはいいました。「敵は街道にいるんで、山にはいない。あんたの聞いたのはウォーゼたちだ。この森に住む野人《やじん》たちだ。かれらはこうして遠くから互いに話し合うのだ。かれらは今でもドルーアダンの森に出没しているということだ。古い時代の名残を留《とど》める者たちで、今は数も少なく、人目にふれぬよう暮らしている。獣のように野性的で用心深いのだ。かれらはゴンドールやマークに味方して戦いに赴《おもむ》くことはせぬが、ここに来てかれらはこの暗闇とオークたちの来寇《らいこう》に悩まされている。暗黒時代が戻ってくるのではないかと心配しているのだ。まったくそいつは戻ってきそうだがね。ありがたいことにかれらが追っているのはわれわれではない。かれらは毒矢を使うという話だからね。それにくらべようもないくらい森林のことはよく知ってるようだから。それでかれらはセーオデン王に助力を申し出てきたのだ。ちょうど今かれらの酋長《しゅうちょう》の一人が王の許《もと》に案内されて行った。向こうに明かりが動いていくだろう。わがはいの聞いたのはこれだけで、あとは知らぬ。これからわがはいは殿のご命令を遂行《すいこう》するのに忙しいぞ。頭陀《ずだ》袋《ぶくろ》殿、あんたも自分を荷作りしたらよかろう！」かれは闇の中に消えてしまいました。

メリーはこの野人《やじん》たちと毒矢の話が気に入りませんでした。しかしそれとはまったく別に、非常な不安が重くかれにのしかかっていました。待っていることは耐えがたいことでした。かれは何が起ころうとしているのか、切に知りたいと思いました。かれは立ち上がるとすぐに最後の提灯《ちょうちん》が木の間に見えなくならないうちに、それを追って用心深く歩き出しました。

やがてかれは空地に出ました。ここには一本の大樹の下に小さなテントが一つ王のために立てられていたのです。上に覆《おお》いをかけた大きな提灯が一つ、枝から下がっていて、その下におぼろな光の輪を投げかけていました。そこにはセーオデンとエーオメルが坐っていて、その前の地面には、奇妙な恰好にうずくまった男が一人坐っていました。古さびた石のようにごつごつしており、乏しい顎鬚《あごひげ》はこぶのような無骨《ぶこつ》な顎に乾いた苔《こけ》のように散らばっていました。脚は短く、腕は太く、体も厚みがあってずんぐりしていました。身にまとっているものといえば、僅《わず》かに腰蓑《こしみの》を着けているだけでした。メリーは以前どこかでかれを見たことがあるように思いました。そして突然やしろ岡のプーケル人たちを思い出しました。あの古い彫像の一つがここに生を得て生き返ったのか、それとも、遠い昔の今は忘れられた技工たちによって用いられたモデルたちの血を限りない年月の間正しく伝えてきたその直系の子孫であるかもしれません。

メリーが忍び寄る間沈黙がありました。それから野人が話し始めました。それは何かの質問への答のようでした。かれの声は太くて低く、耳障《ざわ》りなきしみ声でした。それでもメリーが驚いたことに、かれは共通語をしゃべるのでした。といっても耳慣れない言葉のまじる、おぼつかない話し方でしたが。

「いいや、馬乗りたちの長老よ、」と、かれはいいました。「わしら戦わない。探し出すだけ。森にいるゴルグーン殺す。オークども憎む。あんたもゴルグーン憎む。わしらできること手伝う。野人《やじん》耳長い、目長い。山道みんな知っている。野人石の家建つ前にここに住んでいる。のっぽの人たち海から来る前に。」

「だが、われらに必要なのは合戦での援助なのだが。」と、エーオメルがいいました。「あなたとあなたの民はどうやって助けてくれるつもりなのかね？」

「知らせ持って来る。」と、野人はいいました。「わしら丘から見渡す。高い山に登って見おろす。石の都閉まっている。外側火燃えてる。今は中も燃えてる。あんたがたあそこに行きたいね？　それなら急がなきゃいけない。しかし、ゴルグーンと人間、ずっと遠くから来た。」ここでかれはごつごつした短い腕を東の方に振りました。「人間たち、馬乗る道にいすわっている。とてもとてもたくさん。馬乗り人《びと》よりもっと多い。」

「どうしてわかるんだね？」と、エーオメルがいいました。

老人はその平たい顔にも黒っぽい目にも何の表情も見せませんでしたが、その声は不満げにむっつりしていました。「野人野生のまま、自由。しかし子供でない。」

と、かれは答えました。「わしは大酋長《しゅうちょう》、ガーン＝ブリ＝ガーン。わしはいろいろのもの数える。空にある星、木にある葉、暗闇にいる人間。あんたがたち二十を二十倍してそれの十五倍よ。あっちもっとたくさん。でっかい戦《いくさ》、どっちが勝つか？そして石の家の壁の周り、もっとたくさんたくさん歩いている。」

「さてもさても！　この者はずいぶんと明敏《めいびん》な話し方をするではないか。」と、セーオデンはいいました。「わが偵察《ていさつ》隊によれば、敵は道路に塹壕《ざんごう》を穿《うが》ち、柵《しがらみ》を置いているそうじゃ。われらは奇襲してかれらを追い散らすわけにはいかぬ。」

「それでもわれらは急ぐ上にも急がねばなりません。」と、エーオメルがいいました。「ムンドブルグが燃えているのです！」

「ガーン＝ブリ＝ガーンいうこと、いう！」と、野人はいいました。「ガーン＝ブリ＝ガーンの知っている道一つじゃない。ガーン＝ブリ＝ガーンあんたがた案内する。その道、穴ない、ゴルグーン歩いてない。歩くの野人と獣だけ。石の家の人もっと強かった時、道たくさん作った。狩人《かりうど》が獣の肉切るように、あの人たち丘を切った。野人思うね。その人たち石を食べものにしたね。その人たち大きな荷馬車でドルーアダン通ってリンモンに行った。もう行かないね。道忘れてしまった。でも野人忘れない。丘を越えて、丘の陰に今も道ある。草の下、木の下にある。リンモンの後ろからディーンに下って、おしまいに馬乗り人《びと》の道に戻る。野人《やじん》あんたがたにこの道教える。そこであんたがた光る鉄でゴルグーン殺す。悪い暗闇押し戻す。そしたら野人戻って来て原始の森でよく眠る。」

エーオメルと王は自分たちの言葉で話し合いました。とうとうセーオデンが野人の方を向いていいました。「われらはあなたの申し出を受けることにする。敵軍を背後に残していくことになるが、それはかまわぬ。石の都が落ちれば、われらはもう戻らぬだろう。もしこれが落ちることなく守られれば、その時はオーク軍自身が寸断《すんだん》されよう。ガーン＝ブリ＝ガーンよ、もしあなたに二心《ふたごころ》がなければ、われらは充分な謝礼を与えよう。またマークの友情はとわにあなたのものじゃ。」

「死んだ人は生きた人の友達になれない。そして贈り物がやれない。」と、野人はいいました。「しかし、あんたがたこの暗闇のあとも生きたら、森の野人かまわないでくれ。獣のように追うこと、もうしないでくれ。ガーン＝ブリ＝ガーンあんたがた罠《わな》にかけない。かれ馬乗り人の長老と行く。道まちがってたら、かれ殺せ。」

「それでいいとしよう！」と、セーオデンはいいました。

「敵のそばを素通《すどお》りし、ふたたび街道に出るまでどのくらいかかるのか？」と、エーオメルがたずねました。

「あなたに案内してもらうのなら、われらは足で歩く速度で進まねばならぬ。それに道はおそらく狭いだろうから。」

「野人足速い。」ガーンはいいました。「道、向こうの石車谷《せきしゃ》で馬四頭並ぶ広さある。」かれは手を南の方に動かしました。「しかしはじめと終わり狭いね。野人ここからディーンまで日の出から昼までに歩ける。」

「それではわれらは先頭部隊には少なくとも七時間は見積もっておかねばなりませぬ。」と、エーオメルはいいました。「しかし全体としては十時間ばかり見ておかねばならぬでしょう。予期せぬことで手間どることがありましょうから。それにわが軍が全員延々と長い列を作って連なってるとすれば、この丘陵地帯から出て行く際には整列するまで長いことかかりましょう。今は何時でしょうか？」

「だれが知ろう。」と、セーオデンがいいました。「今はいつも夜だ。」

「いつも暗い、でもいつも夜でない。」と、ガーンはいいました。「お日様出てくると、わしらお日様感じる。隠れていても感じる。お日様もう東の山々の上に上った。天の原では一日が始まりよ。」

「それではできるだけ早く出発せねばなりませぬ。」と、エーオメルはいいました。「たとえそうしても今日じゅうにゴンドールを助けに行くことは望めませせぬが。」

メリーはこれ以上ぐすぐず聞いていようとはせず、進軍の召集に備えるため、そっと立ち去りました。今や合戦前の最後の行程でした。味方の多くがこの合戦の最後まで生き残れそうだとはかれには思えませんでした。しかしかれはピピンのことを思い、ミナス・ティリスに燃える炎のことを思って、おのれの恐怖を押しのけました。

その日は万事うまくいきました。待ち伏せる敵の存在は目にも見えず、耳にも聞こえませんでした。野人《やじん》たちは用心深い狩人《かりうど》たちを先駆に立てていましたので、オークといわず、うろつきまわる間者《かんじゃ》といわず、一人としてこの丘陵における一行の動静を知るにいたりませんでした。一行が包囲された都に近づくにつれ、光はますますおぼろになってきました。そして騎士たちは人馬の暗い影のように長い列を作って通って行きました。部隊ごとに森に委《くわ》しい野人が案内人としてつき、ガーン老人は王と並んで歩きました。出足は望んでいたよりおそくなりました。というのも、馬を引きながら歩く騎士たちが、野営地の背後の樹木の密生した尾根を越え、隠れた石車谷《せきしゃや》に降りて行く道を探すのに時間がかかったからでした。先頭部隊が広大な灰色の低木林にやって来たのは午後もおそくなってからでした。この林はアモン・

ディーンの東の山腹を越えてその先に伸び、ナールドルからディーンまで東西に走っている丘陵の連なりにある大きな切れ目を蔽《おお》っていました。今は忘れられた荷馬車道は遠い昔この切れ目を通って下り、ミナス・ティリスの都からアノーリエンを抜ける馬の通る本道に戻っていました。しかし人間の命にして何世代も何世代もたつ間には、木々も木々のやり方でこの道に対応しました。道はこわれ、数えられない長い年月の間に積もり積もった落ち葉の下に埋もれて消え去ってしまいました。しかしこの低木林は騎士たちに公然たる戦いに出て行く前の最後の隠れ場所の望みを与えてくれました。というのは、この先には本道とアンドゥインの広野が横たわっており、東南の方向には岩がちのむき出しの斜面があり、うねりくねった丘がここに集まって、稜堡《りょうほ》に稜堡を重ねてしだいに高くなり、果てはミンドッルインの堂々たる山容とその肩部を作っていたからです。

先頭部隊が止まりました。そしてその後に続く部隊は石車谷の谷間から次々と繰り出してくるにしたがって、灰色の樹林の下の野営地に分散して行きました。王は将官たちを会議に召集しました。エーオメルは斥候を送り出して本道を偵察《ていさつ》させようとしました。しかしガーン老人は首を振っていました。

「馬乗り送ってもだめ。この悪い空気の中で見えるもの全部、もう野人見た。かれらもうすぐここに来てわしに話す。」

将官たちは集まりました。それから木々の間から用心深くそっと出て来たのは、プーケル人の姿を持った者たちで、メリーには見分けもつかないくらいいずれもガーン老人にそっくりでした。かれらはきしみ声の目立つ耳慣れない言葉でガーンに話しかけました。

やがてガーンは王の方に向き直っていいました。「野人《やじん》いろいろいった。まず、用心するね！ディーンの先、ここから歩いて一時間向こうに、まだたくさんの人間野営してる。」かれは黒い烽火《のろし》台の方に向けて腕を西の方に振り動かしました。「けどここから石の人たちの新しい外壁までは一人も見えない。外壁でたくさんたくさん働いている。壁はもう立っていない。ゴルグーンたち土の雷と黒鉄の棒で壁を打ち倒した。ゴルグーンたち用心してない、周り見回さない。自分の味方全部の道見張ってると思っている！」こういってガーン老人はのどを鳴らすようなおかしな音をたてました。どうやらこれはかれの笑い声のようでした。

「いい知らせだ！」と、エーオメルは叫びました。「この暗がりの中でさえ、ふたたび希望の光が射してきたぞ。われらの敵の計略はしばしばかれの本意にもなくわれらの役に立つことがある。このいまいましい暗闇そのものがわれらをおおい隠してくれた。そして今度は今度で、石を砕いてゴンドールを倒壊させこれを滅ぼそうと夢中になって、オークどもはわたしの最大の恐れを取り除いてくれた。外壁はことによったらわれらの進行を長時間阻《はば》むことになったかもしれぬ。ところが今はたちまち通過することができる。――一旦《いったん》そこまで辿《たど》り着ければのことだが。」

「もう一度あなたにお礼をいうぞ、森の人、ガーン＝ブリ＝ガーンよ、」と、セーオデンはいいました。「数々の知らせと道案内に対し、そなたに幸運あれ！」

「ゴルグーン殺せ！　オークども殺せ！　ほかに野人喜ばす言葉ないよ。」ガーンは答えました。「光る鉄で悪い空気、悪い暗闇追い払え！」

「それをなすために、われらはかくも遠くまでやって来たのだ。」と、王はいいました。「われらは、敵の不意をつく。だが、何を成し遂げることになるかは、明日にならねばわからない。」

ガーン＝ブリ＝ガーンはうずくまって、別れのしるしに角のように硬《かた》い額を地面にちょっとつけました。それからかれは立ち去ろうとするかのように立ち上がりました。しかし突然かれは立ったまま、妙な空気を嗅《か》いではっと驚いた森の動物のように上を見上げました。その目に光がともりました。

「風の向き変わった！」と、かれは叫びました。そしてそう叫ぶや否《いな》や、それこそまばたきする間《ま》に、かれと従者たちは暗がりに消え失せ、ローハンの騎士たちでその後二度とかれらの姿を見たものはありませんでした。そのあとまもなく、はるか東の方でかすかに打ち鳴らされる太鼓の音がふたたび聞こえてきました。しかし全ローハン軍のだれの心にも野人《やじん》たちの信義を疑う気持ちは起こりませんでした。森の人たちが見かけは風変わりで不恰好であるにしても。

「われらにはもうこれ以上道案内はいりませぬ。」と、エルフヘルムはいいました。「わが軍には平和な時代にムンドブルグまで馬を進めた騎士が何人もおりますから。わたしもその一人です。本道に出ると、道は南に向きを変えます。そこから城下の土地を囲む外壁に達するには、まだ七リーグあります。この道の大部分は両側にたくさんの草が生えております。ゴンドールの使者たちはこの草地に馬を駆けさせれば最高の速さを発揮《はっき》できると考えていました。われらもこの草地に馬を進めれば、速やかに、しかも大して物音をたてずに行けるかもしれませぬ。」

「ではこれから獅子奮迅《ししふんじん》、全力の働きが必要とされることを予期せねばならぬでしょうから、」と、エーオメルがいいました。「これより休息をとり、夜にはいってここを出発して、明朝少しでも空が明からむ頃、あるいは殿が合図をなされた時に、ペレンノール野を襲撃できるよう、その出陣の時間を合わせるよう提案します。」

王はこの提案に同意し、将官たちも立ち去りました。しかしまもなくエルフヘルムが戻って来ました。「斥候たちはこの灰色森の先には何一つ報告すべきことを見つけておりませぬ。」と、かれはいいました。「ただ二人の人間を見いだしただけでした。二人の死者と、二頭の斃馬《へいば》とです。」

「それで？」と、エーオメルはいいました。「それがどうしたのかね？」

「こういうことです。この二人はゴンドールの使者たちです。一人はおそらくヒルゴンでしょう。少なくともかれの手には今なお赤い矢が握りしめられているのですが、その首は切り落とされていました。それからこういうこともあります。いろいろの痕跡《こんせき》によると、二人は西へ逃げようとしているところを討たれたらしく思われます。わたくしが読んだところでは二人は戻ってみると、敵がすでに外壁に達しているのを見たか、これを攻撃しているのを見いだしたのです――これは二晩前のことでしょう。この二人がいつものように新しい馬を乗り継いで来たとすればです。二人は都に帰り着くことはできぬとみて、引き返したのです。」

「何たること！」と、セーオデンはいいました。「それではデネソール殿はわれらの出陣のことは何も聞いておられず、われらの来援の望みをすっかり絶っておられるだろう。」

「危急に遅延《ちえん》は許されぬが、遅《おく》れても来《こ》ぬよりまし。と、申します。」エーオメルがいいました。「人間が口を使って話し始めて以来おそらく今度の場合ほどこの古い諺《ことわざ》が真実であることの立証されることはないでしょう。」

夜でした。本道の両側をローハン軍が音もたてず、粛々《しゅくしゅく》と進んで行きました。道はミンドッルインの裾《すそ》をめぐって、ここで南に向きを転じました。ほとんどまっすぐ前方はるかに遠く、黒々とした空の下で赤々と照り映《は》えて燃えているものがありました。その赤い光を背景に大きな山の山腹が黒っぽく浮き上がっていました。ローハン軍はペレンノールのランマスの外壁に近づいてきていたのです。しかし夜明けはまだ来ません。

王は先頭部隊の真ん中にあって、王家直属の臣下を周りに従え、馬を進めていました。エルフヘルムの軍団《エーオレド》が次に続きました。そして今メリーが気がついてみると、デルンヘルムは自分の場所を離れていって、暗がりの中を少しずつ前に進み出て、しまいにはとうとう王の近衛《このえ》隊のすぐ真後ろに馬を進めていました。部隊は先頭から急に停止しました。メリーは前方に低い声で話し合っている人声を聞きました。ほとんど外壁近くまで危険を冒《おか》して遠出《とおで》してきた騎士たちが戻って来たのです。かれらは王の許《もと》にやって来ました。

「方々で火が燃え盛《さか》っております。」と、一人がいいました。「都はすっかり炎で攻め立てられ、ペレンノール野は敵軍で埋まっております。しかし敵軍は全員移動して攻撃に転ずるようです。われらに推測できますところでは、外壁には僅《わず》かしか残っておらず、その連中も壊すことに忙しく、よそに注意を払っておりません。」

「殿は野人《やじん》の言葉を憶《おぼ》えておいででしょうか？」と、別の騎士がいいました。「わたくしは平和な時代には開けた高地に住んでおり、名前をウィードファラと申します。この空気はわたくしにも便りをもたらしました。風向きがすでに変わりかけております。かすかなそよ風が南から吹いております。そこにはほのかながら海の匂《にお》いが感じられます。この夜明けは新しい事態をもたらしましょう。殿が外壁を通過される頃、煙の上空では夜明けが訪れていましょう。」

「ウィードファラよ、もしそなたの言葉がまことであれば、この日より先そなたが幸多き日々に恵まれて生きんことを！」と、セーオデンがいいました。かれは近くにいる王家直属の部下の方に向き直り、澄んだはっきりした声で話しましたので、第一軍団の騎士たちの多くにもその声は聞こえました。

「マークの騎士よ、エオルの家の子よ！　今ぞ時は来た。敵と火がそなたたちの前方にあり、故郷は遥か後方にある。しかし、たとえ異郷の野に戦おうとも、そなたたちがその地で獲得した誉《ほま》れはとことわにそなたたち自身のものとなろうぞ。おんみらは数々の誓言《せいごん》を立てた。今こそそれらを悉《ことごと》く果たせ、主君と国と盟邦《めいほう》のために！」

兵士たちは盾《たて》に槍《やり》を打ちつけました。

「わが子、エーオメルよ！　そなたは第一軍団《エーオレド》を率いて行け。」と、セーオデンはいいました。「そなたの部隊は中央の王旗の背後を進んでくれ。エルフヘルムよ、そなたはわれらが外壁を通過する際、その部隊を右方に導いてくれ。してグリムボルドは左の方にその部隊を導くように。残る部隊は先頭のこの三つの部隊に機を見て続くように。敵が集まっているところならどこでも攻撃せよ。今は他の計画は立てられぬ。ペレンノール野では事態がいかようになっているのか、まだわからぬからじゃ。暗闇を恐れず、今こそ進め！」

先頭部隊はできるだけ速やかに立ち去って行きました。ウィードファラがいかなる変化を予感したにしろ、あたりはまだとっぷりと暗かったからです。メリーはデルンヘルムの後ろに乗っていたのですが、左手でしっかりしがみつきながら、右手で鞘《さや》にはまった剣をはずそうとしました。「メリアドクよ、かかる戦いでそなたは何をしようというのか?」という老王の言葉の真実さを、今こそかれは痛いほど感じました。「これだけです。」かれは心に思いました。「一人の騎士のお荷物になって、鞍《くら》から落っこちないよう、駆ける馬たちの蹄《ひずめ》にかけられて死んだりしないように願うのが関《せき》の山というところ!」

外壁が立っていたところまでは一リーグもありませんでした。かれらはまもなくそこに行き着きました。メリーにとっては間《ま》がなさすぎるくらいでした。荒々しい叫び声が起こり、武器のふれ合う音が聞こえましたが、それも短い間でした。外壁を壊《こわ》す仕事に忙しく立ち働いていたオークたちは数が少なくあれよあれよと驚くばかりで、たちまち討ち取られるか追い払われてしまいました。ランマスの外壁の北門の廃墟《はいきょ》の前で王はふたたび停止を命じました。第一軍団が王を囲むように王の背後と両側につめて来ました。エルフヘルムの部隊は右手に離れていましたが、デルンヘルムは王のそばにぴったりついて離れませんでした。グリムボルドの部隊は脇にそれ、ぐるっと迂回《うかい》してずっと東の方の壁にできた大きな割れ目の方に向かって行きました。

メリーはデルンヘルムの背後からじっと目を凝《こ》らしました。おそらく十マイルほども離れたずっと向こうに、盛んに火の燃える場所がありました。そしてその火とローハンの騎士たちの間には、火の列が幾筋も炎を上げて燃え、全体が一つの大きな三日月型を作っていました。その一番手近なところまで一リーグに及びません。この暗い戦場ではそれ以上のことはほとんど見分けられませんでした。そして今のところはまだ夜の明ける望みも見えず、向きが変わったのか変わらないのか、そよとの風も感じられませんでした。

さてローハンの騎兵軍は今や忍びやかに前進し、ゴンドールの野にはいりました。まずだいじょうぶとたかをくくっていた堤防の破れ目を通って上げ潮がはいり込んでくるように、徐々にとぎれることなく流れ込んできました。しかし黒の総大将の心も意志も今はまったく陥落《かんらく》寸前の都に傾けられていて、その目論見《もくろみ》に何らかのひびがはいったことを警告する知らせはまだ一つもかれのところにとどいてはいませんでした。

しばらくすると、王はその手兵を率いていくらか東に寄り、包囲用の火と外側の広野の間にはいりました。それでもまだ挑《いど》んでくる敵はありません。そしてセーオデンもまだ何の合図も下しません。ようやくかれはふたたび停止を命じました。都はもうずっと近くなってきました。きな臭《くさ》い匂いが漂《ただよ》い、死の影そのものが感じられます。馬たちは落ち着きをなくしました。しかし王は雪の鬣《たてがみ》に座したまま、身じろぎもせず、ミナス・ティリスの断末魔《だんまつま》の苦しみにじっと目を据《す》えていましたが、そのさまはあたかも激しい心の苦しみか、もしくは恐怖の念に不意に襲われたかのようでした。かれは尻ごみするように見えました。老齢がかれの勇気をひるませたかのようでした。かれは尻ごみするように見えました。老齢がかれの勇気をひるませたかのようでした。メリー自身も恐怖と疑念が自分の上に重く腰を据えてしまっているように感じました。かれの心臓はゆっくりと打っています。時は不確実の中に置かれているように思われました。かれらはおそすぎたのです！　おそすぎるなら来ないほうがましでした！　多分セーオデンは怯気《おじけ》づき、その老いた頭《こうべ》を垂れ、馬首を転じて、こそこそと逃げ出し、山の中に隠れてしまうでしょう。

その時突然メリーはとうとう感じたのです。疑いの余地はありません。変化です。風を顔に受けたのです！　ほのかな光があらわれました。ずっとずっと南の方では雲が巻き上がり、漂いつつ遠い灰色の形となっていくのがかすかに見られたでしょう。その雲の先には朝があるのです。

しかしこれと時を同じくして閃光《せんこう》がひらめきました。あたかも都の下の大地から稲妻が走ったかのように。焦《こ》げるかと思われる一瞬、それは遠くまで黒白《こくびゃく》の目の眩《くら》む光芒《こうぼう》を放ち、その尖端《せんたん》がきらめく針に見えました。そしてそのあと暗闇がふたたび閉じる時、一大轟音《ごうおん》が野を渡って轟《とど》きわたりました。

この響きに王の屈《かが》んだ背は不意に真っ直に伸びました。かれはふたたび丈高く堂々と見えました。そして鐙《あぶみ》に足を置いたまま、かれは立ち上がって、声高く呼ばわりました。その声は居合わせただれもがかつて命限りある人間の口からは聞いたことがないほどはっきりと澄んだ声でした。

立てよ、立て、セーオデンの騎士らよ！
捨身《しゃしん》の勇猛《ゆうもう》が眼《め》ざめた、火と殺戮《さつりく》ぞ！
槍《やり》を振《ふる》え、盾《たて》をくだけよ、
剣《つるぎ》の日ぞ、赤き血の日ぞ、日の上る前ぞ！
いざ進め、いざ進め、ゴンドールへ乗り進め！

こう叫ぶと同時に王は旗手のグスラーフの手から大角笛《つのぶえ》をひっつかみ、これが粉々に飛び散るほど朗々と吹き鳴らしました。すると直ちに全軍の角笛が悉《ことごと》く嚠《りゅう》

喨《りょう》と高らかに吹き鳴らされました。この時のこのローハンの角笛《つのぶえ》の響きは平地では嵐のよう、山間部では雷のように轟《とどろ》きわたりました。

いざ進め、いざ進め、ゴンドールへ乗り進め！

いきなり王は雪の鬣《たてがみ》に向かって呼びかけました。馬は身を躍らせて走り去りました。王の背後には、緑野に白馬の駆ける王旗が風にひるがえっていましたが、王はたちまち旗手を引離《ひきはな》して駆け去りました。王を追って王家直属の騎士たちが蹄《ひずめ》の音を轟かせて続きましたが、王は終始変わらずかれらの先頭に立ちました。エーオメルはその疾駆《しっく》する速さに兜《かぶと》につけた白い馬の尻尾《しっぽ》をなびかせながら馬を駆けさせました。第一軍団《エーオレド》の先頭に立つ者たちはまるで大波が岸辺に泡立って砕《くだ》けるように轟く音をたてて前進しましたが、だれもセーオデンに追い着くことはできませんでした。王は死を目前にした者のように異常に高ぶって見えました。でなければかれの先祖たちの激しい戦いの情熱が新しい火のようにかれの血管をへめぐったのです。雪の鬣に運ばれて行くその姿は古《いにしえ》の神の一人とも、この世界がまだ若かった頃のヴァラールの合戦における偉大な狩人《かりうど》オロメとさえも見えるのでした。黄金の盾《たて》の被《おお》いが取られました。すると見よ！　盾は太陽の化身《けしん》さながら燦然《さんぜん》と輝き、乗馬の白い足の駆けるところ、草は緑にもえ立ちました。夜明けが来たのです。夜明けと風が海から訪れたのです。暗闇は取り除かれ、モルドールの軍勢は泣きわめきました。恐怖がかれらをとらえ、かれらは逃げまどって絶命しました。そしてその上を憤怒《ふんぬ》に駆られた蹄が踏みにじっていきました。やがて全ローハン軍は突然歌を歌い出しました。かれらは殺しながら歌いました。戦いの歓《よろこ》びがかれらを襲ったからで、美しくも恐ろしいその歌声は城市にさえも聞こえました。（訳註　オロメはクウェンヤ。シンダリンでアラウのこと。アラウは太古中つ国に来た、世界の守護神ヴァラールの一人である大狩人で、第一章のなかばにアラウの野牛という語が出てくる。）

六　ペレンノール野の合戦

しかしゴンドールの襲撃を指揮していたのは、オークの首領や山賊の輩《やから》ではありませんでした。暗闇はあまりに早く、かれの主人が定めた時より前に中断されようとしていました。今のところは運命がかれにそむき、世界がかれに敵対していました。勝利はかれがそれを摑《つか》もうと手を差し伸ばしたちょうどその時、その握った手から滑り落ちてしまったのです。しかしかれの手は長く、力は遠くまで及びました。かれは依然として指揮官であり、すぐれた力をいろいろ行使することができました。王にして指輪の幽鬼《ゆうき》そしてナズグールの首領であるかれにはさまざまな武器がありました。かれは城門から立ち去って姿を消しました。

マークの王セーオデンは城門から大河に通じている道路に出ました。そこでかれは馬首を都に向けました。都まではもう一マイル足らずしかありません。かれは速度をやや落とし、新たな敵を探しました。かれの騎士たちもまわりにやって来ました。デルンヘルムもその中に加わっていました。前方の城壁に近いところでは、エルフヘルムの部下が攻城用装置の間で敵を切り倒したり、討ち取ったり、火の穴の中に追い立てたりしていました。ペレンノール野の優に北半分近くはローハン軍によって席巻《せっけん》され、野営のテントが焔《ほのお》を上げて燃え、オークたちが狩人《かりうど》の前の獣群のように大河に向けて逃げて行きました。そしてロヒルリムはここかしこと意のままにかけ回りました。しかしかれらはまだ城の囲みを打ち破るまでにはいたっていませんでしたし、城門に達してもいませんでした。城門の前にはたくさんの敵がいました。そしてペレンノール野のあと半分には、まだ戦っていない別の敵たちがいました。道路の向こうの南の方にはハラドリムの主力部隊がおり、そこにはかれらの騎馬武者たちが、指揮官の旗じるしを囲んで集まっていました。指揮官はずっとあたりを眺めわたしていましたが、しだいに明るくなる光の中に王旗を認めました。王旗は合戦場のずっと前方に出ており、その周りには僅《わず》かな人しかいません。そこでかれは真っ赤な激しい怒りに満たされて、大声でどなると、緋《ひ》色の地に黒の蛇を置いた旗じるしを掲げ、ひしめき合う部下たちを率い、かの白馬と緑野の王旗に向かってやって来ました。そしてかれらが抜き放つ南方人の三日月刀は星々のきらめくように光りました。

その時セーオデンもかれに気づき、その攻撃を待たずに、雪の鬣《たてがみ》に一声呼びかけると、かれを迎え撃《う》つべく猛然と突進して行きました。両者の出会ったその激突ぶりはすさまじいものでした。しかし北の国の人間の白い怒りのほうがいっそう激しく燃え、また長い槍《やり》を扱う騎士としての力量《りきりょう》も北軍のほうがすぐれていましたし、また仮借《かしゃく》のないものでした。北の国の人間は数こそ少なけれ、南方人の間を切り開いて進むさまは森を走る稲妻とも見えました。つめかけた敵軍をかき分けて、センゲルの息子セーオデンは進みました。そしてかれが敵の首領を打ち倒した時、かれの槍はこっぱ微塵《みじん》に砕けました。さっと剣を抜き放って、かれは敵の旗じるし目がけて馬を走らせ、旗竿《はたざお》もろとも旗手を一刀両断《いっとうりょうだん》に討ち取りました。黒い蛇は地にまみれました。敵の騎馬部隊の中で討たれずにいる者は一人残らず背を向けてちりぢりに逃げ去りました。

ところが何たることか！　王が得意の絶頂にあるこの時に、突然その黄金の盾《たて》の光が鈍《にぶ》ったのです。明け初《そ》めたばかりの朝は空から汚点をつけられました。暗闇が王の周りに垂れこめました。馬たちは後ろ足で立って悲鳴をあげました。鞍《くら》から投げ出された人間たちは地面にはいつくばりました。

「予の許《もと》に！　予の許に！」セーオデンは叫びました。「起《た》て、エオルの家の子らよ！　闇を恐れるな！」しかし雪の鬣は恐怖のあまり動転《どうてん》して後ろ足で高く立つと、空《くう》を打ち、それから恐ろしい悲鳴を発して、脇腹を下にどうと倒れました。一本の黒い矢が馬を貫いたのです。王は馬の体の下になって落ちました。

大きな影が落下する雲のように降りてきました。そして、見よ！　これは翼を持った生きものでした。鳥だとすれば、どんな鳥よりも大きな鳥で、裸でした。翼にも尻尾にも体にも羽根が生えていません。そして途方もなく大きな翼は角質の指の間の皮だけでできた水かきのようでした。それにこれはいやな臭《にお》いがしました。多分旧世界の生きものなのでしょう。月光のもと、この世のどこか忘れられた冷たい山々の中にでもほそぼそと生き延びてきたのがいて、もうとっくにその時代は終わったのに、生きていて、ぞっとするような高みの巣で、時期をはずれたこの最後の雛《ひな》を生んだのでしょうが、これに悪に適した素質があったのです。これを冥王が捕《とら》え、おぞましい肉で育てましたので、遂《つい》には空飛ぶどんな生きものもしのぐほど大きくなってしまいました。冥王はこれを乗りものとして召使に与えました。下へ下へとこのものは降りてきました。それから指の間に水かきのように皮を張った翼を畳《たた》むと、しゃがれた叫び声を発し、雪の鬣《たてがみ》のむくろの上に止まって、鉤爪《かぎづめ》をめり込ませ、長い裸の頸《くび》を曲げました。

この怪獣の上に人間の姿をした者が乗っていましたが、これは黒いマントを着ていて、非常に大柄で、不気味でした。この者は鋼《はがね》の王冠を載《の》せていましたが、冠のふちと長衣の間には何一つ見えるものはなく、ただ死のように恐ろしい光を湛《たた》えた目があるだけでした。これぞナズグールの首領でした。かれは暗闇が消え失せる前に、乗物の怪獣を呼び出して、ふたたび空に戻り、ここにやって来たのです、破滅をもたらして、望みを絶望に変え、勝利を死に変えるために。大きな真っ黒の矛《ほこ》をかれは使いました。

しかしセーオデンはまったく見捨てられてはいませんでした。王家直属の騎士たちは殺されてかれの周りに横たわるか、そうでない者は乗っている馬が狂気に支配されて、ずっと遠くまで運ばれていってしまいました。しかし一人だけまだここに立っている者がいました。年若いデルンヘルムでした。かれの忠誠心は恐怖心をも凌《しの》ぎました。かれは泣いていました。なぜならこの殿を父として愛していたからです。突撃の間もずっとメリーは傷一つ負わずに、かれの後ろに乗せられて来ましたが、とうとうここに影がおりました。そしてこの時、風の子《ウィンドフォラ》は恐怖に駆られて二人を放り出し、もう狂ったように広野を駆けめぐっていました。メリーは目の眩《くら》んだ獣のように腹這って、あまりの恐ろしさに目が見えず、気分が悪くなりました。

「王の従者よ！　王の従者よ！」かれの心は叫びました。「お前は王のそばに留《とど》まらなければいけない。『父ともお慕《した》い申しあげます』と、お前はいったではないか。」しかしかれの意志はこれに対して何とも答えず、体がぶるぶる震えていました。かれには目を開ける勇気も顔を上げる勇気もありませんでした。

その時、かれはおのが心の闇の中で、デルンヘルムが何かいうのを聞いたように思いました。しかし今はその声が聞き慣れないものにひびき、かれの知っているだれかほかの人の声を思い出させました。

「立ち去れ、けがらわしい化けもの《ドウィンメルレイク》め、腐肉漁《ふにくあさ》りの頭《かしら》よ！　死者に手をふれるな！」

冷たい声が答えました。「ナズグールとその餌食《えじき》の間に邪魔《じゃま》立てするな！　さもなくば、きさまの番になってもきさまを殺さぬぞ。殺さずに真っ暗闇のかなたにある嘆きの家に運んで行くぞ。そこできさまの肉は喰《く》い尽くされ、縮みあがった心の臓だけが瞼《まぶた》なき御目の前にむき出しに置かれるのだ。」

剣を抜く音が響きました。「やりたいようにやれ。だがわたしは邪魔をするぞ。できることならな。」

「おれの邪魔《じゃま》をするだと？　愚《おろ》か者め。生き身の人間の男にはおれの邪魔立てはできぬわ！」

その時メリーはおよそこれほど場違いなものはないと思われるものを耳にしました。デルンヘルムが声をたてて笑ったように思われたのです。その澄んだ声は鋼《はがね》が鳴り響くようでした。「しかしわたしは生き身の人間の男ではない！　お前が向い合っているのは女だ。わたしはエーオウィン、エーオムンドの娘だ。お前こそわたしの主君にして血縁である者とわたしの間に立って邪魔をしている。――不死でないというのなら、立ち去れ！　もしお前がわが殿に手をふれれば、生き身であれ、幽暗《ゆうあん》にただよう者であれ、わたしはお前にこの太刀《たち》をくらわすぞ。」

翼を持った生きものは女に向かって甲高《かんだか》い叫び声をあげました。しかし指輪の幽《ゆう》鬼《き》は、あたかも不意に疑念を懐《いだ》いたかのように、何も答えず、黙していました。当座の驚きがメリーの恐怖心を克服しました。目を開くと、真っ暗闇が目から取り除けられました。かれから何歩か隔たったところに、大きな獣がうずくまっていました。そしてその周りは何もかも暗く見えました。そしてその上には、ナズグールの首領が絶望の影のように気味悪くぼうっと浮き上がって見えました。この両者と向き合って少し左手の方に、かれがデルンヘルムと呼んでいた婦人が立っていました。

しかしかの女の秘密を守っていた兜《かぶと》は落ち、その輝く髪が、束縛《そくばく》から解《と》き放たれて、薄い金色にきらめいて両肩にこぼれ落ちていました。海のような灰色を帯びた目はきびしく容赦《ようしゃ》がありませんでしたが、その頰《ほお》には涙が流れていました。片手には剣を握り、もう一方の手には盾《たて》を持ち上げて恐ろしい敵の凝視《ぎょうし》に対していました。

これはエーオウィンでした。そしてデルンヘルムでもありました。なぜならメリーの心にはやしろ岡を出立《しゅったつ》する時に見た顔の記憶がはっと思い出されたからです。望みを持たず、死を求めに行く者の顔でした。同情の念がかれの心を満たしました。それと同時に強い驚嘆《きょうたん》の思いも。そして不意にかれの種族特有の燃え立つのに時間のかかる勇気が目覚めました。かれは手を握りしめました。この女《ひと》は死んではいけない。こんなに美しく、こんなに身を捨てて！　少なくとも助けを知らずにただ一人死んではいけない。

敵の顔はかれの方には向けられていませんでしたが、かれには体を動かす勇気がほとんどありませんでした。死の凝視が自分に注がれるのを恐れたのです。少しずつ少しずつかれは脇の方へはい進みました。しかし黒の総大将は疑念を抱きながら、眼前の女にその敵意のありったけを傾けていて、メリーのことなどは泥の中の虫っけらほどにも気に留《と》めませんでした。

突然巨大な怪獣は見るも恐ろしい翼をばたつかせました。いやな臭《にお》いの風が起こりました。ふたたびそれは空に飛び立つと、今度は速やかにエーオウィンめがけて舞いおり、甲高《かんだか》い叫び声をあげながら、その嘴《くちばし》と鉤爪《かぎづめ》で打ってかかりました。

それでも姫はたじろぎませんでした。ロヒルリムの乙女《おとめ》、王家の子の、細づくりながら鋼《はがね》の刃《やいば》のように、美しいが、凄絶《せいぜつ》なことよ。すばやい一撃を姫は加えました。熟練した致命的な一撃でした。怪獣の伸ばした頸《くび》を真っ二つに切り落としました。切られた首は石のように転げ落ちました。かの女が後ろに跳びずさるや、この巨大な姿をしたものは音たてて崩れ落ち、途方もなく大きな翼を広げたままくずおれました。そしてそれと同時に影も消え去りました。姫の周りには光が射し、その日射しを受けてかの女の髪が輝きました。

怪獣の残骸《ざんがい》から、黒の乗手が身を起こしました。背が高く、脅かすように、かの女を見下ろして立ちはだかりました。耳朶《じだ》を毒液のように刺す憎しみの声を一声《ひとこえ》あげて、かれは矛《ほこ》を振りおろしました。かの女の盾《たて》はこっぱ微塵《みじん》に砕け、腕は折れました。姫はよろめいて膝《ひざ》をつきました。黒の乗手は雲のようにかの女の上に屈《かが》みこみました。その目がきらっと光り、かれは止《とど》めを刺そうと矛を振り上げました。

しかし突然かれも激しい苦痛の叫びをあげて前によろめきました。そして振りお

ろした矛《ほこ》はそれて、地面に打ち込まれました。メリーの剣が背後からかれを刺したのです。黒いマントを切り、鎖かたびらの下まで貫いて、その強い膝《ひざ》の背後の筋肉を刺し通しました。

「エーオウィン姫！　エーオウィン姫！」と、メリーは叫びました。その時、ふらつく体をようやくに起こし、最後の力を振りしぼって姫は、今しも大きな両の肩がわが前にかしいでくるところを、王冠とマントの間にぐっとその剣を突っ込みました。剣は火花を散らせてたくさんの破片に砕けました。王冠は音をたてて転がり去りました。エーオウィンは倒れた敵の上に重なるようにくずおれました。ところが、こはいかに！　マントも鎖かたびらも裳抜《もぬ》けのからです。どちらも切り裂けくしゃくしゃになって、形もなさず地面に横たわっていました。そして一声叫び声があがって、大気を震わせたと思うと、それもしだいに力を失って甲高《かんだか》く泣き叫ぶ声となり、風とともに消え去りました。体のないか細い声が、徐々にかすかになって吸い込まれ、この世界のこの時代にはもう二度と聞かれることはありませんでした。

そしてここにホビットのメリアドクは、斃《たお》れた者たちの真ん中に突っ立って、日中のふくろうのように目をぱちくりさせていました。それも涙がかれの目を曇らせたからで、かすむ靄《もや》を通して、かれはエーオウィンの美しい頭《こうべ》を眺めました。かの女は横たわったまま身動きしません。それからかれは栄光のさ中に倒れた王の顔を眺めました。というのは、雪の鬣《たてがみ》は自分の断末魔《だんまつま》の苦しみからふたたび転がって王から離れてしまったからです。とはいえ、かれの主人に破滅をもたらしたのはかれでした。

それからメリーは屈《かが》んで王の手を取り、それにキスしようとしました。するとどうでしょう！　セーオデンは目を開いたのです。王の目は澄んでいました。そして苦しい息の下から静かな声で口を利《き》きました。

「元気でな、ホルビュトラ君よ！」と、かれはいいました。「予の体は砕けてしまった。予は先祖たちのところに行く。かれら偉大な父祖たちと一緒でも、予はもうわが身を恥じることはない。予は黒い蛇を打ち倒した。陰惨《いんさん》な夜明け、そしてうれしい昼じゃ。やがて金色《こんじき》の夕暮れが訪れよう！」

メリーは口を利くことができず、またもや涙を流して泣きました。「お許しください、殿よ。」やっとかれはいいました。「殿のおいいつけを破りながら、殿へのご奉公になしたことといえば、お別れに際してただ泣くほかない仕儀《しぎ》で。」

老王は微笑を浮かべました。「嘆くでない！　許しているぞ。偉大なる勇気は拒《こば》まれることはないのじゃよ。これからは幸せに暮らすがよい。そしてそなたがパイプをふかしながら心安らかに坐る時には、予のことを偲《しの》んでくれ！　なぜならもう予は二度とそなたとともにメドゥセルドに坐ることはなかろうから、予が約束したようにな。またそなたの本草学を聞くこともかなわぬ。」かれは目を閉じました。メリーはその傍《かたわ》らに頭《こうべ》を垂れていました。ほどなく王はふたたび口を利《き》きました。「エーオメルはどこじゃ？　もう目がかすんできた。この世を去る前にあれに会っておきたい。予のあとを継いであれが王にならねばならぬ。それからエーオウィンに伝言したい。あれは、あれは予があれを置いて行くのを肯《がえ》んじなかった。もうあの子には二度と会えぬのじゃ。実の姫よりいとしう思うていたが。」

「殿、殿、」メリーはとぎれとぎれにいいました。「姫は――」しかしちょうどその時、非常に騒がしい叫び声や物音が聞こえてきました。そして周りじゅういたるところで角笛《つのぶえ》や喇叭《らっぱ》が吹き鳴らされました。メリーはあたりを見回しました。かれは戦いのことも忘れ、世の中一切のことを忘れてしまっていました。王が馬を進め、そして倒れてからもう何時間もたったように思われます。ところが実際はほんの僅《わず》かな時間しかたっていないのでした。しかし今やかれは自分たちがまもなく交えられるであろう大合戦の渦中に巻き込まれる恐れがあることに気がつきました。

敵の新手《あらて》が大河からの道路を急進して来るところでした。それに外壁の下からはモルグルの大軍団がやって来ました。そして南の広野からはハラドの歩兵部隊が騎兵を先行させて来ました。かれらの背後には攻城櫓《こうじょうやぐら》をのせたムーマキルの巨大な背が盛り上がって見えました。しかし北の方ではエーオメルによってふたたび集結統合されたロヒルリムの最前線に、かれの白い兜《かぶと》の前立てが部隊を率いていました。そして城の中からは都に残る全軍勢が出て来ました。ドル・アムロスの銀色の白鳥がその先頭に立ち、城門から敵を追い払いました。

一瞬メリーの心をよぎった思いは、「ガンダルフはどこだろう？　ここにいないのだろうか？　あの人だったら、王とエーオウィンを助けられたのではないだろうか？」ということでした。しかしそのあとすぐエーオメルが馬を疾駆させてきました。かれと一緒に生き残りの王家の騎士たちがやって来ました。かれらは今はもう自分たちの馬を制御《せいぎょ》することができたのです。かれらはその場に横たわっている猛々《たけだけ》しいけものの死体を驚嘆して眺めました。かれらの馬は近く進もうとはしません。しかしエーオメルは鞍《くら》から跳び降りました。王の傍らに来て、黙って立った時、悲しみと落胆がかれを襲いました。

その時、騎士の一人が、死んで横たわっている旗手のグスラーフの手から王旗を取り、それを高く掲げました。ゆっくりとセーオデンが目を開きました。旗を見て、かれはそれをエーオメルに渡すようにと目で知らせました。

「万歳！　マークの王よ！」と、王はいいました。「今ぞ勝利に向かって駆けよ！エーオウィンにさようならをいってくれ！」こうしてかれは息を引き取りました。エーオウィンがかれのそばに横たわっていることを知らぬままに。居合わせた者はみな啜《すす》り泣いて叫びました。「セーオデン王！　セーオデン王！」と。

しかしエーオメルはかれらにいいました。

あまりに深く悲しみに耽《ふけ》るな、斃《たお》れたのは猛《たけ》き人だった。
その最期《さいご》はかれにふさわしかった。かれの塚が築かれる時、
女たちに泣いてもらおう。今は戦いが呼んでいるではないか！

とはいえ、かれ自身こういいながら泣いていました。「セーオデン王の騎士たちはここに留《とど》まっていてもらおう。」と、かれはいいました。「そして王の亡骸《なきがら》をこの戦場から礼をこめて運び出してくれ。合戦場となって踏みにじられてはならぬから！　さらにここに横たわっている王の従者たち全員の亡骸も同じこと。」こうい

ってかれは討ち死にした者たちに目を注ぎ、一人一人名前を確かめていきました。そしてその時、ゆくりなくも横たわっているおのが妹のエーオウィンを見たのです。かれには姫がわかりました。かれは一瞬あたかも叫び声をあげた中途で心臓を矢で射抜かれた人のように突っ立っていました。それからその顔は死人のような白さに変わりました。そしてかれの心に冷たい激しい怒りが湧き上がってきました。そのためにしばらくの間はどのような言葉もかれの口からは出ないほどでした。ものに取り憑《つ》かれたかのように異常に興奮した状態がかれをとらえました。

「エーオウィン、エーオウィン！」ようやくかれは声を発して叫びました。「エーオウィン、どうやってここに来たのだ？　何という狂気の沙汰《さた》だ、それとも悪魔のしわざか？　死だ、死だ、死だ！　死がわれら全員を奪うのだ！」

それからかれはみんなの意見も聞かず、あるいは城中の人たちが近づいて来るのも待たず、馬に拍車をかけると、ローハンの大軍勢の先頭にまっしぐらに駆け戻り、角笛《つのぶえ》を吹き鳴らして、大音声《だいおんじょう》で進撃を命じました。

「死だ！　進め、進め、破滅に向かって、この世の終わりに向かって！」

そしてその呼びかけとともにローハン軍は動き始めました。しかしロヒルリムはもう歌いませんでした。「死だ！」かれらは異口同音《いくどうおん》に大きなすさまじい声で叫びました。そしてまるで大きな津波のようにしだいに速さを増し、かれらの戦いの場はかれらの死せる王の周りをかすめ通って去り、蹄《ひずめ》の音を轟《とどろ》かせて南の方に駆け去って行きました。

そしてホビットのメリアドクは涙に曇る目をしばたたかせてまだそこに立っていました。だれ一人かれに話しかける人はいません。第一だれもかれの存在に気を留めてないようでした。かれは涙を払いのけて、体を屈《かが》め、エーオウィンからもらった緑の盾《たて》を拾い上げると、それを背にかけました。それからかれは自分が手から落とした剣を探しました。というのはかれがかの者を刺した時、かれの腕は痺《しび》れてしまったのです。今もかれには左手だけしか使えませんでした。ところが何と！　そこにかれの武器が落ちていたのですが、刀身はまるで火の中に突っ込まれた枯れ枝のように煙を上げているのです。そしてかれが見ている間にも、それはねじれ縮《ちぢ》まって、遂《つい》に燃え尽きてしまいました。

こうして西方国の作、塚山出土の剣は消滅しました。しかし遥かな昔ドゥーネダインがまだ若く、かれらの敵の中の第一の者が恐るべきアングマールの王国と魔術師たるその王であった当時、北方王国でこの剣を時間をかけて作り上げた人がこの剣の運命を知れば、さぞ喜んだことでしょう。他の刃《やいば》であれば、たとえもっと力ある手によって揮《ふる》われたにしろ、これほど耐えがたい傷手《いたで》をかの敵に負わすこともなかったでしょう。不死身の肉を切り裂き、その見えざる筋肉をかれの意志通りに編み合わせていた呪文《じゅもん》を破ったのですから。

人々はそこで王の体を持ち上げ、槍《やり》の柄《え》をわたした上にマントをいくつか置いて、応急の担架《たんか》を作り、王を都の方に運び去りました。それから別の者たちはそっとエーオウィンを持ち上げると、王の後を追ってかの女を運んで行きました。しかし王家に直属する者たちの亡骸《なきがら》はまだ運んで行くことができませんでした。王の騎士の七人までがここで討ち死にしたのです。そして隊長のデーオルウィネもその一人でした。そこで一同はかれらをかれらの敵とかのいまわしい獣とから引き離し、その周りに槍を並べました。そして後になってすべてが終わった時、人々はここに戻って来て火を燃やして、この獣の体を焼きました。しかし雪の鬣《たてがみ》のためには塚が築かれ、ゴンドールとマークの言葉で次のように彫られた石が立てられました。

忠実なる僕《しもべ》なりしが、主君の滅びのもととなりし軽足の仔なる、いと速き雪の鬣《たてがみ》ここに眠る。

雪の鬣の塚にはその後長く青々と緑の草が生い茂りましたが、かの獣の焼かれた地面はいつまでも黒い不毛地でした。

さてメリーは担架《たんか》を運ぶ者たちの傍《かたわ》らを悲しみに沈んでのろのろと歩いて行きました。戦いのことはもはや心にはありませんでした。かれは疲れ果て、痛苦はその極《きわみ》に達し、手足はまるで寒気でもするようにがくがく震えました。海から運ばれた大雨が降っていました。すべてのものがセーオデンとエーオウィンのために涙を流し、灰色の涙で城内の火をも消してしまうように思えました。やがてメリーの目にゴンドール軍の前衛部隊が近づいて来るのが見えたのは、雨に煙る靄《もや》を通してでした。ドル・アムロスの大公、イムラヒルが近づいて来て、かれらの前で手綱を引き速度を落としました。

「ローハンの方々よ、あなた方は何を運んでおいでなのか？」と、かれは叫びました。

「セーオデン王です。」と、かれらは答えました。「王は亡くなられました。しかしエーオメル王が今は戦いの指揮を取っておいでです。白い前立てを風になびかせておられるあの方です。」

そこで大公は馬から降りて進み出ると、王と、王の勇敢な攻撃に敬意を表して担架の脇に跪《ひざまず》きました。そしてかれは涙を流しました。そして立ち上がると今度はエーオウィンに目を注ぎ、驚嘆していいました。「まさかここにいられるのはご婦人ではないでしょう？　われらの難局に際し、ロヒルリムのご婦人方までが出陣して来られたのですか？」

「とんでもありません！　ただ一人だけです。」と、一同は答えました。「この方はエーオメル様の妹御、エーオウィン姫です。この方が出陣されていたことはこの時まで少しも存じませんでした。そしてわれらはこのことをこよなく残念に思っております。」

それから大公は、姫の顔が血の気を失って冷たくなっているとはいえ、すぐれて美しいのを見て、もっと近くで見ようと身を屈《かが》め、かの女の手にさわりました。「ローハンの方々よ！」と、かれは叫びました。「あなた方の中には医者はおられぬのか？　姫は傷を負っておられる。おそらく死ぬほどの深手であろう。だが、わたしの見るところ姫はまだ生きておられるぞ。」そしてかれは腕に着けているぴかぴかに磨《みが》かれた籠手《こて》を姫の冷たい唇の前に差し出しました。するとどうでしょう！ほとんど見えるか見えないかくらいに僅《わず》かにそれが曇ったのです。

「今は急がれることこそ肝要《かんよう》です。」かれはそういうと、援助を求めに部下の一人を大急ぎで城中に帰しました。しかしかれ自身は死者に深く一礼して、一同に別れを告げ、ふたたび馬上の人となって合戦場に去って行きました。


ところでペレンノール野に繰り広げられる戦闘は今やしだいに激しさを加えてきました。そして武器の打ち合う喧《やかま》しい音は、人間の叫び声、馬の嘶《いなな》きとまじって高まってきました。角笛《つのぶえ》が吹かれ、喇叭《らっぱ》が鳴り響き、戦いにけしかけられるムーマキルたちが吼《ほ》えました。都の南の城壁の下では、ゴンドールの歩兵がまだそこに大勢集まっているモルグルの軍勢を追い払っています。しかし騎兵たちはエーオメルを援護《えんご》すべく東へ進んで行きました。鍵鑰《けんやく》主管長の身の丈高きフーリン、ロッサールナハの領主、緑丘陵のヒルルイン、それに金髪白皙《はくせき》のイムラヒル大公とかれをとりまくその騎士たちでした。

この援軍はロヒルリムにとって早すぎるということはありませんでした。なぜなら運命はエーオメルにさからって、怒りがかえって裏目に出てしまったのです。怒り心頭に発して突き進んでいったかれの攻撃は敵軍の前線を潰滅《かいめつ》せしめ、大きな楔《くさび》型の隊形を作って進む部下の騎士たちは南方人の横に並んだ軍勢を完全に二分して通り過ぎ、敵の騎兵を敗走せしめ、歩兵を全滅させました。しかしムーマキルのやって来るところではどこでも馬たちが一歩も進もうとせず、後ずさりして道をそれてしまうのでした。それでこの巨大な怪獣たちは戦いを仕掛けられることもなく守りの塔のように立ちはだかっていましたので、ハラド軍はかれらの周囲にふたたび結集しました。そしてロヒルリムが攻撃を始めた時、ハラド軍だけでもその人数において、ロヒルリムの三倍はたちまさっていたのが、やがて状況はロヒルリムにとっていっそう悪くなりました。というのは、今や新手《あらて》の大軍がオスギリアスからペレンノール野へ続々流れ込んで来たからです。ミナス・ティリスの都を奪って荒らし、ゴンドールで略奪を働くべくかれらはオスギリアスの地に集められ、総大将の呼び出しを待っていたのです。総大将はもう滅ぼされました。しかしモルグルの副官ゴスモグがかれらを戦場に投入すべく急ぎ送ってきたのです。まさかりを持つ東夷《とうい》たち、ハンドのヴァリアグたち、緋《ひ》色をまとった南方人たち、そして極南のハラドから白い目と赤い舌を持った半分トロルのような黒い人間たちがいました。ロヒルリムの背後を衝《つ》こうと急いでいるのもあれば、ゴンドール軍の接近を阻《はば》み、かれらがローハン軍と合流するのを妨げようと西へ向かうのもありました。

都の中に新たな叫び声が起こったのはちょうどこのようにして雲行きがゴンドールにとって怪しくなり始め、かれらの望みがゆらいできた時でした。この時は午前中《なか》も半ばごろ、激しい風が吹き、雨雲は北に飛び去り、日が輝いていました。この晴れた空の下で、城壁に立つ見張りが遠くに新たな恐るべき光景を見て、ここに最後の望みも潰《つい》えたのです。アンドゥインはハルロンドの湾曲部から先の流れが、都から見た時、何リーグにもわたって縦に見通せるような形で流れていて、遠目の利《き》く者なら近づいて来る船を見ることもできるくらいでした。そして見張りたちはそちらに目を向けた時、狼狽《ろうばい》して声をあげました。というのは、きらめく水の流れに黒々とその姿を際立《きわだ》たせ、艦隊が風に運ばれてさかのぼって来るのを見たからです。大型の快速船《ドルムンド》に、漕手《こぎて》の多い喫水《きっすい》の大きな船が何隻《なんせき》も、黒い帆を風にはらませていたのです。

「ウンバールの海賊だあ！」と、人々は叫びました。「ウンバールの海賊だぞう！　見ろ！　ウンバールの海賊が来るぞう！　それではベルファラスは取られたのだ。エシルもだ。レベンニンもだめだ。海賊がわれらを襲うぞ！　いよいよ万事休すだ！」

そして城中には一人として指揮する者が見いだされないままに、命令を受けずして鐘のところに走り、警鐘を打ち鳴らす者もあれば、退却を告げる喇叭《らっぱ》を吹き鳴らす者もありました。「城壁まで戻れ！　城壁まで戻れ！」と、かれらは叫びました。「全滅する前に城中に戻れ！」しかしかの船脚を速めている風はこれらの騒ぎをも運び去ってしまいました。

ロヒルリムは実際のところ知らせや警報を受ける必要はなかったのです。かれらはその目でいやというほどはっきりと黒い帆を見ることができました。なぜならエーオメルはこの時にはもうハルロンドから一マイルあるかないかのところにいたからです。そしてうようよとひしめく最初からの敵軍がかれとハルロンドの船着場の間に介在《かいざい》する一方、新手《あらて》の敵が旋風《つむじかぜ》のように背後に迫り、かれを大公から切り離してしまいました。この時かれは大河に目を向けました。そしてかれの心からは望みが消え去り、さっきは祝福した風を今は呪《のろ》うのでした。しかしモルドールの軍勢は勇気づけられ、新たな欲望と怒りに満たされて喚声をあげながら攻撃に移って来ました。

こうなるとエーオメルの覚悟のほどは定まり、精神はふたたび明晰《めいせき》になりました。かれは角笛《つのぶえ》を吹かせて、ここまで来られる者をすべてわが旗の下に集結させようとしました。それというのも、ここを最後と大きな盾《たて》ぶすまを築き、一歩も退くことなく、最後の一人まで闘って、歌に残る功《いさおし》をペレンノール野にたてよう、たとえ西の国には一人として生き残る者はなく、マークの最後の王を憶《おぼ》えている者がいなくなるにしても、と考えたからです。そこでかれは緑の小山に馬を駆り、そこに旗じるしを立てました。旗紋の白い馬がさざなみのように風になびきました。

迷妄《めいもう》から出、暗黒から出て、日の上るまで
陽光に歌いながら私は来た、剣を鞘《さや》に納めることなく。
希望の果てるまで胸の裂けるまで、私は馬を進めた。
今は怒りの時、今は滅びの時、赤き夜の来る時。

このような詩句をかれは口ずさみ、口ずさみながら声をあげて笑いました。かれの身内にはふたたび戦意が湧き起こってきたからです。それにかれはまだ擦《かす》り傷一つ負っていませんでした。ましてかれは若く、かれは王でした。あらぶる民の王でした。ところがどうでしょう！　かれは絶望を嘲笑《あざわら》いながらもふたたび黒船を眺めやり、かれらに挑むように剣を振り上げました。

するとその時、驚きがかれの心を奪いました。そして大きな喜びが。かれは日の光の中に剣をほうり上げ、歌いながら落ちてくる剣を受け止めました。みんなの目もかれの視線のあとを辿《たど》りました。すると見よ！　一番先頭の船に大きな旗じるしが現われて、船がハルロンドに船首を向けると風がこれを広げて見せました。そこには白の木が花を咲かせていました。これはゴンドールを表わすものでした。しかし木の周りには七つの星があり、木の上には高い冠がありました。これはエレンディルのしるしで、もう数えられないほどの年月の間これを身に帯びる王侯はいなかったのです。七つの星々は日の光を受けて炎のように輝きました。なぜならこの星々はエルロンドの娘アルウェンの手で宝石を使って作られたからです。そして王冠は朝日に燦《さん》として輝きました。ミスリルと金で作られていましたから。

こうしてアラソルンの息子アラゴルン、イシルドゥルの世継エレッサールは死者の道を通り抜け、海からの風に運ばれてゴンドール王国にやって来たのです。ロヒルリムの喜びはほとばしる笑いとなり、いっせいに打ち振る剣の閃きとなりました。そして城中の喜びと驚きは喇叭《らっぱ》の吹奏となり、打ち鳴らす鐘の響きとなりました。しかしモルドールの軍勢は周章狼狽《しゅうしょうろうばい》してなすところを知りませんでした。味方の船に敵が満載《まんさい》されているとは、いとも不思議な魔術としかかれらの目には映《うつ》らないのでした。そして暗澹《あんたん》たる恐怖に襲われました。運命の潮《しお》の流れはかれらには不利な方向に変わり、命運尽きる時が間近にあることを知ったのです。ドル・アムロスの騎士たちは敵を追い立てて東に馬を駆りました。トロル人間あり、ヴァリアグあり、オークあり、いずれも日の光を忌《い》む者たちです。南に進み出るのはエーオメル。敵軍の人間たちはかれの顔を前にして逃げ出しましたが、かれらは鎚《かなづち》と鉄床《かなとこ》にはさまれたも同然でした。なぜなら今やハルロンドの波止場には船団から続々と人が跳び降り、嵐《あらし》のように北上して来たからです。レゴラスが来ます。斧を揮《ふる》いながらギムリが、旗じるしを掲げ持ってハルバラドが、額に星を置いたエルラダンとエルロヒルが、手強《てごわ》い腕を持つドゥーネダイン、すなわち北方の野伏《のぶせ》たちが、レベンニン、ラメドンそして南の諸封土《ほうど》の剛勇このうえない人々を率いてやって来ます。しかしこれらすべての先頭に立つのは新たな火が点じられたかと見える西方の焔《ほのお》アンドゥーリル、すなわち遠い昔と同じく必殺の剣に鍛《きた》え直されたナルシルを持つアラゴルンでした。そしてかれの額にはエレンディルの星が輝いていました。

こうして遂《つい》にエーオメルとアラゴルンは戦いのさなかに相会うたのでした。二人はそれぞれの剣によりかかって互いに眺め合い喜び合いました。

「かくてわれらはふたたびめぐり会った。モルドールの全軍勢がわれらの間を隔てているとはいえ。」と、アラゴルンはいいました。「角笛城《つのぶえ》でわたしはそういわなかっただろうか？」

「たしかにそういわれた。」と、エーオメルはいいました。「しかし望みはしばしば裏切られるものであり、それにわたしはあなたが予見の力のある方だとは知らなかったのです。とはいえ思い設けぬ助けは二倍もうれしいものですし、友人たちの出会いがこれほどまで喜ばしかったことはかつてなかったでしょう。」そして二人は手と手をしっかり握り合いました。「またこれほど時宜《じぎ》を得たことも。」と、エーオメルはいいました。「わが友よ、あなたの来方は決して早すぎはしません。われらにはすでに多くの損失と悲しみがふりかかったのです。」

「それでは、そのことを聞かせていただく前に、まずその復讐《ふくしゅう》をしようではないか！」と、アラゴルンはいいました。そして二人はともに戦いに戻って行きました。

かれらにはそれからもまだ困難な戦いと、長いつらい仕事がありました。なぜなら南方人たちは大胆にして不屈、そして自暴自棄《じぼうじき》からいっそう荒々しくなっていましたし、東方から来た人間たちは百戦練磨《れんま》の強者《つわもの》たちで敵に助命を乞《こ》うことを肯《がえ》んじませんでしたから。こういうわけでかれらはここでもかしこでも、燃えた農家や納屋のそばで、小山や土塁《どるい》の上で、城壁の下、野の中で、なおも相集《つど》い、兵を集結し、そして戦っているうちに、とうとう日はしだいに傾いていきました。

そして日は遂《つい》にミンドッルインの背後に沈み、赤々と燃える夕焼けで空をすっかりおおいつくしました。ために丘陵も山々も血のような赤さで染められました。大河は火のように赤く照り映《は》え、ペレンノール野は黄昏《たそがれ》に赤く広がっていました。そしてこの時刻にはゴンドールの野の大合戦は終わっていました。そしてランマスの区域内には一人として生きている敵は残っていませんでした。逃げて死んだ者、大河の赤く泡立つ水中に溺《おぼ》れ死んだ者を除いて一人残らず討ち取られました。モルグルなり、モルドールなり、東の方まで辿《たど》り着いた者はほとんどなく、ハラドリムの地にはある噂《うわさ》話だけが伝わってきました。ゴンドールの怒りと恐ろしさの風聞でした。

アラゴルンとエーオメルとイムラヒルは都の城門に向かって馬を進めて行きました。三人とも今は喜びも悲しみも感じられぬほど疲れきっていました。三人はかすり傷一つ負っていませんでした。それだけ運も強かったのでしょうし、武器を取らせては技と力がすぐれてもいたのです。実際激しい怒りに燃えているかれらを待ちかまえてその顔をうち眺める勇気のある者はほとんどいませんでした。しかし他には大勢の者が傷を受け、あるいは不具にされ、あるいは戦場に斃《たお》れたのでした。フォルロングは馬を取られてただ一人戦っている時、まさかりで切られました。そしてモルソンドのドゥイリンとその弟はムーマキルを攻めようとして、踏みつぶされて死んだのです。この怪獣の目を射抜こうと、弓組の先頭に立ってそばに近づいたからでした。金髪白皙《はくせき》のヒルルインも遂にピンナス・ゲリンに戻ることなく、グリムボルドもグリムスラーデに、手強《てごわ》い腕を持つ野伏《のぶせ》、ハルバラドも北の国に戻ることがありませんでした。少なからぬ者が斃れました。高名も無名も、将も兵もいました。というのも、これはその全貌《ぜんぼう》が遂にどの話にも語り尽くされないほどの一大合戦だったからです。そこでずっと後になってローハンの詩人がその詩、「ムンドブルグの塚山」でこう歌いました。

　われらは聞いた、山々に角笛《つのぶえ》の鳴り響くのを、
　南の国に剣のひらめきさやぐのを。
軍馬は勇んで行った、ストーニングランドへ

暁の風のように。戦いの火蓋《ひぶた》は切られた。
戦場でセーオデンは斃《たお》れた、猛《たけ》きセンゲルの子息は、
北方の野の黄金の館《やかた》に、緑なす牧地に、
大軍を統《す》べる王は、ついに帰らなかった。
ハルディングとグスラーフ、ドゥーンヘレとデーオルウィネ、
剛勇グリムボルド、ヘレファラとヘルブランド、
ホルンとファストレド、この者たちはみな
遠い異郷に戦って倒れた。
大地の下なるムンドブルグの塚山にかれらは眠る、
盟友であったゴンドールの諸侯とともに。
金髪のヒルルインは、海辺のかの山国になく、
老フォルロングは、花咲くかの谷間なる、
おのが故国アルナハに凱旋《がいせん》することなく、
丈高き弓勢《ゆんぜい》デルフィンとドゥイリンとは、
そが故郷《ふるさと》の暗い水の、山陰にあるモルソンド湖に戻らなかった。
日の明けと日の暮れとに、死は

王侯と兵らとを選びなく奪った。
今かれらはとこしえに眠る、大河のほとり
ゴンドールの草葉の陰に。
大河は今、涙のようにほの白く、時に銀色にきらめくが、
かの時は赤くうねり、おめき咆《たけ》った。
血に染まった水泡が夕陽に燃えさかった。
夕暮れの山々は、烽火台《のろし》のように燃えた。
ランマス・エホールの露は赤く滴《したた》ったのだ。

七　デネソールの火葬

　城門にいた暗い影が退《しりぞ》いても、ガンダルフはまだ身じろぎもせず馬にまたがっていました。しかしピピンはまるで大きなおもしが取り除かれたように立ち上がり、立ったまま角笛《つのぶえ》に耳を傾けました。角笛の響きを聞くとかれの心は喜びではち切れるのではないかと思われました。後年かれは遠くで角笛が吹き鳴らされるのを聞くたびに目に涙が溢《あふ》れ出てくるのを禁じ得なかったものです。しかし今は用向きのことが突然思いだされ、かれは急いで走り出て行きました。折しもガンダルフはふっと不動の姿勢を解《と》いて、飛蔭《とびかげ》に声をかけ、大門を出て行こうとしていました。

「ガンダルフ、ガンダルフ！」ピピンは叫びました。飛蔭は足を止めました。

「お前さん、ここで何をしてるんじゃ？」と、ガンダルフはいいました。「城中では、黒と銀の制服を着用している者は、主君の許しがない限り、城塞内に留《とど》まっていなければならないというきまりではなかったか？」

「許しはいただいたのです。」と、ピピンはいいました。「殿はわたしにお暇《いとま》をくださいました。でもわたしはこわい。あそこで何か恐ろしいことが起こりそうなんです。殿は正気を失われたのではないかと思われます。殿はご自害なさるのではないか、そしてファラミル殿をも道連れにされるのではないかと心配なのです。なんとかしていただけないでしょうか？」

ガンダルフはぱっくりと口を開けた門のかなたを眺めやりました。かれの耳には、広野に繰り広げられる合戦のしだいに強まる喧噪《けんそう》がもう聞こえてきました。かれは手を握りしめました。「わしは行かねばならぬ。黒の乗手がうろうろしとる。そのうちあいつはわしらに破滅をもたらすぞ。暇がない。」

「それでもファラミル殿は！」と、ピピンは叫びました。「あの方は死んではおられません。なのにあの方を生きたまま焼こうというんです。だれかが止めなければ。」

「生きたまま焼くと？」ガンダルフはいいました。「どういうことだ？　さっさと話せ！」

「デネソール侯は廟所《びょうしょ》に行かれました。」と、ピピンはいいました。「ファラミル殿を連れて行かれました。侯は、どうせみんな焼かれるのだが、自分は待たないといわれるのです。火葬の薪《まき》を積み上げ、そこで侯を焼くことになっています。それからファラミル殿もです。殿は薪と油を取りにやらされました。ぼくはベレゴンドに話しときましたけど、かれは自分の持ち場を離れるような真似はしないんじゃないでしょうか。かれは当番なんです。それにどっちみちかれに何ができるというのでしょう?」こうしてピピンは何もかも一息にしゃべってしまうと、震える手を伸ばしてガンダルフの膝《ひざ》にさわりました。「ファラミル殿をお助けできないでしょうか?」

「多分できるじゃろう。」と、ガンダルフはいいました。「じゃがもしそうすれば、今度は他の者が死ぬことになろう。ままよ、行かずばなるまい、ほかにどんな助けの手もかれの許《もと》にとどかぬからにはな。じゃがここから災いと悲しみが生ずることじゃろう。かの敵はわしらの拠点《きょてん》の中心においてさえ、わしらをうちくだく力を持っておるわ。すなわち今働いておるのはかれの意志じゃからな。」

かれは心を決めてしまうと、迅速《じんそく》に行動しました。ピピンをつかみ上げて自分の前に乗せ、飛蔭《とびかげ》に一言《ひとこと》言葉をかけて馬首を転じました。ミナス・ティリスの登り坂をかれらは蹄《ひずめ》の音をたてて馬を走らせました。その背後では戦いの物音が高まっていました。いたるところで人々は絶望と恐怖から立ち上がり、武器を取って、互いに叫びかわしていました。「ローハンがやって来たぞ！」と。指揮官たちは大声をあげ、歩兵部隊が続々集結していました。もうすでに城門の方に進軍していった部隊もたくさんいます。

ガンダルフとピピンはイムラヒル大公に出会いました。大公はかれらに呼びかけていいました。「ミスランディル殿、これからどこへ行かれるのです？　ロヒルリムがゴンドールの野で戦っているのです！　われらも持てる限りの兵力を結集せねばなりません。」

「一人残らず集めてもまだいりますぞ。」と、ガンダルフはいいました。「急ぐ上にもお急ぎあれ。わしも行ける時がきたら行きます。じゃが今はデネソール侯に火急の用がありますのじゃ。執政殿ご不在の間は、代わって指揮を取られよ！」

二人はそのまま進んでいきました。坂を登ってだんだん城塞に近づくにつれ、二人は風が顔に当たるのを感じました。そして遥か遠くに朝の微光をとらえました。南の空にしだいに明るさが増してきたのです。しかしこの光もかれらにはほとんど望みらしいものをもたらしはしませんでした。二人ともどんな凶事が前途に横たわっているかを知らず、ただ手おくれにならないかと、それればかりを恐れていました。

「暗闇は去っていく。」と、ガンダルフはいいました。「じゃが、この都にはまだ重くのしかかっている。」

城塞の門には衛士《えじ》の姿は見あたりませんでした。「ではベレゴンドは行ってくれたのだな。」ピピンは少しばかり望みを取り直していいました。かれらは向きを転じて門を去り、開《あ》かずの入口に通じる道を急ぎました。開かずの入口の扉は開け放たれており、門番はその前に横たわっていました。かれは殺されて鍵が奪われていました。

「かの敵の仕業《しわざ》じゃ！」と、ガンダルフがいいました。「このような行為をかやつは好むのじゃ。味方と味方が戦い、人心が混乱して忠誠心が惑《まど》うのをな。」ここでかれは馬から降り、飛蔭《とびかげ》に自分の厩舎《きゅうしゃ》に戻るようにいいつけました。「いいかわが友よ、」と、かれはいいました。「お前とわしはとっくに戦場を駆けてなきゃならんはずなのに、ほかのことでおくれるぞ。でもわしが呼んだらすぐに来てくれ！」

二人は開かずの入口を過ぎ、急なくねくね道を下りて行きました。明るさはしだいに増してきました。道の脇の高い柱や彫像が灰色の幽霊《ゆうれい》のようにゆっくりと過ぎ去りました。

突然それまでの静けさが破られ、二人は下の方に叫び声と剣の打ち合う音を聞きました。この都が建造されて以来この神聖な場所で聞かれたためしのない物音でした。やっと二人はラス・ディーネンに着いて、執政家の廟《びょう》に急ぎました。それは薄明かりにおぼろに照らされて大きな円屋根の下にぼうっとそそり立っていました。「止《と》まれ！　止まれ！」ガンダルフはそう叫びながら入口前の石段に跳び出して行きました。「この狂気の沙汰《さた》を止《や》めよ！」

なぜならそこには剣と炬火《たいまつ》を手にしたデネソールの侍僕《じぼく》たちがいたからです。しかし石段の最上段の玄関口には、黒と銀の近衛《このえ》の制服を着《つ》けたベレゴンドがただ一人立っていました。かれは侍僕たちを通さぬよう入口を守っていました。侍僕のうち二人はすでにかれの剣に斃《たお》れ、聖所をその血で汚していました。あとの者たちはかれを罵《ののし》って、無法者と呼び、主君への裏切り者と呼びました。

ガンダルフとピピンが走り出て行ったちょうどその時、死者の家からデネソールの声が叫ぶのが聞こえました。「急げ、急げ！　予の申しつけたとおりにいたせ！　その裏切り者めを成敗《せいばい》せよ！　それとも予が自《みずか》ら手を下さねばならぬのか？」そのあとすぐに、ベレゴンドが左手でしっかりと閉めていた扉がぐいっと開けられ、かれの背後に都の大侯がすっくと高くすさまじく突っ立っていました。その目には炎のように光が燃え、手に抜身の剣をひっさげて。

しかしガンダルフが跳ぶように石段を駆け上がりました。男たちは後ずさって目をおおいました。なぜならかれは暗い場所に白い光がはいってくるようにやって来て、おまけにかんかんに怒っていたからです。かれは片手を挙げました。するとその振り上げた動作だけで、デネソールの剣は舞い上がって握りしめたその手を離れ、かれの背後の建物の中の薄闇に落ちました。そしてデネソールは度胆《どぎも》を抜かれた人のようにガンダルフの前から後ずさりました。

「殿、これは何事です？」と、魔法使はいいました。「死せる人の家は生きている者の場所ではありませぬぞ。それに戦いなら城門の前にいやというほどある時に、なぜこの聖所で人々は斬《き》り合いをしますのじゃ？ それともわしらの敵がすでにラス・ディーネンにさえやって来たのですかな？」

「いつからゴンドールの大侯にあんたに一々説明する責任が生じたのか？」と、デネソールはいいました。「それとも予が予自身の召使に命令できないというのか？」

「それはできましょう。」と、ガンダルフはいいました。「しかし他の者は殿のご意向に異議を唱えることができますぞ。ご意向が狂気や悪に転じた場合は。ご子息ファラミル殿はいずれにおられるのか？」

「中で寝ておる。」と、デネソールはいいました。「燃えておる、もう燃えておる。

やつらはあれの身内《しんない》に火をつけおった。だがまもなくすべてが燃えるわ。西方世界は衰微《すいび》した。すべては劫尽《ごうじん》の大火となって燃え上がり、一切が終わるのだ。灰だ！　灰と煙となって風に運び去られるわ！」

その時ガンダルフは大侯をとらえている狂気を見て、かれがすでに何か悪《あ》しきことを仕でかしたのではないかと恐れて、押しきって前に進み、ベレゴンドとピピンもその後に従いました。一方デネソールも引き返して中の台座の脇に立ちました。三人はそこでファラミルが今も熱にうかされたまま、台座の上に横たわっているのを見つけました。薪《まき》は台の下に組まれ、台の周りにもうず高く積み上げられて、すっかり油がしみていました。ファラミルの着衣や布団さえ油にぬれていました。しかしまだ薪に火はつけられていません。そこでガンダルフは、その灰色のマントの下にかれの魔力ある光が隠されているのと同じように、身内にひそんでいる強さを顕《あら》わしました。かれは薪の山の上に跳びのると、病気の人を軽々と抱き上げふたたび跳び降りて、入口の方にかれを運んで行きました。しかしその間、ファラミルは呻《うめ》き声をあげて、夢うつつに父親を呼びました。

デネソールは催眠《さいみん》状態から覚めた人のようにぎくっとして、その目から炎が消え去りました。そしてかれはさめざめと泣きながらいいました。「予から息子を取って行かないでくれ！　あの子は予を呼んでいる。」

「呼んでおられる。」と、ガンダルフはいいました。「じゃが、殿はまだご子息のところにおいでになることはできぬ。なぜなら生きるか死ぬかの瀬戸際《せとぎわ》にあってご子息が求められねばならぬのは治療の道じゃから。その道は見いだせぬかもしれぬが。一方殿のお役目はご自分の都の戦いに出て行かれることじゃ。そこではおそらく死が殿を待っておりましょう。このことは殿も心の奥底にご存じのはず。」

「あの子は二度と目を覚ましはしない。」と、デネソールはいいました。「戦いは空《むな》しいもの。なぜわれらはもっと生きようと思わなければいけないのか？　なぜ枕を並べて死んではいけないのか？」

「ゴンドールの執政殿よ、自《みずか》らの死の時を定める権限は殿に与えられておりませんぞ。」と、ガンダルフは答えました。「ただ異教の王たちのみが、暗黒の力の支配下にあってこのようなことをしましたのじゃ。自尊心と絶望から自らを殺害し、おのが死を容易にするために縁者たちを殺したのです。」それからかれは入口を通り抜けて、死の家からファラミルを連れ出すと、かれが運ばれてきた担架の上に横たえました。この担架は今は玄関に置かれてあったのです。デネソールはかれの後について来たのですが、震えながら立ったまま、切《せつ》なる思いをこめて息子の顔をうち眺めました。そしてみんながおし黙って身動きもせず、激しい心の痛みに苦しむ大侯を見守っているうちに、かれはふらふらとよろめきました。

「さあ！」と、ガンダルフがいいました。「わしらは必要とされている。殿にはまだおできになることがたくさんありますぞ。」

すると不意にデネソールは笑い出しました。かれはふたたび丈高く誇り高くすっくと立っていました。そして急いで台座の場所に引き下がると、さっきまでかれの頭がのっていた枕をそこから取り上げました。それからまた入口まで来ると枕のカバーを引っ張ってはずしました。すると、これは！　かれが両手にかかえているのはパランティールではありませんか。そしてかれがこれ見よがしにそれを示すと、珠《たま》を眺める者の目には、珠が中からの炎で赤々と輝き出し、ために大侯の肉の落ちた顔がまるで赤い火に照らされているように見えました。そしてその顔はまるで堅い石を刻んで彫り出したように黒い影を帯びてくっきりと、気品に溢《あふ》れ、誇り高く、すさまじく見えました。両眼がぎらりと光りました。

「自尊心と絶望か！」かれは叫びました。「あんたは白の塔の目が見えないと思っていたか？　めっそうな。予はあんたの知れる以上のことを見てきたとも。灰色の愚《おろ》か者《もの》よ。所詮《しょせん》あんたの望みは無知にほかならぬ。では行って治療に努めい！　戦いに出て行け！　むだなことよ。あんたは戦場の僅《わず》かな場所で、ほんの一日の勝利を得るかもしれん。だが、今や勃興《ぼっこう》してきた強大なかの力に対する勝利は、ありはせぬぞ。この都にはまだその手の第一指が伸ばされたにすぎん。今や東方は全土をあげて動いている。そして今でさえ、あんたの希望の風はあんたを欺《あざむ》き、黒い帆の大艦隊をアンドゥインにさかのぼらしめておるわ。西方世界は衰微した。奴隷になるをいさぎよしとせぬ者すべてにとって去るべき時がきたのだ。」

「そうした考えこそ正《まさ》しくかの敵の勝利を確実にするものですぞ。」と、ガンダルフがいいました。

「それでは望みを抱き続けい！」デネソールは嘲笑《あざわら》いました。「ミスランディルよ、予はあんたを知らぬというか？　あんたの望みは予の代わりに統治することよ。北でも南でも西でも、王位という王位の背後に立つことよ。あんたの心もその術策もとっくに読めとるわ。ここにいるこの小さい人は沈黙を守るようにあんたに命ぜられておったことを、知らんでか？　あんたがこの者をここに連れて来たのは、予の私室に間者《かんじゃ》を置くためだということを？　にもかかわらず、予はともに話を交わした時、あんたの旅の仲間全員の名前も目的も読みとったぞ。そうだろうが！　あんたは左手では予をしばらくの間、モルドールへの盾《たて》代わりに使い、右手では予にとって代わるべき北の国のその野伏《のぶせ》とやらを連れて来おった。

「だが、ミスランディルのガンダルフよ、あんたにいっておくぞ。予はあんたの道具にはならぬと！　予はアナーリオン朝《ちょう》の執政だ。予は身を低くして、成り上がり者の老いぼれた家令になどならぬぞ。たとえかれの主張する権利が立証されたとしても、かれはやはりイシルドゥルの家系からのみ出ている。予はそのような者に頭は下げぬ。統治権と王位の尊厳をとっくに失ったおんぼろ家系の最後の末裔《まつえい》にはな。」

「では殿はどうありたいと思われるのか？」と、ガンダルフがいいました。「もし殿の望みどおりに事が運ぶのであれば。」

「予は万事が生涯を通じてそうであったように、また予以前の代々の父祖たちの時代にそうであったようにありたいのだ。」と、デネソールは答えました。「すなわち無事平穏にこの都の大侯であること、そして予の亡き後は息子にわが座を譲《ゆず》ることだ。その息子は自分自身の主人であって、魔法使の弟子ではない。だが運命がこれを拒《こば》めば、その時は何もいらぬ、低められた生活も、半減した愛も、引き下げられた名誉も。」

「己《おの》が手に委託されている職務を忠実に譲り渡す執政がその受くべき愛や名誉を減

ぜられることがあろうとは思われませんな。」と、ガンダルフはいいました。「それからせめて殿は死がまだ不確実の間はご子息からその選択を奪ってはなりませぬ。」

この言葉を聞くとデネソールの目はふたたびめらめらと燃え立ちました。そして珠《たま》を小脇にかかえると、短剣を引き抜き、担架の方に大股に歩み寄りました。しかしベレゴンドが跳び出して、ファラミルの前に身を置きました。

「そうか！」デネソールは叫びました。「あんたはすでに予の息子の愛を半分盗みおった。今度は予の騎士たちの心をも盗みおって、あげくは騎士たちが予から息子をまるまる取り上げてしまうのか。だが少なくともこのことにかけてあんたに容喙《ようかい》はさせぬぞ、予自身の最後を定めることだけは――」

「こっちへ来い！」かれは侍僕《じぼく》たちに叫びました。「さあ来い、お前たちの全部が全部卑怯《ひきょう》者でなければな！」そこで侍僕のうち二人が石段を駆け登ってかれのところに行きました。その一人の手からすばやく炬火《たいまつ》をひったくると、かれは建物の中に躍《おど》り入りました。ガンダルフが止める間もあらず、かれは薪《まき》の中に燃え木を突っ込みました。するとたちまち薪はパチパチとはぜ、ごうごうと炎を上げて燃え上がりました。

それからデネソールは台座の上に跳びのると火と煙に包まれてその上に立ち、足

許《もと》に置いてあった執政職の杖を取り上げて、膝《ひざ》で二つに折りました。折れた杖を炎の中に投げ入れ、かれは一礼して、台の上に横たわると、両手でパランティールをしっかりとかかえこんで胸の上に置きました。いい伝えによると、この後ずっと、もしこの石を覗《のぞ》き込む者があれば、その人がこれをほかの用途に転ずるだけの強力な意志の持ち主でない限り、見えるものはただ炎の中にしなびていく二本の年老いた手だけだということでした。

ガンダルフは痛ましさと恐ろしさに顔をそむけ、扉を閉めました。しばらくの間、かれは黙然《もくねん》として物思いに耽《ふけ》り、入口の敷居際《ぎわ》に立っていました。その間外にいる者たちの耳には中で燃える火の貪欲《どんよく》なまでにごうごうとなっている音が聞こえてきました。そしてその時です。デネソールは一声大きな叫び声をあげました。そしてそれから後はもう何もいわず、また生ある人間の目には二度とふれることはありませんでした。

「エクセリオンの息子、デネソールもかくて逝《い》ったか。」と、ガンダルフはいいました。それからかれはベレゴンドと胆《きも》をつぶして突っ立っている大侯の侍僕《じぼく》たちの方を向いていいました。「してまたあんたたちが今まで知っていたゴンドールの世もかくて逝《ゆ》いたのじゃ。善きにしろ悪《あ》しきにしろ終わったのじゃ。ここではいまわしいことが行なわれた。じゃがあんたたちの間にわだかまる敵意はもうすっかり捨ててくれ。なぜならこれはわしらの敵がもくろんだことで、かれの意志が働いておるのじゃから。あんたたちは自分で編んだのではない相容《い》れざる義務の網《あみ》にひっかかったのじゃ。しかし、そなたたち、盲目的な服従しか知らぬ大侯の侍僕たちよ、考えてみるがいい。ベレゴンドの反逆がなければ、白の塔の大将ファラミル殿もまた今は焼かれてしまったであろうぞ。

「この悲惨な場所から、そなたたちの斃《たお》れた仲間を運び去るがいい。そしてわしらはゴンドールの執政ファラミル殿を安らかに眠ることのできる場所に運んで行こう。あるいはもしそれがかれの運命なら安らかに死ぬことのできる場所にな。」

それからガンダルフとベレゴンドは担架を持ち上げ、療病院に向かって運び去りました。そしてその後ろからピピンが首をうなだれて歩いて行きました。しかし大侯の侍僕たちは打たれた人のようにまじまじと死者の家をみつめてつっ立っていました。そしてガンダルフがちょうどラス・ディーネンの終わりに来た時、大きな物音がしました。三人は振り返ってみて、建物の円屋根がメリメリと音をたて、煙が噴き出しているのを見ました。次いでガラガラと勢いよく石が崩れて、屋根は燃えさかる火の中に落ちました。しかし炎《ほのお》はそれでも弱まらず崩れ落ちた廃墟《はいきょ》の中でちらちら炎を上げました。すると侍僕《じぼく》たちは驚き恐れて逃げ出して、ガンダルフの後を追いました。

ようやく一行は「執政の入口」に戻って来ました。ベレゴンドは悲しみの色を浮かべて門番に目を向けました。「これからずっとわたしはこのことを後悔するでしょう。」と、かれはいいました。「しかしわたしがあわてふためいて中へ入れてもらおうとしたところ、かれは聞こうともせず、剣を抜いてわたしに向かって来たのです。」それからかれは殺された男からもぎ取った鍵を取って、入口を閉《し》め、鍵をかけました。「これは今はファラミル卿《きょう》にお渡しすべきなのですが。」と、かれはいいました。

「大侯の不在中は、ドル・アムロスの大公が指揮を取っておられる。」と、ガンダルフがいいました。「しかしここにはおられぬゆえ、これはわしが引き受けねばなるまい。都がふたたび秩序立つまで、この鍵はあんたが大切に持っていてくれるよう、わしからあんたに命令するぞ。」

ここでやっと三人は都の高い環状区の中にはいって行きました。そして朝の光の中を療病院に向かって行きました。療病院というのは重い病気の人たちを看取《みと》るために隔離《かくり》して建てられている一群の立派な建物なのですが、今は戦いで傷ついた者や死にかけている者を看護するために備えられていました。これらの建物は第六環状区の中の南側の城壁の近くにあり、城塞の門からほど遠からぬところに建てられていました。そして建物の周囲には庭園と樹木の植わった緑の芝生がありました。こういう場所は都の中ではここしかありませんでした。ここには都の中に留《とど》まることを許された数人の婦人が住んでいました。この婦人たちは治療法と、療養者の看取りに長《た》けていたからです。

しかしガンダルフとその連れが担架をになって療病院の玄関にやって来たちょうどその時、かれらの耳には城門の前の戦場からあがった大きな叫び声が聞こえてきました。叫びは鋭く高まり、空を貫き、それから風に運ばれてしだいにかすかになって消え去りました。それがあまりにもすさまじかったので、三人はしばらくの間身じろぎもせず立ちつくしていましたが、すっかり消え去ってしまうと、不意にかれらの心は東方から暗闇がやって来て以来経験したことのない望みに元気づけられました。そして三人の目には朝の光がしだいに澄んできて、日の光が雲間を通して急に射し込んできたように思えました。

しかしガンダルフの顔は沈痛で悲しげでした。そしてベレゴンドとピピンにファラミルを療病院に連れてはいるようにいいつけると、自分は近くの城壁に登って行きました。そしてそこでかれはまるで白い石に彫った彫像のように新しい日の光の中に立って眺めわたしました。かれは身にそなわった視力で、すでに生じたことをすべて見たのでした。そしてエーオメルが最前線から駆けつけて、野に横たわる者たちの傍《かたわ》らに立った時、かれは吐息《といき》をもらし、ふたたびマントを羽織って城壁から立ち去りました。そしてベレゴンドとピピンが療病院から出て来ると、玄関の前にガンダルフが物思いに耽《ふけ》って立っていました。

二人はガンダルフに目を向けましたが、かれはしばらくの間黙っていました。ようやくかれは口を開いていいました。「わが友人たちよ、またこの都および西方地域のすべての民よ！　さまざまの大いなる悲しみと功《いさおし》が生ずるにいたった。嘆けばよいのか、喜べばよいのか？　望んでもいなかったほど思いがけず、わしらの敵の総大将は滅ぼされた。そして今あなた方はかれの最後の絶望のこだまを聞いた。じゃがかれの滅亡は悲しみと痛ましい損失を伴った。そしてこれは、デネソール侯の乱心がなければ、わしに防げたことじゃったかもしれぬ。かの敵の手はかくも長く伸びるようになったのじゃ！　やんぬるかな！　じゃが今こそわしにはどうやってかれの意志がこの都の他ならぬ中心部そのものにはいり得たかが理解できる。

「代々の執政たちはこれを自分たちだけの知る秘密と考えていたようじゃが、わしは久しい以前からここの白の塔には七つの見る石のうちの少なくとも一つが保存されていると睨《にら》んでおった。デネソール侯もその英明さを失っておられない頃であれば、これを使って、サウロンに挑もうとはされなかったであろう。自《みずか》らの力の限界を知っておられたからじゃ。が英明なる侯の分別は失われた。そして侯の統治する国土の危機が増大するにつれ、侯はこの珠《たま》を覗《のぞ》きそして惑《まど》わされた。ボロミル殿が世を去られて以後は、その使用も度を越して繁《しげ》くなったのではなかろうか。侯は暗黒の力の意のままにされるには偉大すぎたが、それでもかれが見たものはこの力が見るのを許したものだけに止《とど》まった。この珠から侯が得た知識はもちろんしばしば侯の役に立ったにちがいない。しかし侯に誇示されたモルドールの大いなる力を垣《かい》間《ま》見ることによって侯の心には絶望がつちかわれ、この絶望は遂《つい》に侯の精神を破壊するにいたったのじゃ。」

「今こそぼくはあの時はあんなに奇妙に見えたことがのみこめましたよ！」ピピンはそういいながらも思い出して身震いするのでした。「大侯はファラミル殿が休んでいられる部屋を留守にされました。そしてぼくが殿は変わられた、年をとってがっくりと弱られたと思ったのは戻って来られた時がはじめてでした。」

「われらの中でも多数の者が最上階の部屋に不思議な光を見たのは、ファラミル様が白の塔に運ばれておいでになったちょうどその時でした。」と、ベレゴンドがいいました。「しかしわれらは前にもその光を見たことがありました。そして都ではもう久しい以前から、殿は時折かの敵と思念の中で戦われるのだという噂《うわさ》が囁《ささや》かれていました。」

「いたましやな！ それではわしの推測は当たっておった。」と、ガンダルフはいいました。「こうしてサウロンの意志はミナス・ティリスにはいり込んだのじゃ。それでこうしてわしはここで手間どることになってしまった。そしてこれからもまだここに留《とど》まらざるを得んじゃろう。なぜならファラミルだけではなく他にも面倒を見なければならぬ者がすぐにもやって来ようから。」

「ではわしはやって来る者たちを出迎えに降りて行かねばならん。戦場に、わが心に非常な痛手である光景を見たのじゃ。そしていっそう大きな悲しみがこれからもまだ生じるかもしれぬ。ピピンよ、わしと一緒においで！ じゃがベレゴンドよ、かれあんたは城塞に戻り、近衛《このえ》隊の隊長に何が起こったかを話さなくてはならん。かれの任務上、あんたを近衛隊から引き揚げさせかねまいな。しかしかれにはこういってくれ、もしわしから助言させてもらえるなら、あんたを療病院に送るようにとな。つまりあんたの大将殿の護衛兼召使となり、大将殿が目を覚まされる時にはそばにいてあげるのじゃ——目を覚ますことがふたたびありとすればじゃが。というのもあの方はあんたによって火から救われたのじゃからね。さあ行きなさい！　わしはすぐに戻って来るからな。」

こういうとかれは玄関を去って、ピピンとともに都城の下へ道を下って行きました。こうして二人が道を急いでいるちょうどその時、風が灰色の雨を運んできました。そして火という火はことごとく勢いが弱まり、かれらの目の前でたくさんの煙が一筋になって大きく立ち昇りました。

八　療病院

一同が廃墟《はいきょ》となったミナス・ティリスの城門に近づいた時、涙と疲れからメリーの目には霞《かすみ》がかかっていました。かれは一切を取り巻く破壊の跡や修羅《しゅら》の巷《ちまた》にはほとんど注意を払いませんでした。空中には火と煙と悪臭《あくしゅう》がたちこめていました。なぜなら攻城用のたくさんの装置が燃やされたり、火の穴の中に投げこまれたりしたからです。殺された者の多くもまた同じでした。一方南の国の巨大な怪獣たちのたくさんの死骸《しがい》があちこちに転がっていました。半焼けになったのもあれば、投石で砕かれたのもあり、あるいはモルソンドの勇敢な射手たちによって目を射抜かれたのもあります。驟雨《しゅうう》はしばらく前からやんでおり、上空には日の光がきらめいていましたが、下界の都はまだ燻る悪臭にすっかり包まれていました。

はや人々は修羅場の跡を片付けながら、どうにか通れる道をこしらえているところでした。そしてちょうど今城門からも担架《たんか》を持った人たちが出て来ました。かれらはそっとエーオウィンをやわらかい枕の上に横たえました。一方王の亡骸《なきがら》には大きな金色の布をかけ、その周りを炬火《たいまつ》で囲むようにしてつき従いました。その炎は日の光を受けて色が薄れ、風に揺らぎました。

こうしてセーオデンとエーオウィンはゴンドールの都にやって来ました。そしてかれらを見た者はみな冠《かぶ》り物を脱ぎ、頭を下げました。一行は焼かれた環状区の廃墟と煙の靄《もや》の中を通り抜け、石造りの街路を上《のぼ》り続けました。メリーにとってこの上りは未来永劫《えいごう》に続くかのように、またいまわしい夢の中の無意味な旅のように思われました。何か記憶に捉《とら》えられない不分明な終局に向かって歩き続けていくようでした。

前を動いていた炬火の明かりがゆっくり明滅したかと思うと消え、かれは暗闇を歩いていました。そしてかれは思いました。「これは墓地に通じているトンネルなんだ。そこにぼくたちは永遠に留《とど》まることになるんだ。」しかし突然かれの夢の中にいきいきした声が降ってきました。

「おや、メリーじゃないか！　ありがたい、きみに出会えるなんて！」

かれは顔を上げました。すると目の前にかかった霞がいくらか晴れ上がりました。ピピンがいたのです！　二人は狭い路地で向き合っていました。そして二人のほかには路地に人影がありませんでした。かれは目をこすりました。

「王はどこにおられる？」と、メリーはいいました。「そしてエーオウィン様は？」

それからかれはよろめいて石段に坐りこみ、ふたたび涙を流し始めました。

「みんなはもう城塞にはいって行かれたよ。」と、ピピンがいいました。「きみは歩いたまま眠っちゃって、道をまちがえたにちがいないと思うね。きみがみんなと一緒じゃないもんだから、ガンダルフがぼくを探しに出したんだよ。かわいそうに、メリー！　きみに再会できてどんなにうれしいか！　けどきみはすっかり弱ってるね。ぼくはおしゃべりをしてきみをうるさがらせないよ。でもいってくれないか、きみはどこか痛むの？　それとも負傷したの？」

「いいや。」と、メリーはいいました。「そうだね、いいや、負傷はしてないと思うね。だけどぼく右腕が使えないんだよ、ピピン、あいつを刺してからだ。そしてね、ぼくの剣は木ぎれみたいにすっかり燃えてなくなってしまったんだ。」

ピピンの顔は心配そうでした。「そうだね、きみはできるだけ急いでぼくと一緒に来たほうがいい。」と、かれはいいました。「ぼくがおぶってあげられるといいんだけど。その調子じゃこれ以上歩くのはむりだ。そもそもきみを歩かせちゃいけなかったんだ。でも勘弁《かんべん》してやらなくちゃ。この都には恐ろしいことが次々と起こったもんだからね、メリー、だから哀《あわ》れなホビットが一人くらい戦場からやって来たって、簡単に見落とされちまうんだよ。」

「見落とされるのはいつも不幸とは限らないよ。」と、メリーはいいました。「ぼくはたった今見落とされたところなんだ――あのう、あのう、いや、いや、ぼくには話せない。助けてくれ、ピピン！　また何もかも暗くなってきた。それに腕がとても冷たいんだ。」

「メリー、いいかい、ぼくにもたれて！」と、ピピンはいいました。「さあ、行くんだよ！　一歩一歩ね。遠くないから。」

「きみはぼくを埋葬するつもりかい？」と、メリーがいいました。

「とんでもない！」ピピンはつとめて元気よく聞こえるようにそういいましたが、心は心配と同情で今にもはりさけそうでした。「違うよ、ぼくたちは療病院に行くんだ。」

二人は高い家々と第四環状区の外側の城壁との間を走っている路地から出て、城塞に登っていく本通りに立ち戻りました。一歩一歩かれらは足を運びました。その間もメリーは体をふらつかせながら、うわごとのようにぶつぶつ呟《つぶや》いていました。

「とてもメリーをあそこまで連れては行けない。」と、ピピンは心に思いました。「ぼくを助けてくれる者はいないだろうか？　メリーをここに置いて行くわけにはいかないから。」ちょうどその時後ろから男の子が走って来てかれを驚かせました。その子が走り過ぎようとする時、ピピンはかれがベレゴンドの息子ベルギルであることに気がつきました。

「やあ、ベルギル！」と、かれは呼びました。「どこへ行くのかい？　きみにもう一度会えてうれしいよ。それにまだぴんぴんしてるね！」

「ぼくは療病院で看護をしている人たちの使い走りをしてるんです。」と、ベルギルがいいました。「ゆっくりしてられませんよ。」

「ゆっくりしないでくれ！」と、ピピンはいいました。「だけど療病院に着いたらいってくれないか。ぼくが病気のホビットをかかえてるってね。いいかい、ペリアンだよ、戦場からやって来たんだ。あそこまで歩けそうもないんだよ。もしミスランディルがいたら、このことを聞けば喜ぶよ。」ベルギルはそのまま走って行きました。

「ここで待ってたほうがいいな。」と、ピピンは考えました。そこでかれは石を敷いた道の陽だまりにそっとメリーを坐らせ、自分はその隣りに腰を下ろして、メリーの頭を自分の膝《ひざ》に置きました。かれはメリーの体や手足にそっとさわってみて、その両手をわが手に取りました。かれの右手はさわると氷のような冷たさでした。
まもなくガンダルフ自身が二人を探しにやって来ました。かれはメリーの上に屈《かが》みこんで、その額をやさしくなでました。それから注意深くかれを抱き上げました。「かれは名誉に包まれてこの都に運び込まれるべきじゃったのに。」と、かれはいいました。「かれはわしの信頼に充分に答えてくれた。なぜなら、もしエルロンドがわしの言葉に折れなかったら、お前さんたちは二人とも出かけないことになったろう。そうすればこの日の災いははるかに痛ましいものになったじゃろう。」かれは嘆息しました。「とはいえ、ここにまた一人わしの手に委《ゆだ》ねられた負傷者ができたか。戦局が勝敗の見極《みきわ》めがたい危殆《きたい》に瀕しとる際にのう。」

こうして遂《つい》にファラミルとエーオウィンとメリアドクは、療病院のベッドに横たえられ、ここで手厚い看護を受けました。というのも、この後代の世にはあらゆる伝承の学が古《いにしえ》の豊かさからみれば衰えてしまっていたとはいえ、ゴンドールの医術は今もよく活用されて、傷や痛みや大海の東で限りある命の人間たちがかかりやすいありとあらゆる病の治療に長《ちょう》じていました。ただ老衰だけはいかんともしがたく、これには治癒の方法を見いだしていませんでした。事実かれらの寿命《じゅみょう》は今では他の人間たちとほとんど変わらないくらい短くなっていましたし、かれらの中で矍《かく》鑠《しゃく》として百歳の齢《よわい》を超《こ》す者は幾つかのより純血な家系を除いては、しだいに少なくなっていました。しかし今度という今度はかれらの医術も知識も役には立ちませんでした。なぜなら癒《いや》されることのない病を病む者が大勢いたからです。かれらはこの病を黒の影と呼びました。ナズグールから来たものでしたから。これに襲われた者は絶えず深まる夢の中に徐々に落ちていって、やがて声もたてず、死んだように冷たくなって、そのまま死んでしまうのです。看護人たちの目には、小さい人とローハンの姫君の上にこの病が重苦しくかぶさっているように思えました。朝がしだいに過ぎていく頃はまだ時々口を利《き》いたり、夢うつつでうわごとをいったりしました。看護人たちはかれらが口にすることは何も聞き逃さじと耳を傾けていました。もしかしたらかれらの傷を理解する一助《いちじょ》となることでも聞けるかもしれないと思ったからです。しかしまもなく二人とも暗闇の中に落ち込んでいきました。そして太陽が西に傾く頃は、灰色の影が忍び寄ってしだいにかれらの顔をおおっていきました。一方ファラミルはいっこうにひこうとしない高熱に燃えていました。

ガンダルフは気遣《づか》わしげに三人を次々と見舞い、看護人たちが耳にしたことをすっかり聞かせてもらいました。こうしてその日も暮れていきましたが、都の外では移ろいやすい望みと不思議な便りを伴って、激しい戦いがなおも続けられていました。それでもガンダルフは待ち続け、見守り続けて、戦場に向かいませんでした。そして遂《つい》に赤い夕陽が空をいっぱいに満たし、窓越しの光が病人たちの灰色の顔の上に落ちました。すると枕頭に侍《はべ》っている者たちの目には夕陽の照り返しに病人たちの顔がやわらかな赤味を帯び、まるで健康が戻ってきたように見えるのでした。しかしこれもあだな望みにすぎませんでした。

その時この療病院で働いている婦人たちの中で最年長のヨレスという老女がファラミルの美しい顔を眺めながら涙をこぼしました。ゴンドールの民のすべてがかれを愛していたのです。そして老女はいいました。

「ああ、いたましや！　この方が亡くなられでもしたら。ゴンドールに王がいらっしゃるといいのに、その昔おいでになったように！　古いい伝えに『王の手は癒《いや》しの手』と申しますもの。そして正当な王はこうして知られるそうな。」

そばに立っていたガンダルフはいいました。「ヨレスよ、人々は今のあんたの言葉をいつまでも憶《おぼ》えているかもしれぬ！　なぜといえば、その言葉には望みがあるからな。本当に王がゴンドールに戻ってこられたかも知れんぞ。それともあんたは都にとどいた不思議な知らせを聞かなかったかな？」

「わたしはあれやこれやと忙しすぎて、叫び声もどなり声も一切気にかからなかったんですよ。」と、かの女は答えました。「わたしの願いはただあの殺人鬼どもがこの建物に来ず、病人たちを苦しめないようにということだけです。」

それからガンダルフは急いで出て行きました。赤々と空を焼いていた夕日もはや燃えつき、けむる山々も色褪《あ》せて、忍び寄る灰色の夕暮れがペレンノール野をおおい始めていました。

さてアラゴルンとエーオメルとイムラヒルは夕日の沈んでいく中を、それぞれの将官騎士を従えて、都に近づいて来ました。城門の前まで来ると、アラゴルンはいいました。

「見られよ、日輪が燃えに燃えて沈んでいく！　これは多くのことの終わりと没落、そしてこの世界の潮流の変化のしるしであろう。しかしこの都と王国は幾久《いくひさ》しく執政の手に委《ゆだ》ねられてきた。それゆえ招かれずしてわたしがこの都にはいれば、疑惑と論争の起こる恐れがある。この戦いが戦われている間は、そういうことがあってはならない。われらか、モルドールか、そのいずれに勝ちめがあるかはっきりするまで、わたしは都の中にははいるまい。またいかなる称号も自《みずか》らはとなえない。城外の野にテントを張ってもらい、そこで都の大侯の歓迎を待つことにする。」しかしエーオメルはいいました。「殿はすでに王旗を掲げられ、エレンディル王家の紋章《もんしょう》を顕示《けんじ》された。殿はこれらに疑念を抱く者があっても放っておかれるのですか？」

「いや、」と、アラゴルンはいいました。「だがわたしは時がまだ熟《じゅく》していないと思う。それにわたしはわれらの敵とその召使以外の者と戦う気はない。」

そしてイムラヒル大公がいいました。「デネソール侯の血縁者であるわたくしにこのことで助言をさせていただければ、殿のお言葉は賢明《けんめい》です。デネソール侯は強固な意志を持つ、誇りの高い方ですが、年をとっておられるし、ご子息が倒れられて以来気持ちがおかしくなっておられます。とはいえ、殿をまるで戸口に立つ乞食《こじき》のようにここにお留《とど》めしておくわけにはまいりません。」

「乞食ではありません。」と、アラゴルンはいいました。「野伏《のぶせ》の首領といっていただきたい。大きな都や石の建物には慣れておらぬ野伏です。」そしてかれはかれの旗印を巻くように命じて、額から北方王国の星をはずし、エルロンドの息子たちに預けました。

それからイムラヒル大公とローハンのエーオメルはアラゴルンを残して都の中にはいり、人々の歓呼をくぐって、城塞へ登って行きました。二人は白の塔の広間に来て、執政の姿を探しました。しかし執政の椅子は空で、玉座の壇の前にマークの王セーオデンが立派な寝台に横たえられていました。寝台の周囲には十二本の炬火《たいまつ》が立てられ、ローハン、ゴンドール両国の騎士である十二人の儀仗《ぎじょう》者が立っていました。寝台の掛け布は緑と白でしたが、王の亡骸《なきがら》の上には胸のあたりまで大きな金の布がかけられ、その上には、王愛用の剣が抜身のまま置かれ、足許《もと》には遺愛の盾《たて》が置かれていました。炬火の光が白い髪に照り映《は》え、噴水のしぶきに日の光が当たるようにかすかにきらめきました。しかしかれの顔は美しく若者のようでした。ただその顔に浮かぶ安らぎばかりはとうてい青春の及ぶところではありませんでした。王は眠っているように見えました。

二人はしばし黙して王の傍《かたわ》らに立っていましたが、やがてイムラヒルがいいました。「執政はいずれにおられる？　それからミスランディル殿はいずれか？」

護衛者の一人が答えました。「ゴンドールの執政は療病院におられます。」

一方エーオメルはいいました。「わが妹、エーオウィン姫はどこか？　姫は当然王の傍らに、劣らぬ名誉に包まれて置かれるべきではないか。姫をどこに置いたのだ？」

するとイムラヒルはいいました。「しかしここに運んで来られる間、エーオウィン姫はまだ生きておられましたぞ。ご存じではなかったのか？」

そこでエーオメルの心に思ってもいなかった望みが不意に湧いてきて、それとともに心配と恐れの疼《うず》きが新たに生じ、もう口も利《き》かずに、くるりと背を向けて早々に広間を出て行きました。大公もかれの後を追いました。二人が出て来ると、外はもうとっぷりと暮れて、空にはたくさんの星が出ていました。そこへガンダルフが歩いてやって来ました。かれには灰色のマントを着た連れがいました。四人は療病院の玄関の前でぱったり出会いました。二人はガンダルフに挨拶《あいさつ》をしていいました。「われわれは執政を探しているのです。この療病院におられると聞きましたが？何か傷でも負われたのですか？　それからエーオウィン姫は？　姫はどちらです？」

そこでガンダルフは答えました。「姫はこの中におられる。死んではおられないが、死に隣りあっておいでじゃ。しかし、ファラミル卿《きょう》はあんた方も聞かれたとおり、たちの悪い投げ矢で傷を負うたのじゃ。さよう、ファラミル殿が今は執政でな。というのはデネソール侯はすでに身罷《みまか》り、その墓所は灰燼《かいじん》に帰した。」そして二人はガンダルフが話して聞かせた一部始終を聞いて、悲しみと驚きに胸がいっぱいになりました。

しかしイムラヒルがいいました。「それではせっかくの勝利も喜びを摘《つ》み取られ、悲しみをもて購《あがな》われたのですね。ゴンドールとローハンの双方《そうほう》が一日にしてその君主を奪われたのなら。ロヒルリムはエーオメル殿が統治される。ミナス・ティリスの都はさしあたってどなたに治めてもらえばいいのか？　もうアラゴルン卿《きょう》をお迎えにやったらどうでしょう？」

するとマントを着た人が口を利《き》いていいました。「まいっていますぞ。」玄関脇の灯の光の中に進み出てきた人を見て、二人はそれがアラゴルンであることに気がつきました。鎖かたびらの上にローリエンの灰色のマントをまとい、ガラドリエルの緑の石のほかには何の章《しるし》も身に帯びていませんでした。「わたしはガンダルフに乞《こ》われて来たのです。だが今のところはアルノールのドゥーネダインの長にすぎない。ファラミル殿が目覚めるまで、ドル・アムロスの大公に都を統治していただきたい。だが、わたしの意見をいわせていただければ、今日からあと、われらの敵を相手として事を処するにあたっては、ガンダルフにわれら一同を指揮してもらうのがいいと思うのだが。」一同はこれに賛成しました。

そこでガンダルフがいいました。「いつまでも玄関におることはない。事は急を要する。さあ中にはいろう！　というのも、この中に横たわっている病人たちに何らかの望みが残されておるとすれば、アラゴルンが来てくれることだけなのじゃから。ゴンドールのもの知りヨレスがこう申したのじゃ。『王の手は癒《いや》しの手、そして正当な王はこうして知られる』とね。」

そこでまずアラゴルンが中にはいり、三人がその後に続きました。入口のところに城塞の制服を着た二人の衛士《えじ》がいました。一人は背が高く、もう一人は少年の背丈とほとんど変わらないくらいでした。この衛士が四人を見ると、驚きと喜びのあまり大声をあげました。「馳夫《はせお》さんだ！　なんてすばらしい！　ねえ、ぼくは黒船に乗ってるのはあなたじゃないかなあと思ったんですよ。でもみんなは『海賊だ、海賊だ』とどなってばかりいて、ぼくのいうことをちっとも聞こうとしないのです。あれはどういうふうになさったのですか？」

アラゴルンは声をたてて笑うと、ホビットの手を取りました。「本当によく会えたね！」と、かれはいいました。「だが、旅人のほら話をしている暇はまだないんだよ。」

もっともイムラヒルがエーオメルにいいました。「あれがわれらの王に話しかけるやり方ですかな？　もっとも王冠を戴《いただ》かれる時にはあんな名前ではありますまいが！」

これを耳にしたアラゴルンは振り返っていいました。「そのとおり、古代の高貴な言葉でいえは、わたしの名は、エレッサールすなわちエルフの石であり、またエンヴィンヤタールすなわち中興王といいます。」そしてかれは胸許《むなもと》から緑の石を持ち上げました。「しかしもしわが家系が創立されたなら、その王家の名称は馳夫としよう。これも上のエルフ語でいえば、響きはそう悪くはない。わたしもわたしの直系の世継たちもみなテルコンタールを名乗ろう。」

この言葉とともに一同は建物の中にはいって行きました。病人たちが看取られている部屋部屋の方に行く途中、ガンダルフはエーオウィンとメリアドクの功《いさおし》を語って聞かせました。「それというのはじゃ、」と、かれはいいました。「長いこと二人のそばに立っておると、はじめのうちは二人とも夢うつつにいろいろうわごとをいいおる。二人が死のような暗闇に沈んでいく前じゃ。またわしには遠く離れたものを見る力が与えられているのでな。」

アラゴルンはまずファラミルのところに行きました。次にエーオウィン姫、そして最後にメリーの許《もと》に行きました。かれは病人たちの顔に目を当てて、それからその傷を見ると、溜息《ためいき》をついていいました。「ここでわたしは持てる限りの力と技《わざ》を出しきらなければならない。エルロンド殿がいてくだされればなあ。あの方はわれらの家系全体の最長老だし、ずっとすぐれた力を持っておいでなのだから。」

　エーオメルはかれが悲しんでいるだけではなく疲れているのを見ていいました。「確かに殿はまずお休みにならなければいけません。それからせめて少しでも召しあがったらどうでしょう？」

　しかしアラゴルンは答えていいました。「いやいや、この三人、中でもファラミル殿の場合はもうすぐに時間が尽きようとしている。急ぐ上にも急ぐことが肝要です。」

　そこでかれはヨレスに声をかけていいました。「この療病院には薬草の貯えがあるだろうか？」

「ございます。」と、かの女は答えました。「でも、わたくしの見ますところでは、必要な者全部にいきわたるほど充分ではございません。でもどこへ行けばもっと見つかるのかわたくしには見当がつきませんで。なにしろこの節のような恐ろしい時代にはあちこちで火事騒ぎばかり、走り使いの子供たちもごく僅《わず》かしかおらず、道も全部ふさがれているというわけで、諸事手づまりでございますからねえ。やれやれ、もう数えきれないくらいの日数がたちました、ロッサールナハからここの市場に運び人がやって来ましてから！　でもここではあるものだけで最善を尽くしておりますですよ、殿にはきっとわかっていただけると存じますが。」

「それは見た上で判断するとしよう。」と、アラゴルンはいいました。「足りないものはもう一つある。しゃべるための時間だよ。アセラスはあるかね？」

「存じませんです。はい。」と、かの女は答えました。「ともかくその名前では存じませんでございます。本草家のところでたずねてまいりましょう。古い名前は全部知っている方でございますから。」

「またの名は『王の葉』と呼ばれているのだが。」と、アラゴルンはいいました。「この名前ならあんたも多分知っているんじゃないかね。当今では田舎の人たちがそう呼んでいるから。」

「あら、それでございますか！」と、ヨレスはいいました。「まあまあ、殿がはじめにその名前をおっしゃってくだされば、申しあげられましたのに。いいえ、全然ないんでございます、はい。なにしろ、あれに何かたいした薬効があるなんてことは聞いたことございませんでしたからねえ。それどころかわたくしはよく妹たちにいったものでございますよ、森なんかであれの生えている場所に行きあったりしますとね。『王の葉だって』と、わたくしは申しました。『妙な名だねえ。何でそう呼ばれるのだろう。わたしが王様だったら、もっとすてきな花を庭に植えただろうよ。』でもあの葉っぱはつぶすとかぐわしうございましょ？　かぐわしいというのが適当な言葉だとしましても、元気づくというほうがもっと近いかもしれませんです。」

「たしかに元気づく匂《にお》いだ。」と、アラゴルンはいいました。「それでは、ご婦人、ファラミル卿《きょう》のことをいとしまれるお心なら、舌に劣らぬくらい速く走って行って、わたしに『王の葉』を取って来てくだされ。この都に一葉《ひとは》でもあればだが。」

「もしなければ、」と、ガンダルフがいいました。「わしがヨレスを後ろにのせてロッサールナハに行こう。そして森に案内してもらうのじゃ、妹たちの許《もと》じゃないぞ。そして飛蔭《とびかげ》に急ぎの意味を教えてもらうのじゃな。」

ヨレスが行ってしまうと、アラゴルンは他の女たちに湯をわかすように命じました。それから片手にファラミルの手を握り、片手を病人の額に置きました。額は汗でぬれていました。しかしファラミルは身動き一つせず、何の反応も示しません。

息さえしているようには見えませんでした。

「消耗しきっています。」アラゴルンはガンダルフの方を向いていいました。「しかしこれは傷からきたのではない。そら！　傷は癒《なお》りかけていますよ。あなたがお考えになったように、ナズグールの投げ矢か何かに刺されたのなら、その晩に死んでしまったでしょう。この傷は南方人の矢が与えたものではないかとわたしは思う。だれが矢を抜いたのだろうか？　その矢はとってあるだろうか？」

「わたしが抜いたのです。」と、イムラヒルがいいました。「そして止血《しけつ》をしました。だが、その矢は取っておきませんでした。いろいろすることがありましたから。わたしの記憶では南方人たちが普通使うような矢でした。それでもわたしはそれが頭上のかの影から来たものと考えたのです。でなければかれの熱も病状も理解できませんからね。傷は深くもないし、命取りでもありませんでした。それでは殿はこれをどう解《と》かれますか？」

「疲労と、父上の不興に対する悲しみ、それに傷、それから何よりも黒の息が原因です。」と、アラゴルンはいいました。「ファラミル殿は忠誠の心篤《あつ》い意志の人だ。なぜといえば、外壁での戦いに出陣される前に、すでにかの影の下に近づかれたことがあったのだから。ファラミル殿がその前哨《ぜんしょう》地点を守ろうと悪戦苦闘しておられたその時でさえ、暗闇は気づかぬ間に徐々にかれを侵食《しんしょく》していたにちがいない。もっと早くわたしがここに来られればよかったのだが！」

そこへ本草家がはいって来ました。「殿は俗間で申します『王の葉』をお求めだとうかがいましたが、」と、かれはいいました。「高尚《こうしょう》な言葉で申せば『アセラス』、あるいはヴァリノール語を幾分《いくぶん》なりと知っている者たちにとりましては……」

「求めているぞ。」と、アラゴルンはいいました。「それを今あんたが『アセア・アラニオン』といおうと『王の葉』といおうとわたしはかまわぬ。それがありさえすればな。」

「失礼でございますが、殿、」と、男はいいました。「殿は戦《いくさ》にすぐれた武将であれるのみでなく、伝承の学にも通じたお方とお見受けいたします。ところが遺憾千万！　この療病院にはこの品の貯《たくわ》えがないのでございます。ここは重傷や重病の方々だけを看護いたすところでございますので。と申しますのも、あれにはわたくしどもの存じおる薬効は一つもないためでして。あるとしますればいやな匂いのする空気を清めましたり、一時的なけだるさを追い払うようなことかもしれません。もちろん殿が、ヨレスばあさんのような女たちが意味も知らずに相変わらず繰り返しております昔々の歌の文句に、注意をなさるのでしたら別でございますが。

黒い吐息《といき》が吐《は》かれたら、
死神が陰を広げたら、
光がすっかり消えたなら、
アセラス、おいで！　王の葉、ここに！
絶える息の緒、蘇《よみがえ》らせよ、
王様の手に渡されて。

まあこれも、ばあさんたちの記憶の中でへたに変えられた替歌《かえうた》づれでございましょうが。意味は殿のご判断におまかせいたします。意味がございませばの話で。しかし年寄りどもはいまでもこの葉を煎《せん》じて頭痛に使っております。」
「それなら王のみ名において、さっさと出かけて、学はなくとも知恵のある老人が家にとってあるのを探しに行け！」と、ガンダルフが叫びました。
さてアラゴルンはファラミルのかたわらに跪《ひざまず》き、片手をかれの額の上に置きました。これを見守る者たちは何か激しい苦闘が進行していることを感じました。というのは、アラゴルンの顔は疲労のためしだいに鉛色になってきたからです。そして時々かれはファラミルの名を呼びましたが、その呼びかけも聞いている者の耳には一回ごとにかすかになってきました。まるでアラゴルン自身がかれらのところから引き離され、どこか暗い谷間を遠くまで歩いて道に迷った者を探し求めているかのようでした。

そこへようやくベルギルが駆け込んで来ました。少年は布に包んだ六枚の葉を持っていました。「『王の葉』です、殿」と、かれはいいました。「でも摘《つ》みたてじゃないようです。摘んでから少なくとも二週間はたってるに違いありません。役に立つでしょうか？」少年はそれからファラミルに目を注ぎ、どっと涙を溢《あふ》れさせました。

しかしアラゴルンはにっこりしていいました。「役に立つとも。最悪の状態はもう終わった。心強く思ってここにいるといい！」それからかれは葉っぱを二枚取って両手にのせるとふっと息を吹きかけ、それから揉《も》みつぶしました。するとたちまち新鮮な生気が部屋にみちみちました。あたかも空気それ自体が目覚めて打ち震え、喜びにきらめくかのようでした。それからかれは運ばれてきたいくつかの湯気の立ち昇る碗の中にその葉っぱを投げ入れられました。するとたちまちみんなは心が軽くなりました。なぜなら、一人一人のところに匂《にお》ってきた芳香《ほうこう》は、どこの国か、翳《かげ》ることない陽光の輝く露しげき朝まだきの記憶にも似ていました。もっともこの世の春の美しい世界自体が、このどこの国ともしれぬ地の束《つか》の間《ま》の記憶にすぎないのですが。しかしアラゴルンは元気を取り戻した人のように立ち上がりました。そして夢うつつに眠るファラミルの顔の前に碗の一つを差し出しながら、かれの目は微笑を浮かべていました。

「おやまあ！　だれがこんなこと信じたろう？」ヨレスがそばに立っていた女にいいました。「あの草はわたしが考えてたよりもっと効目《ききめ》があるよ。この香りは、イムロス・メルイのばらを思い出させてくれるねえ。わたしが若い娘だった頃だよ。どんな王様だってこれ以上のものはご所望《しょもう》になれまいよ。」

不意にファラミルは身動きして、目を開きました。そして自分の上に屈《かが》みこんでいるアラゴルンを見ました。するとその目に認識と愛の光が点じられました。そしてかれは静かに口を利《き》きました。「わが君よ、殿はわたしをお呼びでした。まいりましたよ。王は何をご下命《かめい》でしょう？」

「もう影の中を歩まず、目を覚まされよ！」と、アラゴルンはいいました。「あな

たは疲れておいでだ。しばらく休んで、それから食事を取り、わたしが戻って来たら応じられますように。」

「かしこまりました。」と、ファラミルはいいました。「王がお戻りになったというのに、だれがのうのうと寝ておられましょう？」

「ではしばらくの間ご機嫌よう！」と、アラゴルンはいいました。「わたしは他にもわたしを必要とする者たちがいて、そこに行かねばならぬから。」そしてかれはガンダルフとイムラヒルとともにこの部屋を去りましたが、ベレゴンドとその息子は喜びを禁じ得ず、あとに残りました。ガンダルフのあとについてドアを閉めようとする時、ピピンはヨレスが大きな声でいうのを聞きました。

「王様だって！　お前さん聞いたかね？　わたしは何ていったかい？　癒《いや》しの手っていったろう。」そして王が現にみんなの中に来ておられる、そして戦いのあとに癒しをもたらされたという噂《うわさ》がたちまち療病院を出て城中を駆けめぐりました。

ところでアラゴルンはエーオウィンのもとに来ました。そしてかれはいいました。「これは由々《ゆゆ》しい傷と重い一撃だ。折れた腕はしかるべき技《わざ》で手当てをされている。だからいずれは癒《なお》るだろう。病人に生きる力があればのことだが。折れたのは盾《たて》を使う左手だ。しかし主たる災いは剣を使う右手からきている。これは折れてはいないのに、生気がまるで見られないのだ。

「いたましいことよ！　姫は心身ともに姫の力を超《こ》えた敵と渡り合われたのだから。かかる敵に対して武器を取る者は、衝撃そのものによって身を滅ぼさないために、鋼《はがね》よりも堅固《けんご》でなければならぬ。かの者の通る道に姫が身を挺《てい》したのは不幸な定めだった。なぜなら姫は美しい乙女《おとめ》であられるのだから。王家の姫君方の中でも最も美しいお方だ。とはいえわたしには姫のことをどのように話せばいいのかわからぬ。わたしがはじめて姫を見て、姫の不幸を認めた時、さながら白い花が真っ直に誇り高く、百合《ゆり》のように姿よく立っているのを見た気がした。とはいえ、わたしには花がエルフの細工師の手によって鋼から作られたかのように堅いことがわかった。それともそのくきを流れる活液を氷に変えてしまったのは、もしかしたら霜《しも》だったのだろうか？　だからあのようにきびしく愛らしく立っていたのだろうか？　目にはまだ美しく見えるのに、霜におかされ、まもなく倒れて死んでしまうのだ。姫の病はこの日よりずっと前にさかのぼるのではなかろうか、エーオメル殿？」

「わたしにおたずねになるとは驚きました。」と、エーオメルは答えました。「わたしはこの件についても、他のあらゆることと同様、殿にはなんら非難されるべきところがないと考えておりますが、それでも妹が殿にはじめてお目にかかるまでは、わが妹エーオウィンが少しでも霜《しも》に打たれたとは知りませんでした。蛇の舌がわが世の春を謳《うた》い、王がかれにたぶらかされておいでの頃、妹はわたしとともに心配と恐れを分かち合いました。そしていや増す不安の中で王のお世話をしておりました。しかしそのために妹がこんな恐ろしいめに遭《あ》うとは！」

「わが友よ」と、ガンダルフはいいました。「あんたには馬もあれば功名手柄《こうみょうてがら》もあり、自由に使える広い平原もおありじゃ。しかし姫は乙女《おとめ》の身に生まれながら、少なくともあんたに匹敵《ひってき》するだけの気力と勇気を持っておられたのじゃ。にもかかわらず、姫は老人のそば近く仕え、その老人を父のごとく愛しておったのではあるが、――その老人が見るも無残に不面目《めんぼく》な老耄《ろうもう》に陥《おちい》っていくのをつぶさに目にする定めにあった。姫としてみれば己《おの》れの役割は老人が持たれておった杖よりも軽いものに思えたのじゃ。

「あんたは蛇の舌がセーオデン殿の耳だけに毒を注ぎ込んだとお思いかな？　『もうろくした老いぼれめが！　エオルの家というが、草ぶきの厩《うまや》にすぎず、その悪臭の中で山賊どもは酒盛りをし、餓鬼《がき》どもは犬にまじって床《ゆか》をころげおるわ』前にこの言葉を耳にされたことはなかったかな？　サルマンのいった言葉じゃ。蛇の舌の師匠《ししょう》じゃ。といっても無論蛇の舌は自分の国ではこれと同じ意味のことをもっと巧妙《こうみょう》ないいまわしに包んでいったにちがいない。殿よ、もし妹君のあんたに対する愛、そして己が務めに向けられたその意志が、姫の口を制しなければ、あんたはこのような言葉さえその口からもれるのを聞かれたかもしれぬ。しかし姫が眠りもやらず過ごされた耐えがたい夜の時間、姫がただ一人暗闇に向かってどのようなことを口にされたかだれが知ろう？　姫には己が人生がただ萎《しぼ》みゆく一方に思えたじゃろう。寝室の壁は四方から迫り、野生のものを閉じ込めておく檻《おり》のように思えたことじゃろう。」

そこでエーオメルは黙りこみ、あたかもともに過ごした過去の日々を新たに思い起こすかのように妹を眺めました。しかしアラゴルンはいいました。「エーオメル殿、あなたがお気づきになったことはわたしも気づいていた。この世の不運なめぐり合わせの中でも、男の心にとってかくも美しく勇敢な婦人の愛、答えることのできぬ愛を見ること以上に耐えがたく不面目な痛恨《つうこん》事は他にあまりあるまい。姫を絶望に駆られたままやしろ岡に残して、死者の道に馬を進めてから後というものずっと、悲しみと憐《あわ》れみがわたしについてまわった。そしてかの道に抱く恐れも姫の身に起こるかもしれぬ事態に対する恐れほどわたしの心を占《し》めてはいなかった。しかしながら、エーオメル殿、申しあげておくが、姫は、わたしよりあなたのほうを心から愛しておいでだ。姫はあなたを愛し、そして知っておられる。しかし姫はわたしのなかに、ただある影、ある思念を愛されたにすぎぬ。誉《ほま》れと偉大な功《いさおし》の望み、そしてローハンの平原から遥かに遠い国々といったような。

「わたしには多分、姫の体を癒《いや》し、暗い谷間から姫を呼び返す力はあるだろう。しかし姫が目覚めて見いだすものが、望みであるのか、はたまた忘却《ぼうきゃく》か、絶望か、それはわたしにはわからぬ。もし絶望であれば、その時はわたしがもたらすことのできぬ癒しの手が他から来ぬ限り姫は死んでしまわれるだろう。ああ、いたましいことよ、姫の功は高名なる王妃たちの間に姫を伍せしめたのだから。」

それからアラゴルンは屈《かが》みこんでじっとエーオウィンの顔を見ました。その顔はまことに百合《ゆり》のように白く、霜《しも》のように冷たく、彫った石のように堅かったのです。しかしアラゴルンは身を屈め、エーオウィンの額にキスして、静かに呼びかけていました。

「エーオムンドの娘エーオウィンよ、目を覚ましなさい！　そなたの敵は消滅したのだから！」

エーオウィンの体は動きませんでしたが、かの女はふたたび深い呼吸を始めました。そして白い麻の掛け布の下でその胸が上下しました。ここでまたアラゴルンはアセラスの葉を二枚揉《も》みつぶして、湯気《ゆげ》の立ち昇る湯の中に投げ入れました。そしてその湯でかの女の額を洗いました。かの女の右手は冷たく麻痺《まひ》してベッドおおいの上に置かれていました。

さてその時、アラゴルンが忘れられたさいはての西方国の力を真実持っていたのか、あるいはエーオウィン姫について語ったかれの言葉が一同に働きかけただけだったのか、ともかく薬草の快い作用がいつしか部屋に広がっていくうちに、そばにいた者たちは、鮮烈《せんれつ》な風が窓から吹き込んできたように思いました。その風には薫《かお》りはありませんでした。しかしまったく新鮮で汚れのない若々しい空気で、あたかもいかなる生きものによってもまだ呼吸されたことがなく、星々のきらめく穹窿《きゅうりゅう》の下に雪をいただいて高く聳《そび》える山々から、あるいは泡立つ海の水に洗われた遥かな銀色の岸辺から作られたばかりの浄気がそのまま送られてきたかのようでした。

「目を覚ましなさい、エーオウィン、ローハンの姫！」アラゴルンはふたたびそういうとエーオウィンの右手を自分の手に取り、その手がふたたび命を取り戻して温《ぬく》みを帯びてきたのを感じました。「目を覚ましなさい！　影は過ぎ去り、暗闇はすっかり洗われてきれいになった！」そしてかれはエーオメルの手にかの女の手を預け、歩き去りました。「姫の名を呼ばれよ！」かれはこういうと、音もたてず部屋を出て行きました。

「エーオウィン、エーオウィン！」エーオメルは滂沱《ぼうだ》と涙を溢《あふ》れさせながら叫びました。するとかの女は目を見開いていいました。「エーオメル！　これはまた何という喜びでしょう？　兄上は討ち死にされたと聞かされましたもの。いえ、あれは夢の中で暗い声がいったにすぎませんわ。どのくらい夢を見ていたのでしょう？」

「そんなに長い間ではない、妹よ。」と、エーオメルはいいました。「だがそのことはもう考えてはいけない！」

「わたくしは妙に疲れました。」と、かの女はいいました。「少し休まなければなりません。でもおっしゃって、マークの王はどうされました？　ああ！　これも夢だなどとおっしゃらないで。夢でないことはわかっておりますもの。王はご自分で予知されたように亡《な》くなられたのです。」

「王は亡くなられた。」と、エーオメルはいいました。「しかし王はわたしに、娘よりもいとしいエーオウィンに別れの言葉を伝えてくれとおことづけになったのだよ。王は今はゴンドールの城塞の中に大いなる名誉に包まれて眠っておられる。」

「悲しいことです。」と、エーオウィンはいいました。「でもあの暗い日々、エオル王家がその誉れにおいて羊飼いのあばら家よりも低く落ち込んでしまったかのように思えた頃、わたくしがかくあれかしと望んだどんなことも及ばぬほどよい結果になったともいえます。それから王のお小姓《こしょう》の小さい人はどうなったのでしょう？　エーオメル、かれを騎士国《リダーマーク》の騎士に任じていただきたいのです。それはそれは勇敢なのですもの！」

「かれはこの建物のすぐ近くに寝ている。わしはこれからかれのところに行ってみるよ。」と、ガンダルフはいいました。「エーオメル殿はいましばらくここにいていただこう。じゃが戦いのことや悲しいことはまだ話してはなりませんぞ、あんたがふたたびすっかり健康になるまではな。あんたがふたたび目を覚まし、病癒《い》えて望みを取り戻すのを見るのはこのうえない喜びじゃ、いと勇敢なる姫君よ！」

「病癒えてとおっしゃいますか？」と、エーオウィンはいいました。「そうかもしれませぬ。少なくともわたくしがその席を補うことのできる討ち死にした乗手の空《から》になった鞍《くら》がある限り、そして遂《と》げるべき功業がある限りは。しかし望みを取り戻すといいますと？　わたくしにはわかりません。」

ガンダルフとピピンはメリーの部屋にやって来ました。そこで二人はアラゴルンがベッドのそばに立っているのを見いだしました。「かわいそうなメリー！」ピピンはそう叫ぶと、ベッドの脇に走り寄りました。かれには友達が前よりももっと悪くなり、その顔はあたかも長年の悲しみが重くのしかかったように土気色《つちけ》をしていると思われたのです。そして不意にピピンはメリーが死ぬんじゃないかという恐れにとらわれました。

「心配しないでいいのだよ。」と、アラゴルンはいいました。「わたしはうまく間に合った。そしてもうかれを呼び戻した。今はかれは疲れているし、悲しみに心を痛めている。かれは大胆にもかの死をもたらす者を刺して、エーオウィン姫と同じ傷を負うた。だがこの災いは癒《いや》すことができる。かれの中にはそれだけ強い快活な精神があるからだ。かれは自分が経験した苦痛を忘れることはないだろう。しかしそれはかれの心を暗くはするまい。かれに叡智《えいち》を教えるだろう。」

そしてアラゴルンはメリーの頭に片手を置くと、茶色の巻き毛をやさしくなでて、両の瞼《まぶた》にさわり、それからかれの名前を呼びました。そしてアセラスの芳香が、まるで果樹園の香りのように、また蜜蜂の飛びかう陽光の中に咲き乱れるヒースの香りのように、いつとはなく部屋じゅうに広がった時、不意にメリーは目を覚まして、口を利《き》きました。

「お腹がぺこぺこだ。何時だろう？」

「もう夕飯時《ゆうめし》を過ぎた頃だよ。」と、ピピンがいいました。「でも多分何か持って来てあげられるよ、みんながそうさせてくれればね。」

「むろんさせてくれるとも。」と、ガンダルフはいいました。「それに他にもこのローハンの騎士のお望みのものがあれば何でもじゃ。その品がミナス・ティリスで見つかるものであればな。ここミナス・ティリスでは、かれの名は敬意をもって遇《ぐう》されておるのじゃから。」

「よーし！」と、メリーはいいました。「じゃ、まず晩ご飯が食べたいな。そのあとにパイプだ。」そういうとかれの顔は曇りました。「いや、パイプはいらない。ぼくは二度と吸わないと思うよ。」

「どうして？」と、ピピンはいいました。

「うーん、それはねえ、」メリーはのろのろと答えました。「王は死んでしまわれた。パイプっていったら、すっかり思い出してしまった。王はおっしゃった。とうとうぼくと本草学の話をする機会がなくて残念だったとね。あの方が最期《いまわ》の際《きわ》にいわれたほとんど最後の言葉だったんだよ。このさきぼくはパイプ草を吸えば必ずあの方のことを思わずにはいられないよ。それからあの日のこともだよ、ピピン、あの方がアイゼンガルドまで登ってみえた時のことだよ。そりゃ慇懃《いんぎん》だったもの。」「それなら吸うといい。そして王のことを偲《しの》ぶといい!」と、アラゴルンがいいました。「なぜなら、王は温厚な勇者であり、偉大な王であり、誓いを守られたからだ。そして王は暗い影の中から立ち上がられ、最後の美しい朝に臨《のぞ》まれたのだ。たとえご奉公の期間は短くとも、その時のことはあんたの人生の終わる時まで、喜ばしく、そして名誉ある思い出となるだろう。」

メリーはにっこりしていいました。「そうですね、それじゃ、もし馳夫《はせお》さんがいるものを用意してやるとおっしゃるのなら、ぼくはパイプ草を吸って偲ぶことにしますよ。サルマンの最上葉を少しばかり荷物の中に入れてたんだけど、戦場でどうなったか、むろんぼくは知りませんよ。」

「メリアドク君よ、」と、アラゴルンはいいました。「もしあんたがだね、自分の道具を失《な》くしてしまうような粗忽《そこつ》者の兵士にパイプ草を持って来てやるために、このわたしが火と剣《つるぎ》もて山々を抜け、ゴンドールの領土を通って来たと思うのなら、まちがっているよ。もしあんたの荷物が見つからないというのなら、この病棟の本草家を呼びにやらなきゃだめだ。するとかれはこういうだろうよ、あんたの欲しがっている薬草に何かの薬効があるとは知らなかったとね。そしてこれは俗間では『西の人の草』、高尚《こうしょう》な言葉では『ガレナス』と呼ばれているというだろう。それからもっと学問的な言葉でもいろいろ他の名前をいってくれるよ。そして自分では意味がわかっていない半ば忘れられた歌の文句か何かを二、三付け加えたあとで、遺憾ながらこの病棟には一つもございませんと告げてくれるだろう。そしてあとは、あんたにしばし言葉の歴史について思いをめぐらさせるべく立ち去るだろう。わたしもそろそろそうしなければならない。なにしろやしろ岡を出て以来、こういったベッドに寝ていないし、今日は夜明け前の暗い時から何も食べていないのだ。」

メリーはかれの手をしっかりと握って、それにキスしていいました。「本当にすみません。すぐにお出かけください！　ブリー村でのあの晩以来ぼくたちはずっとあなたに迷惑をかけどおしでしたね。でも、こういう時に軽口を叩《たた》くのがぼくたちホビットの流儀なんです。本音《ほんね》をいわないんです。ぼくたちはいいすぎることにためらいを覚えるのです。それで冗談《じょうだん》が場違いな時になると、まっとうな言葉が使えないのです。」

「それはよくわかっている。でなきゃ、わたしだって同じやり方であんたの相手はしないだろうよ。」と、アラゴルンはいいました。「ホビット庄がとことわにその活力を失わずに生きんことを！」そしてかれはメリーにキスをすると出て行きました。

ガンダルフも一緒に行きました。

ピピンはあとに残りました。「今までにあの人のような人がいただろうか？」と、かれはいいました。「ガンダルフは別だよ、もちろん。あの二人は同族にちがいないと思うね。おばかさんだよ、きみは。きみの荷物はベッドのそばにあるよ、ぼくがきみに出会った時、きみは背中にちゃんと背負ってたじゃないか。もちろんあの人はそれをずっと見てたよ。それにどっちみちぼくは自分のを持ってる。さあやり給え！　長窪葉《ながくぼば》だよ。ぼくはこれから一走《ひとっぱし》りして食べ物を何とかしてくるから、その間につめとくといいよ。そのあとで少しゆっくりしようじゃないか。あーあー！　ぼくたちトゥックやブランディバックの一族は高尚《こうしょう》なものばかりでは一生暮らせないね。」

「暮らせない。」と、メリーはいいました。「ぼくはだめだ。とにかくまだだめだ。だがね、ピピン、少なくともぼくたちは今ではそういうものがわかるし、それをあがめることもできるよ。思うに、自分が愛するのにふさわしいものをまず愛するのが最善じゃなかろうか。どこかで始めなきゃならないのだし、どこかに根をおろさなきゃならないんだから。それにホビット庄の土は深いしね。だけど、もっと深くもっと高尚なものが存在していることはたしかだ。どんないなかのとっつぁんだって、そういうものがなければ、とっつぁんのいわゆる『安穏《あんのん》』のうちに果樹園の手入れはできないだろう。とっつぁんが知っていようといまいとね。うれしいことに、ぼくはそういうものが今は少しはわかっているんだよ。でもぼくはなぜこんなふうにしゃべっているのかわからないな。例の葉はどこだい？　それからぼくの荷物の中からパイプを出してくれないか、もし割れてなければね。」

アラゴルンとガンダルフは今度は療病院の院長のところに行きました。そしてファラミルとエーオウィンはまだこれから何日もここに留《とど》まって、手厚い看護を受けるべきだとかれに助言しました。

「エーオウィン姫は、」と、アラゴルンはいいました。「すぐにも病床を離れてここを去りたいといわれるだろうが、何とかして姫を止めることがあなたにおできなら、少なくとも十日たつまでは、姫にそうすることを許してはならぬ。」

「ファラミル殿についていえば、」と、ガンダルフがいいました。「父上が死なれたことはやがて教えて差し上げる必要があろう。しかしデネソール殿の乱心の詳細な次第は、ファラミル殿が本復《ほんぷく》され、ご自分の任務を果たされるようになるまでは控えていただきたい。あの時居合わせたベレゴンドとペリアンにも、それはまだ話させないように気をつけていただきたい！」

「それからもう一人のペリアン、メリアドクはわたくしが世話をしておりますが、かれはどうでしょうか？」と、院長はいいました。

「明日になればベッドから起きられるくらいには――といっても少しの間だが――元気になりそうだ。」と、アラゴルンはいいました。「もし起きたいといえば、そうさせてやってくれ。友人たちに付きそってもらってしばらく歩くのはかまわないだろう。」

「あの二人は驚くべき種族です。」院長は頭をうなずかせながらいいました。「素質的に強靭至極《きょうじんしごく》なんでしょうね。」

療病院の入口には、アラゴルンを一目見ようと、もう大勢の者が集まっていました。かれらはかれの後にぞろぞろついて来ました。そしてようやくかれが夕食を取っていると、人々がつめかけて、親戚《しんせき》や友人にあたる、傷を負って命の危《あや》うい者、黒の影に襲われて横たわる者を癒《いや》してほしいと懇願《こんがん》しました。そこでアラゴルンは立ち上がって出て行き、エルロンドの息子たちをも呼びにやって、三人一緒に深更《しんこう》まで力を尽くしました。すると城市中に「本当に王様が再来されたのだ。」という噂《うわさ》が伝わっていきました。そして人々はかれをエルフの石と名付けました。かれが身につけていた緑の石のためでした。こうしてかれが生まれた時、かれがいつか持つようになるだろうと予言された名前がかれ自身の民によってかれのために選ばれたのです。

そしてかれはもうこれ以上むりなまで働くと、マントを羽織《はお》って、そっと城外へ出ました。そして夜明けの直前に自分のテントに戻り、少しの間眠りました。朝になると青い水に白鳥のように白い船の浮かぶ印《しるし》、ドル・アムロスの大公旗が白の塔からたなびいて、人々はそれを見上げながら、王の再来が夢にすぎなかったのではなかろうかといぶかりました。

九　最終戦略会議

合戦のあくる朝が来ました。薄雲のたなびくいい天気で、風は西に変わってきました。レゴラスとギムリは朝早くから外に出ていました。そして二人は都に行かせてくれるよう許しを乞《こ》いました。メリーとピピンにとても会いたかったからです。

「二人ともまだ生きていることがわかってうれしいね。」と、ギムリがいいました。「われわれとしちゃ、あの二人のお蔭《かげ》でローハンの横断をさせられて、ずいぶん苦労したからね。この苦労を水の泡にしたくはないもの。」

エルフとドワーフは一緒にミナス・ティリスにはいって行きました。二人が通るのを見た人々は、このような組み合わせを見て好奇心を抱きました。なぜならレゴラスは人間の標準の及ばぬほど美しい顔をしていましたし、また朝の光の中を歩きながら澄んだ声でエルフ族の歌を歌っていましたが、一方ギムリのほうは、顎鬚《あごひげ》をしごき、あたりを睨《ね》めまわしながら、その隣りをのっしのっしと歩いていたのですから。

「ここには石造りの建造物のいいのがあるな。」城壁に目を向けながらかれはいいました。「だけどあまりかんばしくないのもある。それに街路はもっとうまく設計できるはずだぞ。アラゴルンが当然受くべきものを受ける時が来たら、わたしはかれにはなれ山の石工《いしく》たちの奉仕を提供しよう。そしてわれわれでこの都を自慢できるものに作りあげるんだ。」

「ここにはもっと庭が必要だ。」と、レゴラスがいいました。「建物は死んでいるし、生え育って心を慰めるものが少なすぎるよ。もしアラゴルンが当然受くべきものを受ける時が来たら、闇《やみ》の森の国人《くにびと》に歌う鳥と枯れ朽《く》ちることのない木々をかれのところに持って来させよう。」


ようやく二人はイムラヒル大公のところにやって来ました。レゴラスはかれをじっと見て、深々と頭を下げました。なぜならかれは現にここにエルフの血がその体内をめぐっている人のいることを知ったからです。「殿に、お栄えを！」と、かれはいいました。「ニムロデルの一族がローリエンの森を去ってからずいぶんたつわけですが、全部が全部アムロスの港から船出して西の方《かた》へ海を渡って行ったわけでないことがわかります。」

「わたしの国のいい伝えではそのようにいわれています。と、大公はいいました。

もう数えられないくらい長い年月の間、美しい民がかの地で見られることは絶えてないことでした。それなのに今ここで、悲しみと戦いのさなかにその一人を見て、わたしは驚いているのです。あなた方は何を求めておいでなのです？」

「わたしはミスランディルとともにイムラドリスを出発した九人の仲間の一人なのです。」と、レゴラスがいいました。「そしてわが友であるこれなるドワーフとともにアラゴルン卿《きょう》に従って来ました。しかし今はわれらの友人メリアドクとペレグリンに会いたいんです。二人は殿の保護を受けていると聞いていますが。」

「療病院においでになれば、二人とも見つかります。わたしが案内して差し上げよう。」と、イムラヒルがいいました。

「案内の者を一人付けていただければ充分です。」と、レゴラスがいいました。「というのは、アラゴルン殿からいいつかってきた殿への伝言があるからです。アラゴルン殿はこのところ城内にははいらない思し召《おぼめ》しです。しかし直ちに指揮官方の会議が必要であり、アラゴルン殿は殿とローハンのエーオメル殿に、できるだけ早く、下のあの方のテントまでおいでいただきたいと申しております。ミスランディルはもうおいでになっています。」

「二人してうかがいます。」と、イムラヒルはいいました。そしてかれらは丁重《ていちょう》な挨拶をして別れました。

「人間の中の立派な主君、すぐれた指揮官だ。」と、レゴラスがいいました。「衰退の一途《いっと》を辿《たど》ってきた今日《こんにち》のゴンドールに今なおあのような方々がおられるとしたら、その興隆期には勢威赫々《せいいかくかく》たるものがあったにちがいない。」

「そしておそらくすぐれた石工《いしく》の仕事はずっと時代をさかのぼったもので、この都がはじめて建てられた時に作られたにちがいない。」と、ギムリはいいました。「人間の始めることはいつもこうなのだ。春に春霜があったり、夏に虫害があったりすると、かれらは前途の望みを失うのだ。」

「しかしかれらはその種を失うことはめったにない。」と、レゴラスはいいました。「そしてその種は土の中に埋まって腐《くさ》り、思いもかけぬ時に思いもかけぬ場所でふたたび芽を出すのだ。人間の功業というものはわれわれのいなくなった後まで残るだろうよ、ギムリ。」

「それでも結局はそれも無に帰し、残るのはああなっていたかもしれないという思いいました。

「それにはエルフは何とも答えられないね。」と、レゴラスがいいました。

「それだけだろうよ。」と、ドワーフがいいました。

その時大公の召使がやって来て、二人を療病院に連れて行きました。そして二人は友人たちが庭にいるのを見いだしました。かれらの出会いは喜ばしいものでした。しばらくの間かれらはそぞろ歩きをしたりしゃべったりしながら、風の吹き抜ける都の高い環状区で、朝の陽光を浴びつつ、束《つか》の間《ま》ながら平和と休息を楽しんだのです。やがてメリーが疲れてくると、一同は城壁のところに行って、療病院の緑の芝生に背を向けてすわりました。眼前には遠く南に大河アンドゥインが陽光にきらめきながら流れ去り、遂《つい》にはレゴラスの視界もきかない、緑にかすむレベンニンと南イシリエンの広大な平地へ流れ込んでいるのでした。

ここでレゴラスはみんなにしゃべらせたまま、自分はふっと黙り込んでしまいました。そして太陽に面《おもて》を向けて眺め渡しました。かれはじっと目を凝《こ》らしているうちに、白い海鳥が幾羽《いくわ》も大河をさかのぼって飛んでくるのに気づきました。

「ご覧！」かれは叫びました。「鷗《かもめ》だ！　ずいぶん陸の奥まで飛んできたな。かれらはわたしの驚きで、わたしの心を騒がす種なのだ。わたしはペラルギルに来るまでは、生涯《しょうがい》で一度もかれらに出会ったことがなかった。ペラルギルで、船を相手の戦いに赴《おもむ》こうとする時わたしは空中で鳴く声を聞いた。その時わたしははたと立ち止まって中《なか》つ国《くに》の戦いを忘れた。悲しげに鳴くその声がわたしに海のことを語りかけたのだもの。海！　ああ！　わたしはまだこの目で海を見たことがない。しかしわが種族の者ならばだれの心にも奥底深く海への憧《あこが》れがひそんでいる。これをかきたてることは危険なのだ。あなあわれ、鷗鳥《かもめどり》よ！　橅《ぶな》の木の下でも、楡《にれ》の木の下でも、わたしは二度と心の平安を味わうことはないだろう。」

「そんなことはいわないでくれ！」と、ギムリがいいました。「中つ国にはまだまだ見るべきものが数限りなくあるのだし、なすべき大きな仕事がいくらもあるのだから。しかし美しい者たちがみんな港へ行ってしまうとしたら、留《とど》まるべき運命の者たちにとっては、この世はいっそう退屈な世界になるだろうな。」

「まったく退屈で侘《わ》びしいもんだろうね！」と、メリーがいいました。「レゴラス、あなたは港に行っちゃいけないよ。大きい人たちであろうと、小さい人たちであろうと、あなたを必要とする者がこれからだってずっといるんだよ。ドワーフでさえ、ギムリのような少数の賢《かしこ》いドワーフたちはそう感じるだろうからね。少なくともぼくはそう望んでるよ。といってもぼくには何となくこの戦いの最悪の部分はまだこれからやってくるように感じられるんだけど。もうこれで戦争が終わってるのならどんなにいいだろう、それもめでたくこっちが勝ってね!」

「そんな悲観的なこといわないでくれ!」と、ピピンが叫びました。「お日様は照ってるし、ぼくたちはせめて一日なり二日なり、ここによりあっていられるんだもの。ぼくはあなた方のことがもっと聞きたいな。さあ、ギムリ! あなたもレゴラスも今朝はもう十回以上も馳夫《はせお》さんとの不思議な旅のことを口にしてるけど、まだそのことについちゃ何も話してくれてないものね。」

「ここにはお日様が照ってるかもしれない。」と、ギムリはいいました。「しかしあの旅のことでは暗闇の中から呼び戻したくない記憶がいろいろあるのだ。旅の前途に横たわるもののことを知っていたら、たとえいかな友情のためといえ、わたしは死者の道を通って行こうとはしなかっただろうね。」

「死者の道だって?」と、ピピンがいいました。「ぼくはアラゴルンがその名をいうのを聞いた。それでいったいどういう意味でいってるんだろうと思ったんだよ。ぼくたちにもう少し話してくれない?」

「喜んで話したくはないけど。」と、ギムリがいいました。「なぜって、今度の旅じゃ、わたしは面目を失《な》くしてしまったんだ。グローインの息子ギムリともあろう者がだよ。それまでは自分のことを人間たちより頑張りがきき、土の下ではどんなエルフより耐久力があると自認してたというのにだよ。ところがわたしはそのどちらでもなかった。ただアラゴルンの意志の力だけで旅が続けられたのだ。」

「それからかれに対する愛情からもだね。」と、レゴラスがいいました。「かれを知るようになればだれでもそれぞれのやり方に従ってかれを愛するようになるのだから。ロヒルリムの冷厳な乙女《おとめ》でさえ例外ではない。わたしたちがやしろ岡を出たのはね、メリー、あんたが来る前の日の早朝だったのだよ。人々は非常な恐怖に襲われて、だれ一人われらの出発を見ようとする者はいなかった。見送ったのは、今は傷ついてあそこの療病院に臥《ふ》しているエーオウィン姫だけだった。あの時の別れは悲痛なものだった。わたしは見てて辛かったね。」

「何たることよ！　わたしは自分のことだけでいっぱいだった。」と、ギムリがいいました。「ごめんだね！　あの旅のことは話すまい。」

かれは黙り込んでしまいました。しかしピピンとメリーがあまり熱心に聞きたがりますので、とうとうレゴラスがいいました。「それじゃわたしがきみたちの気持ちを静めるくらいのことは話してあげよう。なぜって、わたしは恐ろしさを感じなかったし、それに人間の幽霊はわたしには怖くないのだ。わたしにいわせればかかれらは無力ではかないものだよ。」

そこで直ちにかれは山の下の亡霊《ぼうれい》の出る道のこと、エレヒでの暗夜の会合のこと、そしてそこからアンドゥイン河畔《かはん》のペラルギルにいたる九十三リーグの長旅のことを語りました。「黒い石から馬を進めて四日四晩、そして五日めにかかった。」と、かれはいいました。「するとどうだ！　モルドールの送ってよこす暗闇の中でわたしの望みが強まってきたのだ。なぜならその薄闇の中で亡霊たちの軍勢はしだいに強く、また見るも恐ろしくなってきたように見えたからだ。馬にまたがっているのもあれば、徒歩《かち》の者もいた。しかし全員がいちように非常に速い速度で進んでいた。かれらは黙したまま何の音もたてなかったが、その目にはかすかに光るきらめきがあった。ラメドンの高地でかれらはわれらの乗馬に追いつき、われらの周りをかすめて、もしアラゴルンが禁じなければ、われらを通り越して行ってしまったかもしれない。

「かれの命令にかれらは後退した。『人間の亡霊までがかれの意向に従うのだな。』と、わたしは思った。『そのうちかれがいざという時にかれらは役に立つかもしれない！』

「光のある日は一日だった。それから夜の明けない日が来た。それでもなおわれらは馬を進めた。そしてキリルとリングローの二つの川を渡った。三日めにわれらはギルラインの河口の上流にあるリンヒルに来た。ここではラメドンの人間たちが、川を上って来たウンバールとハラドの残忍な敵たちと浅瀬の争奪戦《そうだつ》をやっていた。しかしわれらが行くと防戦につとめていた者たちも敵も等しく戦いを放棄して、死者の王が攻めて来たと叫びながら逃げて行った。ただラメドンの領主アングボールだけがわれらを待ちかまえる勇気を持っていたよ。アラゴルンはかれに命じて、灰色の軍勢が過ぎ去ったあと、その民を集め、もしみんなに敢《あ》えてそうする勇気があるなら後から来るようにいった。

「『ペラルギルにおいて、イシルドゥルの世継はあなた方を必要とすることになろう。』と、かれはいった。

「こうしてわれらはギルラインを渡り、モルドールの同盟軍を蹴散《けち》らして敗走せしめた。それからしばらく休息した。しかしまもなくアラゴルンは立ち上がっていった。『見よ！　ミナス・ティリスはすでに攻撃を受けている。われらが救援に向かうまでに陥落するのではなかろうか。』そこでわれらは夜が過ぎ去るまでにふたたび馬に乗り、乗馬が耐えられる限りの全速力でレベンニンの平原を進んで行った。」

レゴラスはここで言葉を切ってほっと吐息《といき》をつき、静かに目を南に向けて、歌を歌いました。

銀《しろがね》に川は流れる、ケロスからエルイへ、
レベンニンの緑なす野を！
かの野には丈高く草はのび、
海よりの風に、白百合《しらゆり》は揺《ゆ》れる。
またマッロスとアルフィリンも、黄金《こがね》なす鈴をうち振る、
レベンニンの緑なす野に、
海よりの風吹き渡りて。

「わが国人《くにびと》たちの歌の中では、レベンニンの野は緑だが、その時は暗く、われらの前の黒々とした闇に広漠《こうばく》と横たわる灰色の地だった。この広い土地を気づかれないで草や花々を踏みしだき、一日一夜《ひとひひとよ》敵を追い続け、遂《つい》に目指す大河にやって来た。「その時わたしはひそかに思ったよ。海に近づいて来たのだと。なぜなら暗闇の中に広がる水は広く、無数の海鳥がその岸辺に鳴いていたから。ああ、あわれだなあ、鷗《かもめ》のむせび鳴く声は！　かれらに気をつけるよう、奥方がわたしにいわれなかっ

たろうか？　そして今やわたしはかれらを忘れることができない。」

「わたしはかれらに注意なんか払わなかった。」と、ギムリがいいました。「というのは、その時われわれはようやく本格的な戦いに出会ったのだ。そこペラルギルの地にウンバールの主力艦隊がいたのだから。五十隻《せき》の大型船に、数えきれないほどの小型船だった。われわれが追跡してきた敵の多くは先に港に着いており、恐怖を持ち込んでいた。それで船の中には、もう港を離れて、大河を下って逃げるのや、向こう岸に接岸しようとするのもいた。それに小型船の多くは燃えていた。しかし今や水際まで追いつめられたハラドリムは窮地にあって反撃に出てきた。かれらは死に物狂いだからいっそう凶暴《きょうぼう》になった。そしてかれらはわれわれを見ると笑った。なんといってもかれらの方はまだまだ大軍だったもの。

「しかしアラゴルンはここで立ち止まると、大音声《だいおんじょう》で呼ばわった。『いざや来たれ！　黒い石にかけ、われはなんじらを召し出すぞ！』すると突然それまで一番後ろで動きかねていた亡霊たちの軍勢が灰色の潮のように押し寄せて、その前にあるものは何もかも一掃《いっそう》してしまった。わたしはかすかな鬨《とき》の声を聞いた。かすかに角《つの》笛《ぶえ》の吹き鳴らされる音も無数の遠い声のざわめきも聞いた。あたかも遠い昔の暗黒時代の今は忘れられた合戦のこだまのようだった。薄青い剣《つるぎ》が抜かれた。だがその刃《やいば》が昔と変わらず敵に切りつけようとしたかどうか、それはわたしにはわからない。なぜなら死者たちはもはや恐怖以外のどんな武器も必要としなかったのだから。何者もかれらに抵抗しようとはしなかったから。

「かれらは接岸している船という船に押し寄せ、そして次には水上を渡って、停泊《ていはく》している船に攻め込んだ。乗組員たちは鎖につながれて櫂《かい》を漕《こ》がされている奴隷たちを除き、皆気も狂わんばかりの恐怖にいたたまれず、水中に跳び込んだ。われわれは逃走する敵を木の葉のごとく蹴散《けち》らしながら意に介せず馬を進め、遂《つい》に河岸までやって来た。そのあとアラゴルンは残っている大型船の一つ一つにドゥーネダインを一人ずつ遣《つか》わした。かれらは船に乗せられていた捕虜たちを元気づけて、かれらに恐れることを止め自由の身となるように命じた。

「この暗い日が終わるまでにはもうわれわれに刃向《はむ》かう敵は一人も残っていなかった。皆溺《おぼ》れ死ぬか、故国に向かう存念で徒歩《かち》で南に逃走していった。モルドールの企《たくら》みがこのような恐怖と暗黒の亡霊たちによって覆《くつが》えされるとは何と奇体《きたい》で絶妙なことかとわたしは思ったもんだ。モルドールは自分自身の武器によって負かされたのだ！」

「まったく奇体なものだ。」と、レゴラスがいいました。「あの時、わたしはアラゴ

ルンを眺めて考えた。もしかれが指輪を自分のために取っていたとしたら、かれはその意志の強さにおいて、どんなにか偉大で恐るべき君主になったろうかとね。モルドールはいたずらにかれを恐れているのではない。だが、かれの心はサウロンの理解の及ばぬほど高潔なのだ。なぜって、かれはルーシエンの子孫たちから出ているのではないかね？　たとえ数えられないほど歳月がたとうと、この血筋《ちすじ》の絶えることはけっしてあるまいよ。」

「そのような予見はドワーフの目には不可能なことだが、」と、ギムリはいいました。「あの日のアラゴルンはまったくたいしたものだった。考えてごらん！　黒の大艦隊はすべてかれの掌握《しょうあく》するところとなった。かれはその中の一番大きい船をかれ自身の乗る旗艦に選んで乗り込んだ。それから敵から奪ったたくさんの喇叭《らっぱ》をいっせいに吹き鳴らさせた。すると亡霊たちの軍勢は岸辺に引き揚げた。かれらはそこに音もなく静まって立ち、その姿も炎上する船のぎらぎらと眩《まば》ゆい光を受けて赤くきらめく目の光を除いてはほとんど見えないくらいだった。そしてアラゴルンは大音声《だいおんじょう》で死者たちに呼ばわっていった。

「『今ぞイシルドゥルの世継の言葉を聞け！　なんじらの誓言《せいごん》は成就《じょうじゅ》せられたり。戻りて二度とかの谷間の地を騒がすことなかれ！　行きて永遠《とわ》の眠りにつくべし！』とね。

「するとすぐに死者たちの王が亡霊たちの前にくっきりと姿を現わし、持っている槍《やり》を折って捨てた。それからかれは低く一礼して去っていった。するとたちまち灰色の軍勢は一人残らず突風に追い払われた靄《もや》のように撤退して消え失せた。わたしはまるで夢から覚めたような気がしたものだ。

「その夜われわれは休んだが、働いている者たちもいた。というのはたくさんの捕虜たちが釈放《しゃくほう》されていたし、敵が奇襲のたびに連れ去っていった、かつてはゴンドールの民であった多くの奴隷たちも自由の身となったからだ。それにレベンニンからもアンドゥインの河口エシルからもたくさんの人が集まってきた。ラメドンのアングボールも召集し得る限りの騎馬の者を引き具してやって来た。死者たちの恐怖が取り除かれたので、かれらはわれわれに力を貸し、イシルドゥルの世継を一目見んとやって来たのだ。この名の噂《うわさ》は燎原《りょうげん》の火のごとく伝わっていったのだからね。

「これでわれわれの話もほとんど終わりだ。なぜならその夕方から夜の間に多くの船は準備が整い、人員の配置も終わって、翌朝には全艦隊が出帆したからだ。あれからずいぶんたったような気がするが、一昨日の朝のことだからね。われわれがやしろ岡を出てから六日目のことだ。それでもアラゴルンは時間が足りないのではないかという恐れに駆りたてられていた。

「『ペラルギルからハルロンドの船着場までは四十二リーグある。』と、かれはいった。『しかもわれらは明朝にはハルロンドに着かねばならぬ。さもないとすべては水泡に帰してしまう。』

「櫂《かい》を持つのは今や奴隷ではなく、自由の民であり、かれらは力強く櫂を漕《こ》いだ。それでも船は遅々《ちち》として進まなかった。なぜならわれわれは大河の流れに逆らって進んでいたわけだし、それに南の下流の方では水の流れは急でないとはいえ、風の助けがまるでなかったからだ。もしレゴラスが不意に声をたてて笑い、次のようにいわなければ、あの港での勝利にもかかわらず、わたしの心は重くふさいでしまったろう。

「『ドゥリンの息子よ、君の顎鬚《あごひげ》を立て給え。こういうではないか。すべてが底をついた時、しばしば希望が生ずる、とね。』しかし遠くからかれがどんな希望を認めたのか、かれはいおうとしなかった。夜が来ると、暗闇がただ深まるばかりだった。そしてわれわれの心はかっかと激した。遠く北の方に赤々と燃えるものが広がる雲の下に認められたからだ。アラゴルンはいった。『ミナス・ティリスが燃えている。』とね。

「ところが真夜中になって本当に新たな望みが芽生えたのだ。海のことをよく心得ているエシルの男たちが南の方に目を凝《こ》らしながらいったのは、海からのすがすがしい風とともに変化が起こりそうだということだった。夜が明けるずっと前に帆船には帆が揚げられた。船の速力はしだいに増し、夜明けには船首の水が白く泡立つほどだった。こうして、あんたたちも知ってのとおり、われわれは順風と姿を見せたお日様とともに、朝の第三時にここへ着いた。そしてあの大きな旗印を合戦場にひるがえした。これぞまさしく大いなる日、大いなる時であった。たとえそのあとに何が起ころうとも。」

「あとに何が続こうと、偉大な功《いさおし》の価値が減ずることはない。」と、レゴラスがいいました。「死者の道に馬を進めたことは偉大な功業だったし、いつまでも偉大であり続けるだろうよ。たとえ来《きた》るべき時代にこのことを歌に歌う者がゴンドールに一人として残らなくとも。」

「多分にそういうことになりそうだね。」と、ギムリがいいました。「アラゴルンとガンダルフはとてもきびしい顔をしてたもの。あの人たち、下のテントでいったいどんな相談をしてるんだろう。わたしとしては、メリー同様、わが方の勝利でもう戦いが終わってるといいと思うけど。それでもまだこれからしなければならないことがあれば、何であろうと、わたしもそれに一役《ひとやく》持ちたいものだ。はなれ山の民の名誉のためにね。」

「そしてわたしは大きな森の民のために。」と、レゴラスはいいました。「そして白の木の王への愛のために。」

そこで一同は黙りこみ、しばしの間この高所に坐ったまま、それぞれの思いに耽《ふけ》っていました。一方指揮官たちはその間も論議を重ねていました。

イムラヒル大公はレゴラスとギムリの二人と別れると、すぐにエーオメルを迎えにやり、かれと一緒に都を出ました。そして二人はセーオデン王が討ち死にした場所からあまり遠くない原に設営されたアラゴルンのテントにやって来ました。そこで二人はガンダルフとアラゴルン、そしてエルロンドの息子たちとともに話し合ったのです。

「諸卿《しょきょう》よ、」と、ガンダルフはいいました。「ゴンドールの執政が死ぬ前にいわれた言葉を聞かれよ。『あんたはペレンノール野でほんの一日の勝利を得るかもしれん。だが今や勃興《ぼっこう》してきた強大なかの力に対する勝利はありはせぬぞ。』わしは執政殿のようにあなた方に絶望せよとはいわぬが、この言葉にある真実をつらつらお考えいただきたいのじゃ。

「見る石は嘘《うそ》をつかぬ。バラド＝ドゥールの主でさえこの石に嘘をつかせることはできぬのじゃ。かれは多分その意志によって比較的弱い心に見させるものを選ぶことはできよう。あるいはかれらにその見ておるものの意味をまちがってとらせることもできよう。とはいえ、デネソール侯が自分を攻撃すべくモルドールの国に大軍が勢揃《せいぞろ》いしているのを、そしてなおも続々集結しているのを見た時、侯は本当に存在するものを見たことは疑うべくもない。

「わが方の兵力は最初の襲撃を撃退するのにもかろうじて足りるか足りぬかじゃった。次の襲撃はさらに大規模のものとなろう。そこでこの戦いにはデネソール侯も気づかれておったように、決定的な望みはないのじゃ。勝利は武力によっては達成されぬ。ここに坐したまま、次々に繰り出される包囲攻撃を甘受《かんじゅ》するか、あるいは大河のかなたに兵を進めて、圧倒的に優勢な敵軍にひとたまりもなくやられるかじゃ。悪《あ》しきものの中からましなものを選ぶほかはないのじゃ。思慮分別《しりょふんべつ》の教えるところに従えば、現在あなた方が持っておられる拠点を強化して、そこで敵の攻撃を待つのが得策ということになろう。そうすれば破滅にいたる時が少しでもひきのばされるからじゃ。」

「それではあなたはわれわれをミナス・ティリスに、あるいはドル・アムロスに、あるいはやしろ岡に撤収《てっしゅう》させようというおつもりですか？　そして潮が満ちてくるというのに、砂の城で遊ぶ子供たちのように、そこに坐して待てといわれるのですか？」と、イムラヒルがいいました。

「それは何も新しい考え方ではない。」と、ガンダルフはいいました。「デネソール侯の時代にはずっとそうしてきたのではなかったか？　それ以上のことはほとんどしなかったのではなかったか？　そうではないのじゃ。わしは思慮分別《しりょふんべつ》に従えばといったのじゃ。じゃがわしは思慮分別を勧めるのではない。勝利は武力によっては達成されぬとわしはいったのじゃ。わしは今なお勝利を期待しておる。しかし武力によってではない。なぜなら、どんな策を立てようとその眼目に力の指輪が登場してくるからじゃ。指輪こそバラド＝ドゥール存立の土台であり、サウロンの希望なのじゃ。

「諸卿《しょきょう》よ、あなた方はこの品に関しては、われらの立場も、サウロンの立場も納得できるだけのことはもうすでにご存じじゃ。もしかの者がこれを取り戻せば、あなた方の勇猛心も空しいものとなり、かの者は迅速《じんそく》にして完全な勝利をおさめるじゃろう。その勝利の完全なることは、何人《なんぴと》もこの世の続く限りそれに終わりがあるとは予測し得ないくらいじゃ。もしこれが消滅すれば、その時はかの者も滅びる。その滅びの全《まった》いことは何人もかの者がふたたび起き上がることがあろうとは予測し得ないくらいじゃろう。なぜならかれは、その勃興の初めから具《そな》わっておった力の最上の部分を失ってしまうからじゃ。そしてそれの力で作られたもの、始められたものはすべて粉砕され、かれは永遠に廃残者となり、敵意をいだいた単なる亡霊となって、暗闇で自《みずか》らをむしばみ、二度と強くなることも、形を取ることもできぬ。かくてこそこの世の大いなる災いは取り除かれるじゃろう。

「それでも後世に生じるかもしれぬ災いはほかにいくらもあろう。なぜならサウロン自身、一個の召使、あるいは使者にすぎぬからじゃ。じゃがこの世の時の流れをすべて支配するのがわしらの役目ではない。わしらの役目はわしらの置かれた時代のためにわしらのよく知る田野の悪を根絶《こんぜつ》すべく持てる力をつくすことであり、そうしてこそ後代に生きる者たちがきれいになった土地で耕作ができようというものじゃ。その時の天気までは責任が持てぬが。

「ところでサウロンはこのことをすっかり心得ておるのじゃ。またかれは自分の失ったこの貴重な品がふたたび見いだされたのを承知しておる。しかし、それがどこにあるかはまだ知っておらぬ。あるいはそうあれかしとわしらは願うのじゃ。そしてそれ故、かの者は今や大いに迷っておるところじゃ。なぜとなれば、もしわしらがこの品を見いだしておるなら、わしらの中にはこれを使うに足るだけの力を具《そな》えた者が何人かはおるはずじゃから。このこともかれは承知しておる。なぜなら、アラゴルンよ、あんたはオルサンクの石を用いて、あんた自身をかの者に示したと見たが、この推量は正しくはないかな？」

「角笛城《つのぶえじょう》を出発する前にそうしたのです。」と、アラゴルンは答えました。「時は熟《じゅく》し、まさにその目的のためにかの石がわが手にはいったと、わたしは判断したのです。指輪所持者がラウロスから東に向かって以来、その時までに十日が経過していました。それでわたしはサウロンの目をその本国からそらさねばならないと考えたのです。かの者は己《おの》れの塔に戻ってからこのかた、挑戦を受けたことはほとんどありませんでした。それに答えるかれの攻撃がかくも速やかであることを予想しておれば、おそらくわたしも敢《あ》えて己れを示すようなことはしなかったでしょうが。わたしにはあなた方の援助に向かうぎりぎりの時間しかなかったのだから。」

「しかしこれはどういうことなのです？」と、エーオメルがたずねました。「もしかれが指輪を所有すれば、すべては空しいものになるというお話ですが、かの者は、もしわれらに指輪がある場合、なぜわれらを攻撃することがむだだとは思わぬのでしょう？」

「かの者にはまだ確信がないのじゃ。」と、ガンダルフがいいました。「それにかの者はわしらがなしてきたように、敵が自分の手中に確保されるまで待つことによってその力を築き上げてきたのではない。さらにまたわしらは指輪の持てる力を完全に使いこなす方法を一日にして身につけることはできぬ。その上この指輪は複数の主人によってではなく、ただ一人の主人によってのみ用いられるのじゃ。それでかの者はわしらの中の大いなる者の一人が他の者を押さえて、指輪の持ち主になるまでの権力闘争の時を待ち設けとるのよ。この間なら、もしかれが不意をねらえば、指輪はかれを助けるかもしれぬからな。

「かれは見守っておる。かれは多くを見、多くを聞く。かれの召使うナズグールは依然として飛び回っておる。今日も日の出前にこの野の上を通り過ぎた。疲れ果てて眠っている者たちの中でやつらに気づいた者はほとんどおらなかったが。かれはあれこれの徴候をしらべとるんじゃ。かれから宝を奪った剣が鍛《きた》え直された。かれの風向きの変化はわが方に幸いした。かれの最初の攻撃は思い設けぬ敗北に終わり、総大将が滅びてしもうた……とな。

「われらがここで話している間にも、かの者の疑念はいや増しておることじゃろう。

かの目は今や皿のようにわしらに向いておる。ほかに動いているものはすべて見えなくなるほどにな。わしらはこの状態を維持していかなくてはならん。ここにこそわしらの望みのすべてがかかっているのじゃ。それゆえ、わしの助言はこういうことじゃ。わしらは指輪は持っておらぬ。叡智《えいち》の極《きわ》みか、大愚の果てか、それは消滅させられるべく遠く送られた。わしらを消滅させることを恐れてな。これがなければ、力でかの者の力を敗ることはできぬ。じゃがわしらはいかなる犠牲を払ってもかの目をかれの真の危険から引き離しておかなければならぬ。わしらは武力で勝利はかちとれぬが、武力によって指輪所持者に唯一《ゆいいっ》の可能性を与えることはできる。たとえそれがおぼつかないものであってもな。

「アラゴルンが始めたごとくに、わしらもそれを続けねばならぬ。サウロンをせき立てて最後の采《さい》を投げさせねばならぬ。かれの隠れている力を誘い出さねばならぬ。そうしてかれの国を空《から》にさせるのじゃ。わしらはかれに立ち向かうべく直ちに進軍して行かねばならぬ。わしらは自身を囮《おとり》の餌《え》にせねばならぬ。かの者の顎《あぎと》が迫ってくるにちがいないが。かれはこの餌に喰《く》らいつくじゃろう。望みと貪欲《どんよく》からじゃ。なぜならかれはかかる性急さの中に、新しい指輪王の高慢さを見たと思うじゃろうから。そしてかれはいうじゃろう。『それみろ！　やっこさん少々早く少々遠くまで首を伸ばしすぎたな。どんどんやって来るがいい。見ておれ、きゃつを逃れられぬ罠《わな》にひっ捕えてくれるから。罠にかかったら押しつぶしてやる。そして不遜《ふそん》にもやつが手に入れたものをふたたびとことわにわがものにしてくれるぞ。』

「わしらは百も承知でその罠の中に足を踏みいれねばならぬ。勇気を持って、じゃが助かる望みを抱かずにじゃ。なぜなら、諸卿《しょきょう》よ、多分わしら自身は生ある者の国から隔《へだ》たった絶望的な戦いで全滅するということになろうからじゃ。そうなれば、たとえバラド＝ドゥールが打ち壊されたにしても、わしらは生きて新しい時代を見ることはあるまい。じゃが、わしはこれがわしらの務めじゃと思う。とはいえ、たとえここに坐しておっても、わしらはまちがいなく滅びる――それも新しい時代がけっして訪れぬことを知りつつ死ぬのじゃ。それを思えばまだこのほうがましじゃ。」

しばらくの間、一同は押し黙っていました。ようやくアラゴルンが口を開いていいました。「わたしは自分の始めたように続けよう。われらは今や望みと絶望が相似ているぎりぎりの瀬戸際《せとぎわ》にやって来た。ためらうことは落ちることだ。こうなったらどなたもガンダルフ殿の助言を拒《こば》まないでいただきたい。サウロンを相手どってきたガンダルフ殿長年のご苦労が遂《つい》に試されることになるのだから。ガンダルフ殿がおられなかったら、何もかもとっくに滅んでしまったであろう。とはいえ、わたしは人を指図《さしず》する権利をまだ主張しはしない。どなたもお好きなように選ばれるがよい。」

そこでエルロヒルがいいました。「われらはこの目的を抱いて北方からやって来たのです。そしてわれらの父エルロンドからもこれとまったく同じ助言をたずさえてまいったのです。われらはこのまま引き返しはいたしませぬ。」

「わたしの場合は、」と、エーオメルはいいました。「こういった深遠な事柄にはほとんど知識を持ち合わせませんが、それは必要ありません。わたしが知っているのは次のことだけです。そしてこれで充分です。すなわちわが友アラゴルン殿がわたしとわが民を助けてくださったことです。それゆえアラゴルン殿が呼ばれる時には、わたしはアラゴルン殿をお助けします。まいりますとも。」

「わたしとしては、」と、イムラヒルがいいました。「たとえアラゴルン卿《きょう》がそれを要求されようとされまいと卿をわが君主と思っています。卿の望まれることはわたしにとっては命令に等しいのです。わたしも行きますよ。しかし差しあたってわたしはゴンドールの執政の代理を務めており、先ずゴンドール国民のことを考えるのがわたしの役目であるわけで、慎重さもやはり考慮にいれなければなりますまい。なぜならわれらはあらゆる場合に備えねばならぬからです。不幸な場合のみではなく、よい結果に終わった場合にも同じことです。ところで、場合によったらわれらが勝利をおさめることもあるかもしれません。そしてこの望みがいくらかでも存在する限りは、ゴンドールは守られねばならぬのです。わたしは廃墟《はいきょ》と化した都、われらの後方にあって荒らされた土地にわれらが凱旋《がいせん》するようなことにはしたくありません。しかもわれらがロヒルリムから聞き及んでいるところでは、われらの北の側面にはまだ戦わざる軍隊がいるそうではありませんか。」

「それはまことじゃ。」と、ガンダルフはいいました。「わしは都を無人のまま放置せよというのではない。実のところ、わしらが東に率いて行く兵力は、本気でモルドールに攻撃を加えるに足るほどの大軍である必要はなく、合戦を挑むに足るだけの人数があればよいのじゃ。そしてこれだけの兵力はもうすぐに出発せねばならぬ。それゆえわしは大将方におたずねする。おそくともこれから二日の間に、わしらはどのくらいの兵力を召集し率いて行くことができようか？　そしてこの者たちはみな己《おの》れの危険を承知して、自《みずか》ら進んで行こうとする大胆不敵な者たちでなければならぬ。」

「みんな疲れております。そして軽傷にしろ重傷にしろ手負いの者がずいぶんおります。」と、エーオメルはいいました。「それにわれらは馬もたくさん失ってしまいました。これは耐えがたいことです。かりにこれからすぐ出馬となりましたら、二千騎さえ率いて行けるかどうかあやしいものです。しかもこれと同じくらいの数を都の守りに残して行くのですから。」

「われらはこの野で戦った者だけを数に入れているのではない。」と、アラゴルンがいいました。「今や沿岸部から敵が駆逐《くちく》されたので南の封土《ほうど》から新たな援軍がゴンドールに向かっている。今から二日前、わたしはペラルギルから四千人を送った。かれらはロッサールナハを経由して進軍して来るはずであり、怖いもの知らずのアングボールがその先頭に立っている。これより二日後に出発するならば、われらが出陣する前に、かれらはもうここに近づいていよう。さらに手に入れられる限りの船を仕立て、あとに続いて大河をさかのぼって来るようにわたしが命じた者も大勢いる。この風ならば、かれらもまもなくこの近くにやって来よう。現に数隻《せき》の船はすでにハルロンドに到着しているのだから。わたしの考えでは、われらは騎馬の者、徒歩《かち》の者合わせて七千人をともに戦場に率いて行き、しかも都は、敵の攻撃が始められた時よりも守りを堅固《けんご》にしておくことができると思う。」

「城門は破壊されています。」と、イムラヒルがいいました。「これを再建し、新たに築き上げる技術を今ではどこに求めたらいいのでしょうか?」
「ダーインの王国エレボールにはその技術がある。」と、アラゴルンがいいました。「もしわれらの望みがことごとく滅び去ることがなければ、その時はやがてグローインの息子ギムリをかの地に送ってはなれ山の石工《いしく》たちを招請《しょうせい》することにしよう。しかし人間は城門に優《まさ》る。人々が城門を放棄するなら、いかなる城門といえどわれらの敵を持ちこたえることはできぬだろう。」

こうして、諸侯戦略会議の結論は次のようになりました。その日から二日めの朝、もしそれだけの数が見いだせるなら七千人を率いて出発すること、この兵力の大部分は徒歩《かち》たるべきこと。これはかれらが進軍して行く土地の足場がよくないからでした。アラゴルンは南の地でかれの許《もと》に集めた手兵の中から二千人、イムラヒルは三千五百人、そしてエーオメルは、馬こそ失え、一騎当千の勇士ぞろいのロヒルリムを五百人組むこと、またエーオメル自身はその麾下《きか》の最上の騎士たち五百騎を率いること、そしてこの他に五百騎の部隊があり、これには、エルロンドの二人の息子がドゥーネダインおよびドル・アムロスの騎士たちとともに加わること。これで総勢《そうぜい》六千の徒歩《かち》の者に一千騎の騎馬の者ということになります。しかし馬も失わず、戦闘能力も失っていないロヒルリム主力の三千騎ばかりは、エルフヘルムの指揮の下に西街道に待ち伏せし、アノーリエンにいる敵軍を迎え撃つべきことが決まりました。そして直ちに早馬が送られ、北の方面、そしてまたオスギリアスからミナス・モルグルにいたる街道から東の方面で入手し得る限りの情報を集めることになりました。

こうして一同がその持てる兵力のすべてを数え上げ、これからの旅路と選ぶべき道のことを定め終わると、不意にイムラヒルが笑い出しました。

「確かに、」と、かれは叫びました。「これはゴンドール史上最大の茶番劇ですね。ゴンドール最盛期の前衛部隊にも及ぶか及ばぬ七千騎そこそこを率いて、かの山々と黒の国の不落の門を攻撃すべく出陣するとは！　子供が緑の柳の小枝の弓で、甲冑《かっちゅうむしゃ》武者をおどすようなものだ！　ミスランディル殿、もし冥王があなたのいわれたようなことを知れば、かれは恐れるよりもむしろ微笑を浮かべるのではないでしょうか？　そして自分を刺そうとする虻《あぶ》でもつぶすように、われわれを小指でつぶしてしまうのではないでしょうか？」

「いいや、あいつは虻を罠《わな》にかけ、その針を取ろうとするじゃろう。」と、ガンダルフはいいました。「それにわしらの中には甲冑武者千人以上にあたる、音に聞こえた勇士たちがおる。いいや、やつは微笑は浮かべるまい。」「われらも微笑は浮かべぬ。」と、アラゴルンがいいました。「もしこれが茶番劇なら、笑うにはあまりにも痛切すぎる。いいや、これは五分五分の大熱戦に最後に進める駒《こま》なのだ。そしてどちらが勝ったにしろ、これがゲームを終了させるのだ。」そこでかれはアンドゥーリルを抜き放ち、日の光にきらめかせながら、高くかかげました。「最後の合戦が戦われるまではふたたびなんじを鞘《さや》には納めぬぞ。」と、アラゴルンはいいました。

十　黒門開く

　それより二日後、西方の軍勢は残らずペレンノール野に集結しました。オークたちと東夷《とうい》たちの大軍がアノーリエンから引き返してきたのですが、ロヒルリムに襲われて追い散らされ、ほとんど戦いもせずちりぢりになって、カイル・アンドロスに向かって逃げて行きました。そしてこの脅威《きょうい》が消滅し、南から新手《あらて》の兵力が到着すると、都は存分に配備ができました。偵察《ていさつ》隊の報告によれば、東の各街道《かいどう》には、倒れた王の像のある十字路まで、敵は一人も残っていないということでした。いよいよ最後の采《さい》を投げる準備が整ったのです。

　レゴラスとギムリはふたたび一頭に同乗してアラゴルンとガンダルフについて行くことになりました。この二人はドゥーネダインやエルロンドの息子たちとともに一行の先頭に立っていたのです。しかしメリーはみんなと行をともにしないことになって、それを面目なく思いました。

「このような遠征はあんたには無理だ。」と、アラゴルンがいいました。「だが面目ながることはない。今度の戦いであんたはもうこれ以上何もしなくとも、もうすでに大いなる名誉をかちえてるのだからね。ペレグリンにホビット庄の民を代表して行ってもらうことにしよう。危険なめに遭《あ》う可能性のあるかれのことを羨《うらや》んじゃいけない。かれだって自分の運命の許す範囲でよくやってきたんだが、あんたの功《いさおし》と肩を並べるにはまだこれからなんだからね。しかし本当のことをいえば、今やすべての者が等しい危険にさらされているのだ。モルドールの城門の前でみじめな最期《さいご》を見いだすのがわれらの役割となるかもしれぬが、もしわれらがそういうことになれば、その時はあんた方も最後の抵抗を試みることになろう。ここにいようと、どこにいようと黒い潮《うしお》があんた方を呑みこんでしまうからね。ではご機嫌よう！」

　そしてメリーは今ひどく意気消沈して、味方の軍の集結するところを眺めながら立っていました。ベルギルが一緒でした。この少年も元気なく目を伏せていました。なぜならかれの父も都の兵士たちの一隊を率いて出陣することになっていたからです。かれはその犯した罪の裁《さば》きが終わるまでは、近衛《このえ》部隊に戻れませんでした。かれと同じ部隊にピピンもゴンドールの一兵士として加わることになっていました。メリーはほど遠からぬところにピピンの姿を認めることができました。身の丈すぐれたミナス・ティリスの兵士たちの間にまじって、いかにも小柄ながら、背筋をしゃんと伸ばした姿でした。

遂《つい》に喇叭《らっぱ》が吹き鳴らされ、味方の軍は動き始めました。騎兵部隊に騎兵部隊が、歩兵部隊に歩兵部隊があい次いで、それぞれ東に方向を転じて去って行きました。かれらの姿が土手道にいたる広い道を下ってすっかり見えなくなってからも、メリーは長い間そこに立っていました。朝日を受けた槍《やり》や兜《かぶと》の最後のきらめきが消え去ってからも、なおかれは頭《こうべ》を垂れ、心重く、友のいない一人ぼっちの思いを抱いて立ちつくしていました。かれが心にかけている者はだれもかれも、遠い東の空にたれこめた薄暗がりの中に去って行きました。かれの心にはその中のだれかにいつかまた会えるだろうという望みがほとんど残っていませんでした。

この絶望的な気分に呼びさまされたように、腕の痛みがふたたび戻ってきました。かれは自分が力弱く年とったように感じました。日の光も淡くなったように思えました。ベルギルの手にさわられて、かれははっとわれに返りました。

「さあ、ペリアンさん！」と、少年はいいました。「あなたはまだ痛むようですね。療病院までぼくが連れてってあげますよ。でも心配しないで！　みんな帰って来ますからね。ミナス・ティリスの人間は絶対に負かされませんよ。それに今度はエルフの石の殿もおいでだし、近衛《このえ》のベレゴンドもいるんですから。」

正午前に軍はオスギリアスにやって来ました。ここでは手の貸せる限りの働き手、職人が総出で忙しく立ち働いていました。敵が建造し、そして逃げる時に一部壊していった渡し場や桟橋を補強している者もおれば、貯蔵品や戦利品を集めている者もおり、また大河の向こう岸の東側で応急の防禦《ぼうぎょ》工事を急いでいる者もいました。

前衛部隊は旧ゴンドールの廃墟《はいきょ》を通り抜けて進み、広い大河を渡って、長いまっすぐな道を登って行きました。この道は美しい日の塔から、今では呪《のろ》われた谷間にあってミナス・モルグルと呼ばれる、丈高い月の塔まで通じていて、ゴンドールの盛時に造られたものでした。オスギリアスから五マイル行ったところで、かれらは足を止め、第一日めの進軍を終えました。

しかし騎馬の者たちは道を急ぎ、夕暮れ前には例の十字路と大きな環状の木立ちがあるところに来ました。あたり一帯は静まりかえっていました。敵のいそうな様子は何一つ見られず、叫び声も呼び声も聞こえず、路傍の岩陰や茂みから飛んでくる矢もありません。にもかかわらず、一行が進むにつれ、この土地の虎視眈々《こしたんたん》たる気配がいや増してくるのが感じられるのでした。木も石も、草の葉も木の葉も聞き耳を立てているのです。暗闇は追い払われていました。はるか西のかなたでは夕陽がアンドゥインの谷間を照らしていました。そして白の山脈の白い頂は青い大気の中で赤く染まっていました。しかしエフェル・ドゥーアスの山々には薄暗がりが立ちこめていました。

そこでアラゴルンは環状の木立ちに通じている四本の道のそれぞれに喇叭《らっぱ》を配置しました。かれらは高らかにファンファーレを吹き鳴らし、ふれ役が大声で叫びました。「ゴンドールの諸侯が戻られた。かれらのものであるこの土地はすべて取り戻される。」彫像の上にのせられていた見るも恐ろしいオークの首は投げ落とされて粉々に砕けました。そして昔の王の頭部が持ち上げられて、ふたたび据《す》え変えられました。その頭には今もなお白と金色の花々が冠のように巻きついていました。人々はオークたちがこの石の像に加えたきたならしい落書きを一生懸命に洗い流したり、削り落としたりしました。

ここでもまた話し合いが行なわれ、先ずミナス・モルグルを攻撃すべきこと、そしてもしこれを陥落せしめたら、完全に破壊してしまうべきであるという意見も出されました。「そしておそらく、」と、イムラヒルはいいました。「あそこからその上の峠に通じている道を使うほうが、結局北の城門を攻めるより冥王を襲うのにはらくでしょう。」

しかしこれにはガンダルフがあくまでも反対しました。その谷に棲《す》むいまわしきもののゆえでした。そこでは生きている人間たちの精神は恐怖に襲われて発狂するだろうというのでした。それにファラミルがもたらした知らせのこともありました。もし指輪所持者が本当にこの道を試みたのなら、それこそ何がなんでもモルドールの目をそこに引き寄せてはならないわけです。そこで次の日、本隊がやって来ると、かれらは十字路に強力な警備隊を置き、もしモルドールがモルグル峠越しに軍隊を送ってよこしたり、南から兵を増派してきたりする場合に、いくらかでも防禦《ぼうぎょ》に努めさせることにしました。この守備隊には主にイシリエンの道を知っていて、道が出会うあたりの森や斜面に隠れひそんでいられる射手たちを選びました。しかしガンダルフとアラゴルンは前衛部隊とともにモルグル谷の入口まで馬を進め、このいまわしい都を眺めやりました。

この都は暗く生気がありませんでした。それもそのはず、ここに住んでいたオークたちや卑小《ひしょう》な生きものたちは戦いで打ち滅ぼされ、ナズグールは外に出ていたからです。にもかかわらずこの谷間の空気は恐怖と敵意を含んで重く澱《よど》んでいました。そこでガンダルフたちはいまわしい橋を壊し、いやな匂いのこもる野原に火をはなって赤い炎を立ててから、ここを立ち去りました。

そのあくる日、一同がミナス・ティリスを出発して三日めのこと。西の国の軍勢は街道を北の方に向かって進軍し始めました。この道を使うと、十字路からモランノンまでおよそ百マイルほどで、そこまで行くうちにどんなことがふりかかるか、それはだれにもわかりませんでした。一同は公然と、進んで行きましたが、用心は怠《おこた》りませんでした。騎馬の偵察隊《ていさつ》を先行させ、両脇には徒歩《かち》の偵察隊をつけました。とりわけ東側の偵察を強化しました。なにしろ暗い茂みがやたらにあって、岩がちの峡谷《きょうこく》や嶮《けわ》しい岩山のあるでこぼこした土地だったからです。その背後にはエフエル・ドゥーアスの長い峻嶮《しゅんけん》な山腹がそそり立っています。ここまで来ても天気はあい変わらず晴天で、風もずっと西風でしたが、影の山脈の周りにまつわりついた薄闇と侘《わ》びしい靄《もや》とを吹き去ってくれる風はありませんでした。影の山脈の背後には時折大きな煙が立ち昇り、上空の風にゆらぎました。

時々ガンダルフは喇叭《らっぱ》を吹き鳴らさせました。そのたびにふれ役たちはこう叫ぶのでした。「ゴンドールの諸侯のおいでだ！　皆々この地を立ち去れ、さもなくば降伏せよ！」ところがイムラヒルがいました。「ゴンドールの諸侯といわず、エレッサール王といえ。なぜならまだ王位につかれていないとはいえ、これは本当のことであるし、またふれ役がこの名前を使えば、敵にはもっと気になるだろうから。」そこでそれからあとはふれ役たちは日に三回、エレッサール王の到来を布告《ふこく》しました。しかしこの挑戦に答える者はありませんでした。

にもかかわらず、全軍の士気は一番上の者から一番下の者にいたるまで、一見平和裡《り》に進軍しながら、ともすれば湿《しめ》りがちになるのでした。そして北へ一マイル進むごとに不吉なことが起こりそうな虫の知らせがしだいに重苦しく心をふさぐようになりました。かれらがはじめて戦いらしいものに出会ったのは、十字路を出発してから二日めの終わりに近い頃でした。というのは、オークと東夷《とうい》たちの強力な一部隊が一行の先頭部隊を待ち伏せして襲おうとしたからです。そしてこの場所はファラミルがハラドの人間たちを迎撃したのとちょうど同じところで、東の山々の突き出た山鼻を道が深い切り通しになって通っていたのです。しかし西方の大将たちは、マブルングの率いるヘンネス・アンヌーンの前哨《ぜんしょう》地に拠《よ》っていた腕ききの偵察隊から充分警告を受けていましたので、待ち伏せていた者たちのほうが罠《わな》にはまってしまいました。というのも騎士軍がずっと西の方にそれ、敵を側面と背後から襲ったからです。かれらはここで打ち滅ぼされるか、でなくとも東の山の中に追い込まれてしまいました。

しかしこの勝利も大将たちの心をほとんど勇気づけてはくれませんでした。「これは陽動攻撃にすぎぬ。」と、アラゴルンがいいました。「これの主たる目的は、思うに、今はまだわが方に大きな損害を与えるよりも、われらに敵を弱体なりと誤認させ、もってわれらをおびき寄せよう魂胆《こんたん》ではあるまいか。」そして夕方以降になると、ナズグールが飛来して、ゴンドール軍の動きを一部始終見守るのでした。かれらは依然として高空を飛び、レゴラス以外のだれの目にも見えませんでしたが、その存在は、影が色濃くなるように、太陽がかすむように、感じ取られるのでした。そして指輪の幽鬼《ゆうき》たちは敵を狙《ねら》って急降下してくることもなく、黙したまま一声も発しませんが、かれらの与える恐怖は払いのけることができないくらいでした。

こうして時がたち、望みのない遠征の旅が過ぎていきました。十字路から四日め、ミナス・ティリスから六日めに、かれらはとうとう生ある土地の果てるところにやって来ました。そしていよいよキリス・ゴルゴルすなわち幽霊峠の城門の前に広がる荒涼とした荒れ地にはいって行ったのです。一同はここからエミュン・ムイルにかけて北西に広がっている沼沢地や不毛の地を目にすることができました。この地のあまりにも荒れ果てたさま、そして一同にのしかかるあまりにも深い恐怖のために、勇気を挫《くじ》かれた者も出てくるほどでした。そしてかれらはこれより北には自分の足も馬の足も、一歩も進めることができませんでした。

アラゴルンはかれらにじっと目を向けました。かれの目には怒りよりも憐《あわ》れみが見られました。なぜならこの者たちはローハンや遠いウェストフォルドから来た若者たちか、でなければロッサールナハから来た農夫たちで、かれらにとってモルドールとは子供の時から不吉な名前であって、現実には存在せず、かれらの素朴《そぼく》な生活に何のかかわりもない一つの伝説であったのです。ところが今かれらは、本当となった恐ろしい夢の中を歩く人のようにこの地を踏んでいるのです。それにかれらはこの戦いのことを理解してはいませんでしたし、またどういうわけで運命がかれらをこのような危機に導いたのかも理解していないのでした。

「ここを去れ！」と、アラゴルンはいいました。「だが、お前たちに持てる限りの廉恥《れんち》心を失わずに行け。走ってはならぬぞ！　お前たちにやれる仕事がまだあるのだから、すっかり恥《は》じ入ることはないのだ。道を南西にとって行くと、カイル・アンドロスに出る。もしそこがわたしの考えているとおりまだ敵の手に握られておれば、できるものならお前たちでそれを奪い返すがいい。そしてゴンドールとローハンの守りのために、最後までそこを死守してくれ！」

そこでかれの情けに自《みずか》らを恥《は》じ、恐怖心を克服《こくふく》して道を続ける者もいましたが、あとの者はそれぞれ自分たちの器量に合った男らしい行為に取りかかれることを聞かされ、望みを取り直して去って行きました。それもあり、すでに十字路に大勢残してきていることもあって、西方の大将たちが遂《つい》に黒門とモルドールの力に挑むべくやって来た時には、その兵の数は六千人にも満たなかったのです。

かれらは今はゆるゆると進んでいました。こちらの挑戦に対して、何らかの応答があることを時々刻々覚悟していたのです。そして軍は今一かたまりになっていました。偵察《ていさつ》隊を出したり、本隊から分遣《ぶんけん》隊を送ることは、兵力の浪費にほかなりませんでしたから。モルグル谷から五日めの夕暮れ、かれらは最後の野営をしました。ここで枯木やヒースを見つけては集めて、野営地の周りにいくつも火を燃やしました。一同は夜の何時間かを目覚めがちに送りました。かれらは自分たちの周りを歩き回りうろついている、おぼろな姿のおびただしい影に気がつきました。そして狼《おおかみ》たちの咆哮《ほうこう》を耳にしました。風はぴたりと絶え、空気さえしんと静まっているように思えました。雲はなく、月は満ち始めてから四日になりますが、地面のあちこちから煙やガスが立ち昇り、白い三日月もモルドールの靄《もや》に包まれてしまって、ほとんど何も見ることができませんでした。

寒くなってきました。朝が来ると、ふたたび風が出てきましたが、今度は北から吹いてきました。そしてその風はまもなくだんだん強まってきました。夜中うろついていたものたちはみんないなくなり、土地は空っぽに見えました。北は悪臭を放つたくさんの穴の間に、モルドールの蛆虫《うじむし》どものへどともいえる燃えがらや砕かれた岩や爆破された土のうずたかい堆積《たいせき》やガラ山のはじまりがありましたが、南はキリス・ゴルゴルの巨大な塁壁《るいへき》が今は間近に気味悪く迫っていました。そしてその真ん中には黒門があり、両側には黒々と高くそそり立つ二つの歯の塔がありました。というのは、この遠征の最後の行程において、指揮官たちは、東に湾曲している古い街道からそれて潜伏場所になる丘陵の危険を避けたのです。それで今かれらは北西からモランノンに近づこうとしていました。ちょうどフロドがしたように。

険しく威圧するようなアーチの下の黒門の巨大な二枚の鉄の扉はぴったりと閉められていました。胸壁の上には何も見られません。すべてが黙しているのですが、それでいて油断なく警戒していました。全軍はかれらの愚行《ぐこう》の最終の目的地に到って、侘《わ》びしく寒々と早朝の灰色の光の中に立ち、その眼前には、この軍隊にはとても望みをもって襲撃することのおぼつかない塔や城壁がありました。たとえ強力な破城用の道具を持ち込んだとしても、また敵が城門と城壁に配するに足るだけの兵力しか持ってなかったとしても、これを攻めることはできなかったでしょう。しかしかれらは、モランノンの周囲の丘陵や岩陰はどこも、隠れひそむ敵でいっぱいであることも、その先の小暗《おぐら》い谷間がうようよと群れなす悪《あ》しき者たちによって穴を開けられ、トンネルが掘られていることも承知していました。そしてここに立ちながら、かれらはナズグールが皆一緒に集まり、禿鷹《はげたか》のように歯の塔の上空に舞っているのを見ました。それでかれらは自分たちが見張られていることを知りました。しかしそれでも敵は何のしるしも示しませんでした。

かれらには、自分たちの役割を最後まで演ずるほかどのような選択も残されていませんでした。そこでアラゴルンは全軍を有効最善の隊列に配置し、オークたちが多年の労役の間に積み上げた爆破された石や土の大きな山の二つに引き上げさせました。モルドールに向かい合ったかれらの前方には、臭《くさ》い泥やいやな匂《にお》いのする水たまりでできた大きなぬかるみが、堀のように広がっていました。全員の配列が終わると、大将たちは近衛《このえ》騎士団と旗印、ふれ役と喇叭《らっぱ》手を伴って黒門の方に馬を進めました。軍使の長としてガンダルフ、そしてエルロンドの息子たちを伴ったアラゴルン、それからローハンのエーオメルとイムラヒル、そしてレゴラスとギムリとペレグリンも同行するように命じられました。そうすればモルドールの敵のすべてがそれぞれ証人を持つことになるからです。

一行はモランノンのすぐ近くにやって来ました。そして旗印を掲げ、喇叭を吹き鳴らしました。ふれ役たちは前に出て、モルドールの胸壁越しにとどけと声を張りあげました。

「出会え！」と、かれらは叫びました。「黒の国の王をここへ出《い》だせ！　かれに応報の罰を下さん。不法にもゴンドールに戦いを仕かけ、その国土を力ずくで奪いしためなり。ここにゴンドールの王はかれがその悪を償《つぐな》い、然《しか》る後《のち》永遠に立ち去ることを要求する。出会え！」

長い沈黙がありました。城壁からも城門からも、それに答える叫び声も物音も何一つ聞かれません。しかしサウロンはすでにかれの計画を用意していたのです。そしてこれらのねずみを嬲って殺す前に、まず手ひどく弄《もてあそ》んでやれと思ったのでした。そこで大将たちが引き返そうとしたちょうどその時、突然沈黙が破られたのもそういうわけでした。山中に轟《とどろ》く雷のような太鼓の大きな音がどろどろと長く聞こえたと思うと、今度は岩をもゆるがし、耳をも聾《ろう》する角笛《つのぶえ》の音が鳴り響きました。そしてそのすぐあとに黒門の扉が突然ガラガラと大きな音をたてて開《あ》け放たれ、中から暗黒の塔の軍使が現われました。

先頭には背の高い凶悪な者が、真っ黒い馬に乗ってやって来ました。といってもこれが馬だとすればですが、この馬はとてつもなく大きい上に、見るも恐ろしく、おまけにその顔はぞっとするほど気味悪い面《めん》のようでした。生きている頭というよりしゃれこうべのようだったのです。そしてその眼窩《がんか》と鼻孔には炎が燃えているのでした。乗手は黒一色で身を包み、丈の高い兜《かぶと》も黒でした。しかしこれは指輪の幽《ゆう》鬼《き》の一人ではなく、生きた人間でした。この者はバラド＝ドゥールの塔の副官でしたが、その名はどの物語にも留《とど》められていません。かれ自身忘れてしまった名前なのですから。かれは「わがはいはサウロンの口だ。」といっていました。しかし話によればかれは変節者であったということです。かれは黒きヌーメノーレアンと呼ばれる者たちの一人だということで、そもそもこの者たちはその昔この中《なか》つ国《くに》をサウロンが支配している頃やって来て、中つ国に居を定めた者たちでしたから、よこしまな知識に惹《ひ》かれて、サウロンを崇拝《すうはい》しました。そしてこの男は暗黒の塔がはじ

めて再建された時、ここにやとわれたのです。かれは持ち前の狡猾《こうかつ》さによってしだいに冥王の寵《ちょう》を得ていきました。そして妖術《ようじゅつ》を大いに身につけ、サウロンの意向の多くを承知していました。そしてかれはどんなオークよりも残忍でした。

城門から現われ出たのはこの男だったのです。かれとともにやって来たのは黒の甲冑《かっちゅう》に身を固めた兵士たちの小隊と、かの邪悪な目を赤で描いた真っ黒な旗印一本だけでした。さて、かれは西側の大将たちの数歩手前で立ち止まると、かれらをじろじろ眺め回して嘲笑《あざわら》いました。

「この烏合《うごう》のやからの中に、わがはいと交渉する権限を持っている者がだれかおるのか？」と、かれはたずねました。「でなければ、わがはいのいうことを理解できる知恵を実際に持ち合わしておる者は？　少なくともお前ではないわ！」かれは冷笑を浮かべてアラゴルンの方を向くと、こういって嘲りました。「王になるには、一片のエルフのガラス玉や、かかる暴徒ども以上のものが必要なのだ。なあに、どんな山賊の頭目《とうもく》だろうと、この程度の供揃《ともぞろ》えは示せるものよ！」アラゴルンはこれには一言も答えず、ただ相手の目をとらえ、そこから目を放しませんでした。こうしてしばらくの間両者は目と目で戦っていましたが、まもなく、アラゴルンが身動きしたわけでもなく、武器に手をかけたわけでもないのに、相手は怯んで、まるで打ってかかられでもしたように後ろにさがりました。「わがはいはサウロン様のおことばを伝える軍使であるのだから、襲うことは許さぬぞ！」と、かれは叫びました。

「かかる約束事が守られておるところでは、」と、ガンダルフがいいました。「軍使たる者は無礼なる言動を控《ひか》えるのがならわしじゃ。じゃが、だれもそこもとをおどしはしなかった。そこもとは用向きが終わるまで、何一つわしらを恐れるようなことはないぞ。じゃが、そこもとの主人が新たな分別に気づいたのでなければかれのすべての召使ともども、そこもとも非常に危険なことになろう。」

「そうか！」と、使者はいいました。「では、なんじが代表者だな、灰色鬚《ひげ》のじじいよ？　なんじのことは、放浪のこと、安全な場所にわが身を置いて、絶えず陰謀やいたずらを企《たくら》んどることも、われらが時折耳にしなかったというか？　だが、今度という今度は、ガンダルフどの、なんじもその鼻を少々遠くまで突き出しすぎたな。サウロン大王のおん足許《もと》に愚《おろ》かな蜘蛛《くも》の巣を張りめぐらしたやつがどういうことになるか、見せてくれるわ。わがはいはなんじに――特にきさまにだ、敢《あ》えてここまでしゃしゃり出て来たならば、見せるようにいいつかってきた証拠品をたずさえているのだ。」かれは護衛の一人に合図しました。その男は黒い布にくるんだ包みを一つ持って前に出て来ました。

使者は黒い布を取りのけました。すると、大将たちをいっせいに驚かせ狼狽《ろうばい》させたのは、かれがまずサムが持って歩いていた短剣を、次にエルフのブローチのついた灰色のマントを、そして最後にフロドが身に着けていたミスリルの鎖かたびら、それもかれのぼろぼろの着衣に包まれたものを掲げてみせたことでした。一同は目の前が真っ暗になりました。この静まりかえった一瞬、世界は静止したように思われ、かれらの心は生気を失い、最後の望みは消え去ったような気がしました。イムラヒル大公の後ろに立っていたピピンが悲痛な叫び声をあげて飛び出して来ました。

「ひかえよ！」ガンダルフはきびしい口調でかれを押し戻しましたが、使者は声高《こわだか》に笑いました。

「ではまだもう一人小僧っ子を連れているのだな！」と、かれは叫びました。「やつらにどんな利用価値を認めてるのか、わがはいには見当がつかぬわ。だが、やつらを間者《かんじゃ》としてモルドールに送り込むとは、なんじのいつものたわけぶりもついに極《きわ》まったな。とはいえ、こいつには感謝するぞ。少なくともこの小僧はここにある証拠の品々を前に見ていたことをはっきりさせた。なんじが今になって否認したとてむだだぞ。」

「わしは否認しようとは思っておらぬ。」と、ガンダルフはいいました。「まことに、わしはこれらの品々のすべてを、またそれぞれの由来《ゆらい》を知っておる。してサウロンの汚《けが》らわしき代弁者よ、お前の嘲りにもかかわらず、お前にはわしほどのことがわかっていまい？　しかし、お前は何ゆえこの品々をここに持って来たのじゃ？」

「ドワーフの鎖かたびら、エルフのマント、没落した西方の刃《やいば》、それに間者——ちっぽけなねずみの国、ホビット庄からのな——いや、びっくりするな！　われらはよく知っているのだ——ここに共謀《きょうぼう》の痕跡《こんせき》があるからな。さて、これらの品々を所持しておった者はおそらくなんじらが失っても心を痛めることのないやつかもしれぬな、それともひょっとしたらそれと反対に、なんじらにとって大切な者かもしれぬな、多分？　もしそうであれば、なんじらに残っている乏しい知恵をかき集め、とくと相談するがいい。なぜとなれば、サウロン様は間者がお嫌いだからな、この者の運命がいかように相成るかは、今やお前たちの選択にかかっているのだぞ。」

だれ一人かれに答えませんでした。しかしかれは一同の顔が恐れで灰色になり、目に恐怖の色が浮かぶのを見て、もう一度声を立てて笑いました。というのは、かれには自分の気晴らしがなかなかうまくいっているように思えたからです。「結構、結構！」と、かれはいいました。「きゃつはなんじらにとって大切な者だったのだな？ でなければ、きゃつの用向きが、なんじらの失敗してほしくないと思っている用向きなのだな？ それは失敗したぞ。そしてきゃつはこれから何年にもわたる緩慢《かんまん》な拷問《ごうもん》を味わうことになるわい。大いなる塔におけるわれらの術策が工夫し得る限り長く緩慢な拷問をな。そしてきゃつは二度と釈放されることはないぞ。ただしきゃつがすっかり変えられ、くじけてしまえば別かもしれんが。そうなればきゃつもなんじらの許《もと》にやって来られよう。なんじらのなせることを見さすためにな。まちがいなくこういうことになろうぞ——なんじらがわが主君の出された条件をのまぬのならばな。」

「その条件をいってみよ。」ガンダルフは落ち着いていいましたが、近くにいた者は、その顔に苦悶《くもん》の色を認めました。そして今やかれは年老いてしなびた老人、打ちひしがれ、最後になって挫折《ざせつ》した老人のように見えました。一同はかれがその条件をのむだろうということを疑いませんでした。

「これが条件だ。」使者はそういうと、薄笑いを浮かべながら、一人一人をじろじろと見ていきました。「ゴンドールおよびこれにそそのかされたるその同盟国の暴徒どもはまず、公然たると秘密裡《り》たるとを問わず、二度と武力によってサウロン大王を攻撃せぬと誓言《せいごん》をなし、直ちにアンドゥインの川向こうに撤退すべきこと。アンドゥインより東の地はすべてひとえに永劫《えいごう》にサウロン王のものたるべきこと。アンドゥインの西は霧ふり山脈およびローハン谷にいたるまでモルドールの属領たるべきこと。その地の住民は一切の武器の所有を禁ぜられること。ただし自《みずか》らの暮しを自ら治める許しは与えらるべし。ただし、かれらが勝手気ままに破壊したるアイゼンガルドの再建に手を貸すべきこと。なおアイゼンガルドはサウロン王のものたるべきこと。してその地はサウロン王の副官の居住地たるべし。サルマンではなくて、もっと信頼に足るべき人物のものとしてな。」

使者の目を見て、一同にはかれの考えが読めました。かれがこの副官であり、残された西の地をすっかりその支配下におさめようというのです。この男がここにいるみんなの圧制者となり、みんなはこの男の奴隷となるのです。

しかしガンダルフはいいました。「一人の下僕《げぼく》の引き渡しとしては、これはまたずいぶんとすぎた要求じゃな。引き換えにお前の主人が受け取ろうというのは、他の場合であれば数々の戦いを戦って獲得しなければならぬものではないか！　それともゴンドールの野の戦いがいくさで勝利を得ようというかれの望みを打ち壊したのかな？　それで駆け引きをしようというわけか？　それにじゃ、もしわしらがこの捕虜を非常に高く評価したにしても、卑《いや》しい背信行為の名人たるサウロンが自分側の約束を守るというどのような保証があるというのかな？　この捕虜はどこにおるのじゃ？　かれを連れ来《きた》ってわれらに引き渡すがよい。然《しか》る後《のち》にわれらはこれらの要求を考慮するじゃろう。」

フェンシングで恐るべき敵と渡り合っている人のように、心を一点に集中してかれを見守っていたガンダルフにはその時、ほんの一息つく間ですが、使者がギクリとしたように思えました。しかしたちまちかれはまたもカラカラと笑いました。

「サウロン様の代理人に無礼な口を利《き》くな！」と、かれは叫びました。「保証が欲しいだと！　サウロン様は保証などなさらぬ。王の寛大《かんだい》なご処置をお願いしたいのなら、まずご命令を実行せねばならぬぞ。これが王の条件だ。取るか、捨てるか！」

「わしらはこちらを取る！」突然ガンダルフはそういうと、着ていたマントをさっとぬぎ捨てました。黒々としたこの場所に一条《ひとすじ》の白光が剣《つるぎ》のように輝き出ました。高くさし上げたかれの手の前に、おぞましき使者はたじたじとあとずさりました。ガンダルフは進み出て、証拠の品々をむずとひっつかみ、これをかれから奪いました。鎖かたびらにマント、それに剣でした。「これはわれらの友の形見にもらっておくぞ。」と、かれは叫びました。「じゃが、お前のいった条件については、わしらはまっぴらことわる。とっとと立ち去れ。お前の任務は終わったのじゃからな。死が近いぞ。わしらはいまわしき不実なサウロンと交渉してむだに言葉を費やすためにここに来たのではない。ましてやかれの奴隷の一人などとはもってのほかじゃ。帰れ！」

モルドールの使者はもはや笑いませんでした。その顔は驚きと怒りに歪《ゆが》み、獲物《えもの》の上に屈《かが》みこんだところを、棘《とげ》のある小枝で鼻面《はなづら》をしたたかに刺された野獣にそっくりでした。かれは凶暴な怒りにふくれ上がり、口からはよだれが垂れ、喉《のど》からは言葉をなさない怒りの声が押しつぶされたようにもれ出ました。しかし、大将たちのものすごい形相《ぎょうそう》と容赦《ようしゃ》のない目を見ると、かれの憤怒《ふんぬ》も恐怖に席を譲りました。かれは一声《ひとこえ》大きな叫び声をあげて、背中を見せ、自分の乗馬に跳び乗って、仲間とともに死に物狂いでキリス・ゴルゴルに駆け戻って行きました。しかし駆け戻って行く途中、かれの部下の兵士たちはとっくに取りきめられていた合図の角笛《つのぶえ》を吹き鳴らしました。そしてかれら一行が門に着くより早く、サウロンはその罠《わな》のばねを外したのです。

太鼓がドロドロと鳴り響き、火の手が処々《ところどころ》に上がりました。黒門の大きな扉が勢いよく開《あ》け放たれました。そこから、水門が上げられた時の渦巻く水のようにどっと大軍が流れ出て来ました。

大将たちはふたたび馬に乗って戻って行きました。モルドールの軍勢から嘲るような喚声が起こりました。もうもうたる土埃《つちぼこり》が舞い上がって空気も息詰まるばかりでした。遠い方の塔の向こうのエレド・リスイの山かげで合図を待っていた東夷《とうい》たちの一軍が近くから進軍して来たのです。モランノンの両側の丘陵からは数知れないオークたちがなだれを打って降りて来ました。西の地の人間たちは罠《わな》にかかりました。そしてすぐにかれらが立っている灰色の小山の周りはすっかり、かれらの十倍、いや十数倍の強敵が人海をなして取り巻いてしまうでしょう。サウロンは差し出された餌《え》に鋼《はがね》の顎《あぎと》で喰《く》らいついたのです。

アラゴルンには戦陣をととのえる時間がほとんど残されていませんでした。かれは一つの小山の上にガンダルフとともに立ちました。ここには木と星々の旗印が美しくも絶望的に掲げられていました。すぐ近くのもう一つの小山にはローハンとドル・アムロスの旗印が立っていました。白い馬と銀色の白鳥です。そしてこの二つの丘の周りにはそれぞれ円陣が組まれ、林立する槍《やり》、ひらめく剣が、四方から寄せてくる敵を待ちかまえていました。しかし最初の仮借《かしゃく》ない攻撃が向けられてくると思われる、モルドールに面した丘の前面には、左の方はエルロンドの息子たちがドゥーネダインに囲まれて立ち、そして右の丘にはイムラヒル大公が丈高く美しいドル・アムロスの男たち、および選ばれた守護の男たちとともに立っていました。

風が吹きました。喇叭《らっぱ》が鳴り、矢が唸《うな》りました。しかし、今し南の方へ上《のぼ》りつつある太陽はモルドールの煙霧《えんむ》におおわれ、靄《もや》たちこめる険悪な雲間からもれる光はかすかにきらめくだけで、その存在は遠く、陰気な赤い光でしかありませんでした。あたかもそのさまは日暮れが訪れたかのようでした。それとも光ある世界の終焉《しゅうえん》が訪れたのかもしれません。そしていよいよ濃くなる暗闇から、ナズグールがその冷たい声で死の言葉を叫びながらやって来ました。かくてすべての望みは消え去りました。

ピピンはガンダルフがサウロンの条件をはねつけ、暗黒の塔の拷問《ごうもん》をフロドの逃れられぬ運命として定めたのを聞いた時、恐ろしさに心も萎《な》えて頭《こうべ》を垂れてしまいました。しかしようやく自分を取り戻し、今はベレゴンドの隣りに立って、イムラヒルの家中の者と一緒にゴンドール軍の最前列に身を置いていました。なぜならすべてが崩壊《ほうかい》した以上、早く死んで、自分の過ぎ来しかたのいたましい物語をおしまいにしたほうがまだましだと思えたのです。

「メリーがここにいるといいのに。」かれは自分がそう独り言をいうのを聞きました。そして敵軍が攻撃に移って突進してくるのを見守っている間にも、さまざまな思いが走馬灯のようにかれの心を駆けめぐりました。

「やれ、やれ、今になってみると、ぼくもどうやら気の毒なデネソール侯の気持ちが少しはわかるような気がする。ぼくたち一緒に死ねるといいのに、メリーとぼくは。二人とも死ななきゃならない以上は、どうしていけないことがあろう？　まあ仕方がない、かれはここにいないのだから、ぼくとしてはかれがぼくよりらくな死に方をしてくれるように望むだけだ。ところでぼくはここで最善を尽くさなくちゃ。」

かれは剣を抜いて、それに目を留《と》めました。そして赤と金の絡《から》み合った形をしたものに目を留めました。するとヌーメノールのこの流麗な文字は刃《やいば》の上で火のようにきらきらと光りました。「これは正にこういう時のために作られたのだな。」と、かれは思いました。「あのおぞましい使者をこれで刺せさえしたら、その時はぼくもメリーのやつとほとんど肩を並べられるんだけど。まあいい、死ぬまでにここにいる汚《けが》らわしいやつらを何人か刺してやるからな。涼しい陽の光と緑の草がもう一度見たいなあ！」

かれがこんなことを考えていたちょうどその時、最初の攻撃がすさまじい勢いでかけられてきました。二つの小山の前に広がっている泥沼《どろぬま》に行く手を阻《はば》まれたオークたちはそこで止まって、防ぎ手の陣に矢を浴びせかけてきました。しかしかれらの間から獣のように吼《ほ》えながらのっしのっしと進み出て来たのはゴルゴロスから来た山トロルの大部隊でした。人間たちよりも背も高く厚みもあり、身に着けているものといえば角質の薄板を網状にぴったり組み合わせたものだけでした。それともこれは、もしかしたらかれらの見るもおぞましい皮膚なのかもしれません。しかしかれらはとても大きくて真っ黒な円形の盾《たて》を持っており、節《ふし》こぶだらけの手で重い槌《つち》を揮《ふる》うのでした。かれらは意にも介さず泥池に跳び込んで咆哮《ほうこう》しながら、ばしゃばしゃと渡って来ました。まるで嵐《あらし》のようにかれらはゴンドール軍の前線に襲いかかってくると、鍛冶屋《かじや》が熱い曲がる鉄を打つように、兜《かぶと》をかぶった頭に、盾を持った腕に打ってかかりました。ピピンの隣りではベレゴンドがその力に圧倒され、ふらふらと気を失って倒れました。するとかれを打ち倒した大きなトロルの首領がその上に屈《かが》みこみ、鉤爪《かぎづめ》のある手をむんずと伸ばしてきました。というのは、この残忍な生きものは自分たちが倒した者の喉《のど》を嚙《か》み切るのがならわしだからです。

その時、ピピンは、上に向かって柄《つか》も通れと刺しました。そして文字の書かれた西方の刃《やいば》はトロルの皮を通してその急所に深く突き刺さりました。黒い血が勢いよく吹き出してきました。トロルはぐらぐらと前によろめいて、落岩のようにすさまじい音をたてて倒れ、下にいる者を埋めてしまいました。真っ暗闇と悪臭と身も砕けるような痛みがピピンを襲いました。そしてかれはふっと気が遠くなって、大きな暗闇の中に落ちていきました。

「思っていたとおりに終わるんだな。」かれの思念は、ひらひらと飛び去る際にそういいました。そしてそれは飛んでいく前に声をたててちょっと笑いました。すべての疑念や心配や恐れをようやく捨て去ろうとすることはうきうきと楽しいことのようにさえみえました。するとその時、忘却《ぼうきゃく》のかなたに飛び去る寸前に、かれの思念は声を聞きました。その声はずっと上の方の、どこか忘れられた世界で叫んでいるように思われました。

「大鷲《わし》たちが来るぞう！　大鷲たちが来るぞう！」

もう一瞬、ピピンの思念は飛び立つのをためらいました。「ビルボ！」と、それはいいました。「いや、違う！　あれはビルボの話に出てくるんだっけ。ずっとずっと昔のこと。こっちはぼくの話で、それももう終わったのだ。さようなら！」そしてかれの思念は遠く飛び去り、かれの目はもはや何も見ませんでした。

本作品には、現在の視点からは差別的とみなされる表現が含まれておりますが、本作品が「国際アンデルセン賞優秀翻訳者賞」を始めとする数々の名誉ある賞を受賞し、その芸術性が高く評価されていること、また翻訳者がいずれも逝去されていることに鑑みまして、訳語を変更せずに刊行いたしました。(評論社編集部)

評論社文庫

最新版　指輪物語 5

王の帰還　上

2022年10月20日　初版発行
2024年12月20日　二刷発行

著　者　J.R.R. トールキン
訳　者　瀬田 貞二／田中 明子
編集協力　伊藤 盡／沼田 香穂里
本文挿画　寺島 龍一
装　丁　PINTTO
発行者　竹下 晴信
発行所　株式会社評論社
〒162-0815　東京都新宿区筑土八幡町 2-21
電話　営業　03-3260-9409
編集　03-3260-9403
https://www.hyoronsha.co.jp

印刷所　中央精版印刷株式会社
製本所　中央精版印刷株式会社

ISBN978-4-566-02393-2　NDC933　440 p　148 mm × 105 mm

J.R.R. トールキンの世界

J・R・R・トールキン　世紀の作家

トム・シッピー 著／沼田 香穂里 訳

トールキン研究の第一人者によるトールキン文学の作品論。世界的にもトールキン評論の決定版とみなされている。

A五判・ハードカバー・定価三〇八〇円（税込）

J・R・R・トールキンの世界——中つ国の生れた場所

ジョン・ガース 著

沼田 香穂理・伊藤 盡・瀬戸川 順子 訳

豊富な資料を基に、トールキン世界の発想の源となった場所を探り出していく。掲載された画像は一五〇点以上に及ぶ。

A四変型判・ハードカバー・定価四九五〇円（税込）

J.R.R. トールキンの世界

ベレンとルーシエン

J・R・R・トールキン 著／C・トールキン 編
沼田 香穂里 訳

この世で最も美しいとされるエルフの乙女ルーシエンと、人間の勇者ベレンとの香り高い恋物語。

A五判・ハードカバー・定価三三〇〇円（税込）

予告

二〇二三年春刊行予定

『最新版 指輪物語』文庫第七巻 追補編

『最新版 シルマリルの物語』文庫上・下巻